講談社文庫

ラットトラップ

堂場瞬一

講談社

目次

ラットトラップ

第一章　ウッドストック

冗談じゃない、酒だ、酒だ。俺はテレビを消して立ち上がった。こんなひどい試合の後には、どうしても強い酒が必要だ。

サンフランシスコ・ジャイアンツをシェイ・スタジアム（一九六四年開場。メッツの旧本拠地。二〇〇九年にメッツの新本拠地・シティ・フィールドが開場して取り壊された。一九六五年には、ビートルズが当時史上最大の屋外コンサートを開催したことでも知られている）に迎えての一戦。メッツのエース、トム・シーバー（一九四四年〜二〇二〇年。メッツ、レッズなどで活躍した本格右腕で、通算三百十一勝。最多勝三回、最多奪三振五回、最優秀防御率三回。一九九二年、野球殿堂入り）は乱調で、ジャイアンツのボビー・ボンズ（一九四六〜二〇〇三年。俊足巧打の外野手で、三百本塁打・三百盗塁を達成。息子は大リーグ通算本塁打数一位のバリー・ボンズ）に二本もホームランを打たれたのが痛かった。シーバーが駄目なら仕方ない……と諦めかけたが、九回裏に同点に追いつき、延長に突入。希望の光が見えてきたものの、十一回表、ロン・テイラー（一九三七年〜。アストロズ、メッツなど六球団に在籍。主に抑えを担当し、通算七十四セーブを記録。一九六九年は十三セーブを挙げた）が打たれて、結局1点差で敗れた。現在、ナ・リーグ東地区二位のシカゴ・カブスと首位のレッズのゲーム差は七。レギュラーシーズンはまだ一ヵ月あるとはいえ、とても追いつけそうにない。一九六二年のチーム創設以来、一度も勝率五割に達したことのないメッツが、少しだけ夢を見させてくれたシーズン、ということで満足すべきだろうか？　いいんだ、俺たちには来年があるさ。

　生《き》のままのバーボンをグラスからぐっと呑《の》み、胃を温める。八月、ニューヨークの日差しは今日も強烈だが、俺の事務所はほとんど陽が当たらず、肌寒さを感じることもあるぐらいだった。

　ソファに寝転がり、腹の上にグラスを置いて、電源の入っていないテレビをじっと見詰める。テレビっていうのも、どうもな……俺は、野球中継を楽しむならラジオの方が好きだ。実況はテレビより軽快だし、見えない分、あれこれ想像できて面白い。

　ラジオのスウィッチを入れる。流れてきたのは、激しく歪《ひず》んだギターの音。ジミ・ヘンドリックス（一九四二～一九七〇年。アメリカのギタリスト。活動歴は四年ほどだが、ブルースをベースにしながらサイケデリックな曲を作り、革新的なギタープレー、サウンドで、ロックだけでなく後の音楽シーンに多大な影響を与えた）だな、とすぐに分かる。最近、こういう激しく歪んだ音を出すバンドが増えた。ジミ・ヘンドリックスは、ブルースを弾いている分には俺にも馴染《なじ》みやすいのだが、時々ぶっ飛んだ曲がラジオでかかると、もうついていけない。

　俺が好きだったロックンロールは、どこかへ行ってしまったな、としみじみと思う。元々、少し若向けの曲を好んで聴いていたのだが、それが楽しめたのも六〇年代の頭ぐらいまでだった。ビートルズ（一九六〇～一九七〇年。言わずと知れた、世界で最も成功したバンド。ロックンロールの時代からサイケデリック、ハードロックの時代までをつなぎ、全世界でのアルバム売り上げは十億枚を超えていると言われる）がイギリスから上陸した後、五〇年代の無垢な雰囲気はすっかり消え失せたのだ。まあ、俺も今年四十四歳だし、いつまでもガキが聴くような音楽を追いかけているわけにはいかないのだが。そろそろジャズやポピュラーソングを楽しむようにすべきなのだ。しかし、シナトラ（フランク・シナトラ。一九一五〜一九九八年。アメリカの歌手、エンターテイナー。『マイ・ウェイ』『ニューヨーク・ニューヨーク』などのヒット曲を持つほか、俳優としても活躍。代表作に『地上より永遠に』など。マフィアとの黒い噂が絶えなかった）もクロスビー（ビング・クロスビー。一九〇三〜一九七七年。アメリカの歌手・俳優。マイクの増幅効果を利用した歌唱法「クルーナースタイル」を確立。代表曲に『ホワイト・クリスマス』など。俳優・コメディアンのボブ・ホープと組んだ映画「珍道中シリーズ」も大ヒットした）も好きになれない。

しかし、何もわざわざ時代に合わせて好みを変える必要はない、とも思う。ラジオを消し、エルヴィス・プレスリー（一九三五〜一九七七年。一九五〇年代のロックンロールのムーブメントの中心にいたスーパースターで、映画などでも活躍した「キング・オブ・ロックンロール」。代表曲に『ハートブレイクホテル』『ラヴ・ミー・テンダー』など）の古いレコードを取り出す。『ハウンド・ドッグ』のシャウトを聴いているうちに、メッツが無様に負けたショックも薄れていった。エルヴィスは、今でも俺の神だ。さらにもう一杯のバーボンで、明日への活力も湧いてくるだろう。

ノックなしでいきなりドアが開く。こんな時間に依頼人が来ても……と面倒な気持ちが起きたが、反射的に立ち上がってドアのほうを見た。

依頼人ではない——リズ・ギブソンが事務所に入って来た。うつむいて小さく溜息を漏らす。彼女は……何と言うか、押しかけの助手である。一年ほど前に突然俺の事務所を訪れ、「探偵になりたいので、助手として仕事を手伝わせて欲しい」と申し出てきた。俺は、十二歳の少女の行方不明事件を無事に解決した頃で、新聞でも紹介されたために、にわかに忙しくなっていた。依頼人が増え、電話の応対や依頼人との面会に手が回らなくなっていたのは事実である。アポなしで訪ねて来た若い女性を働かせるのは危険だとも思ったが、どうしても人手が足りなかったし、強引さにも負けて、俺は彼女を「電話番」として雇った。まともに仕事ができるかどうかは分からなかったのだが……何しろ二十二歳の彼女は、見た目がヒッピーなのだ。ひょろりとした長身、長く伸ばした髪にはよく花を飾っている。服装は、穴が空いたベルボトムのジーンズに花柄の派手なブラウスと革のベストが定番だ。「本当に助手になりたいなら、ちゃんとした格好をしろ」と言っているのだが、それについては拒否し続けている。しかし、電話の応対は完璧だ。普段は何かにつけて若者言葉を連発するのだが、電話の応対は、ウォール街の証券会社で働く秘書並みに礼儀正しく堅い。言葉のアクセントなどから、ニューヨーク生まれなのは間違いないのだが、今までどういうキャリアを重ねてきたのか、さっぱり分からない。聞いても答えない。もちろん俺は探偵だから――それも優秀な探偵だから、調べようと思ったら簡単なのだが、敢えてそうしなかった。今のところは危険な臭いもしないし、少なくとも彼女のおかげで、煩わしい電話の応対からかなり逃れることができるようになったのだから。

依頼人、特にきちんとネクタイを締めている、俺と同年代から上の男性は、彼女を見てだいたい困ったような表情を浮かべるのだが、話しているうちに慣れてしまう。たまに口を挟む時にはきちんとした言葉遣いだし、コーヒーを出すタイミングも完璧だ。お嬢様育ちで、ヴァッサー大学（ニューヨーク州にある大学。現在は男女共学だが、かつては名門女子大として知られ、アメリカ北東部にある他の女子大と合わせて「セブン・シスターズ」と呼ばれた）に進んだものの、ヒッピー文化に憧れてドロップアウト――そんなキャリアの持ち主かもしれないと俺は想像している。

「今日は休みじゃないのか」リズは週四回、事務所に来る約束になっている。週末と木曜日は休み。彼女の方から言い出したことで、俺の方でも特に拒否する理由はなかったのでOKを出していた。

「今日は特別。依頼人を連れてきたわ」

「どこに？」彼女は一人だが……。

「もうすぐここへ来る約束」

「誰だ？」

「知り合い」

「どういう？」俺は少し苛立《いらだ》ちを覚えた。彼女は時々、説明を大幅に省略することがある。頭の回転が早過ぎて、言葉が追いつかない感じなのだ。探偵になりたい――探偵の助手をしたいなら、報告や説明はきちんとポイントを押さえてするべきである。もっとも俺は、彼女を助手とも弟子ともみなしていないから、そういう基礎をアドバイスることはないのだが。

「知り合いは知り合い——それより、ジョー、どうしてエルヴィスなんか聴いてるの？　古いよ」

「大きなお世話だ」

「世間はウッドストック一色なのに」

「話は聞いてる——俺には関係ないけどな」先週末、ニューヨーク州北部で開かれた大規模な野外コンサートの話は、大きなニュースになっていた。多くの有名バンドが参加し、三日間に亘《わた》って開催されて、観客動員数は実に四十万人に及んだと言われている。ヒッピーの集まりではろくなことは起きないだろうと想像していたのだが、実際にはコンサートは平和裡に終了し、主催者は「大成功」と胸を張っていた。ただし、観客の半数以上が入場料を払わず、実質無料コンサートのようになってしまったそうだが。金が儲《もう》からないコンサートを「成功」と言い切るのはどんなものだろう。主催者は大赤字を抱えて雲隠れ——のパターンになるのではないだろうか。ロックはビジネスである。それはプレスリーの時代から変わらないはずだが、「カウンター・カルチャー」とかいうものが流行《はや》っている現在では、そういう考えも古びてしまったのだろうか。若い連中は、音楽で世界を変えられると本気で思っているのか？

遠慮がちなノックの音が響いた。リズが素早く立ち上がってドアに近づき、開ける。途端に、俺には一度も見せたことのない笑みを浮かべた。何というか……上品な家庭で育った、聞き分けのいい娘の笑み。

恐る恐る事務所に入って来た若い女性――ハイスクールの生徒にしか見えなかった――を、リズがハグする。向こうもまったく自然な感じでハグし返した。リズは彼女の肩を抱いたまま――リズの方がかなり背が高い――事務所に入って来る。

「ジョー、こちらミス・アトウォーター。ミス・メアリ・アトウォーター、こちらが今のニューヨークでベストの探偵、ジョー・スナイダー」

俺は一つ咳《せき》払いをして、彼女に手を差し出した。メアリが、恐る恐る俺の手を握る。外は三十度を超える暑さのはずだが、湿った冷たい手だった。

「ジョー・スナイダーです。デューク・スナイダー（一九二六～二〇一一年。ドジャースなどで活躍した強打の外野手。一九五三年から五年連続四十本塁打以上。一九八〇年に野球殿堂入り）とは綴《つづ》りが違う」

「はい？」メアリが怪訝《けげん》そうな表情を浮かべる。

「ジョー、ドジャースがニューヨークからいなくなった時（創設以来、ニューヨーク・ブルックリンを本拠地にしていたが、一九五八年、ロサンゼルスに移転。移転前の本拠地球場はエベッツ・フィールド）、彼女はまだおしゃぶりをしてたのよ」リズが厳しく指摘した。

「違うわ」メアリが顔を真っ赤にした。「五歳だった」

「そうか、ごめん」リズが笑みを浮かべる。

「それにしても、ずいぶんお若い依頼人だ」俺はリズとメアリの顔を交互に見た。メアリは丸顔で、大きな丸い目と厚い唇がチャーミングで子どもっぽい印象を与える。こんな子から金を取れるのか？　俺は必ずしも金のためだけに仕事をしているわけではないが、プロである以上、まずそこを考える。

「取り敢えず、相談に乗ってもらっていい？」リズが切り出した。

「話は聴くよ。相談は無料だ」

俺はメアリにソファを勧めた。先ほどまで俺が寝転がっていたソファではなく、その向かいにある一人がけのソファを。リズがすかさず彼女に炭酸水を、俺にはコーヒーを出してくれた。メアリが炭酸水を瓶《びん》から直接飲んで、ほっと息を吐く。それを確認して俺は話を進めた。

「それで？　犬がいなくなったとか？」

「犬？」メアリがまた怪訝そうな表情を浮かべる。

「そういう相談も多いんだ」

「犬なんか……」

「馬鹿にしたものじゃない。本当に、血統書つきのスコッチテリアが行方不明になった事件を手がけたことがある。仮に市場に出れば、十万ドルの値段がつくと言われた名犬だった」

「そんな犬がいるんですか？」メアリが目を見開く。

「誘拐」俺は人差し指を立てた。「ある有名女優の犬を誘拐して、身代金を奪おうとした悪い奴がいたんだ」

「犬は無事だったんですか？」

「犯人は間抜け野郎だったから、すぐに捕まえたよ。この件はそのうち『スコッチテリア誘拐事件』としてリズが本にまとめるはずだ」

途端にリズが鼻を鳴らす。メアリは「本当に女優の犬だったんですか？」と驚きの表情で訊ねた。

「それは探偵の秘密ということで。依頼人の許可がなければ、明らかにできない。だけど、犬を誘拐する奴がいるなんて、俺も知らなかった」そして、金持ちが自分の犬を取り戻すために、どれほどの金を簡単に払うかということも。おかげで俺の懐はだいぶ――相当潤ったのだが。

「それで、今日はどういう相談かな？」俺は少し柔らかく話しかけた。この子はティーンネイジャー――どう見てもハイスクールの生徒で、やはり金は期待できないだろう。未成年者を依頼人にしていいかどうかも分からない。しかしリズの知り合いのようだし、話は聞いて、アドバイスぐらいはしておこうと思った。二人がどういう関係かは、まったく分からなかったが。

「姉が行方不明なんです」

「行方不明」俺は繰り返し言って、座り直した。この子の姉だと、やはりティーンネイジャーだろうか。「お姉さんの名前は？」

「ジェーン・アトウォーター。十八歳」

「高校生？」

「私と同じハイスクールに通ってます」

「住所は？」

マンハッタン、レノックス・ヒル——アッパーイーストサイドの高級な住宅街だ。その辺りの雰囲気を思い浮かべながら、俺は事務所の様子がいつもと違うことに気づいた。タイプライターの音がしない。最近は、依頼人と話している時には、リズがタイプでメモを取るのが普通なのだ。それをしていないということは、彼女はこの件について既に基礎的な情報を持っているに違いない。

「行方不明になった状況を教えてもらえるかな」

「ウッドストックです」

「あのコンサート？」

「はい。出かけたまま、帰ってこないんです」

「ちょっと待って。ウッドストックは、日曜日——八月十七日までだったよね？」

「はい」

「今日は二十一日、木曜日だ。結構時間が経ってる。全然連絡がない？」

「ないんです」メアリの顔が曇った。「書き置きがあって、『もう戻らないから』と」

家出か……未成年だから、やはり問題にはなる。

「ご両親は何と？」

「放っておけって」

「それはちょっと無責任じゃないかな」俺はつい、正直に言ってしまった。高校生の娘が大規模な野外コンサートに出かけ、そのまま家出して数日。警察に駆けこむべきだ。「警察には？」

「相談したんです。でも、何もできないと言われて」メアリの表情が暗くなる。

「ニューヨーク市警？」

「近くの分署です」

「なるほど」それは、警察は動かないだろう。事件が起きた――ジェーン・アトウォーターが行方不明になったのは、ニューヨークではない。話を聴いて受けつけても、あとは現地の警察に連絡するぐらいしかやれることはない。

「リズ、ウッドストック・フェスティバルが開かれた場所は？」

「ベセル」リズが即座に答える。

「ウッドストックじゃなくて？」ベセルは確かサリバン郡、ウッドストックはアルスター郡にある。

「いろいろあって、ベセルで開かれたの。ウッドストックの名前だけが残って」

「そうか……」

「警察は真面目に探してくれないんです」メアリが唇を尖らせる。

「君が直接話しに行った？」

「はい」

「高校生が相談に行っても、警察も困ってしまうかもしれない。ご両親が行くならともかく」

「そんなこと、関係あるんですか？」メアリが頬を膨らませた。そんな顔をすると、本当に幼い。まるで小学生のようだった。

「普通は、親が相談に行くからね」

「ジェーンは……両親とは話もしないんです」

「上手くいっていない？」

「うちの親は、こういうことが嫌いなんです」メアリが、もどかしげに両手を動かした。

「こういうことって？」

「ロックとか」

「親は、いつだってロックが嫌いだよ」俺はつい笑みを浮かべてしまった。そういうのはエルヴィスの時代から変わらない。いや、昔の方が酷かったかもしれない。エルヴィスの曲を「悪魔の音楽」と呼ぶような輩さえいたのだから。しかし、エルヴィスに夢中になったティーンネイジャーも、今や人の親になる年齢である。自分の子どもたちが、これからの時代のロックにはまっていったら、どんな対応をするのだろう。

「エルヴィスみたいに清潔な音楽を聴きなさい」とでもアドバイスするのだろうか。

「君のご両親は何歳？」

「パパが四十三歳、ママが四十一歳です」

俺より年下か……しかしティーンネイジャーの頃にロックンロールの洗礼を受けた年齢ではない。娘が一九六九年のロックにはまったことを、苦々しく見ているだろう。

「それでご両親は、お姉さんとはちゃんと話していない？」

「はい。姉も拒絶しています」

「だから、ウッドストックを観に行ったついでに家出か……家族のことは俺には何とも言えないけど、君は心配になって、ここに相談に来たんだね？」

「そうです。だって、誰もジェーンのことを心配してないなんて……」メアリの目の中で、涙が急に膨らんだ。リズが立ち上がり、彼女の背後に立ってそっと肩に手を置く。姉というより母親という感じの態度だった。

「同じニューヨーク州内の話だけど、かなり難しいと思う」俺は正直に言った。

「でも、警察も動いてくれないし、ジェーンに何かあったら……」

「お姉さん思いなんだね。君は今、何歳？」

「十六歳です」

「そうか……分かった。手を打ってみる」十六歳の娘がこんなに悩んでいるのだから、放ってはおけない。

「本当ですか？」メアリが身を乗り出した。

「ああ。十八歳の高校生が家出したまま行方不明なんだから。変な事件にでも巻きこまれたら大変だ」

「いいんですか？」メアリはまだ疑っている様子だった。

「放ってはおけないよ。それで——ジェーンの写真はあるかな？」

「はい、もちろんです」

メアリが小さなバッグから白黒の写真を取り出した。きちんと写真館で撮影したような写真——綺麗《きれい》な歯並びを見せつける笑顔で、ブラウスのボタンを首元まで締め、ブレザーを着ている。長い髪は後ろで一本に縛っていた。大きな目、口元はメアリにではない。

よく似ている。派手な顔立ちの子だが、街中で誰もが振り向くような美人という感じ

「今も、こういう顔？」

「はい」

「服装は？」写真の服は、あまりにもかっちりしている優等生という感じだ。

「今は……」メアリがリズの顔をチラリと見た。

「ヒッピールック？」

「はい、そんな感じです」

それは、親も嫌がるだろう。娘が流行りのヒッピールックに身を包み、ウッドストック・フェスティバルに参加した。しかも家出——とんだ不良娘、とでも思っているのではないだろうか。しかし、何も手を打たないというのは、どうなのだろう。いくら親と仲が悪くても、ジェーンはまだ高校生である。家出したら、連れ戻そうとするのが普通ではないか。

「ウッドストックに行く時に、どんな服を着ていたか、覚えてるかな」

「デニムのジャケットに、下は黒いパンツで……」

「髪型は、この写真と同じ感じ？」

「はい。ヘアバンドはしてましたけど、髪の長さは同じです」

「ウッドストックへは一人で？」

「いえ、学校の友だちと一緒です。ジェーンも含めて四人でした」

「君が知ってる人たちかな」

「分かります」

「だったらまず、その人たちの名前と連絡先を教えて欲しい」

メアリが名前を告げ始めると同時に、リズが猛スピードでタイプを打ち始めた。同行した三人の友人の名前と連絡先を記録――この三人には、早急に話を聴かねばならない。

「君は、この三人と話はした？」

「しました」メアリの顔が曇る。「でも、何だかはっきりしなくて……向こうでジェーンとはぐれたって言ってるんですけど、それも本当かどうか」

「三人とも酔っ払ってたんじゃないかな」

「――ドラッグだと思います」

「そうか……」今の若い連中は、気軽にコカインやヘロインに手を出す。あるいはマリファナ。マリファナなど、煙草感覚で吸っている若者も多い。いずれにせよ、ドラッグでヘロヘロになっていたら、友だちがいなくなった時の状況が分からなくても、おかしくはない。しかもジェーンが本気で家出しようとしていたら……ウッドストックは隠れ蓑だったのかもしれない。

「見つかりますか？」

「今の段階では、何とも言えない。家を調べさせてもらえるかな」自らの意思による失踪なら、部屋で何か手がかりが見つかるかもしれない。

「それは無理です」メアリが慌てて言った。

「どうして？」

「ママはずっと家にいるんです。探偵が来たなんて知ったら、私が怒られます」

「俺が事情を説明してもいいけど」

「そんなの、絶対駄目です」メアリが皮肉っぽく言った。「あの人たち、探偵が家に来るなんて、絶対に認めません。世間体が……」

「確かに、あまり格好のいい話じゃないかな」俺は苦笑せざるを得なかった。「分かった。それはやめておくよ」

「あの、それと……」メアリが体をもじもじさせた。「お金なんですけど……貯金を持ってきました」

「それは、そのまま持っていてくれ。金の話は、ジェーンが見つかった時にしよう」

一日四十ドルと経費が、俺の基本料金だ。高校生に払い切れるとは思えないし、そもそも受け取るのは気が引ける。

「ありがとうございます」メアリがほっとした表情を浮かべる。

「じゃあ――」俺は立ち上がって右手を差し出した。同じように立ち上がったメアリが、一瞬躊躇《ためら》った後で俺の手を握る。先ほどと違い、手は熱かった。

「お願いします。ジェーンを見つけて下さい」

「絶対にできる、とは言わない」俺は釘《くぎ》を刺した。途端にメアリの顔が蒼褪《あおざ》める。

「でも、俺がニューヨーク一の探偵なのは間違いない。君がここへ来たのは間違いじゃないよ」

「ニューヨーク一の探偵」メアリを外へ送って戻って来たリズが、呆《あき》れたように言った。

「何か問題でも？」

「そういうのは、自分で言わないのが普通よ」

「君はベストの探偵って言ったじゃないか」

「メアリを安心させないといけないと思ったから」

「何だったら、看板に掲げてもいいな。ニューヨーク一の探偵、ジョー・スナイダー。何がニューヨーク一かは、書かなくていい。依頼人が勝手に想像すればいいんだから」

「それは一種の詐欺よ。ニューヨーク一酒呑みの探偵なのは間違いないけど」

俺は肩をすくめるしかできなかった。それは事実——同業者と酒を呑むと、大抵俺はそいつらが酔い潰れるのを見届けることになる。

「それで？　どうするの」

「まず、一緒にウッドストックへ行った三人に話を聴くことから始めよう。それから、必要があれば現地で調査する」

「警察とは？」

「それは今は、気にしなくていい。どうせ警察は、メアリからろくに話も聴いてないんだから。話をするだけ時間の無駄だよ」

「そうね」

「ところで君は、あの一家とはどういう関係なんだ？」

「ご近所さん」

「それだけで、こんな大変な話を？」

「あの姉妹は、子どもの頃から知ってるから」それで説明は十分だろうという口調でリズが言った。

「ご近所さんか……それで、問題のジェーンはどんな娘《こ》だ？」

「可愛い子よ。一年ぐらい前から、私みたいな格好をするようになって」リズがブラウスの襟を指で触った。

「どうも……そういう服装には未だに馴染めないな」

「別にいいじゃない。服の流行なんて、一時的なものなんだから」

「今は違うんじゃないか？　もっと大きなうねりがあって——何かが完全に変わるのかもしれない」

「ベトナムとかね」リズが気楽な調子で同調する。

ベトナム戦争は泥沼化し、各地で反対運動も起きている。しかしダイ・イン（参加者が死者の真似をして行う抗議の一種）の様子をテレビで見る度に、俺は奇妙な違和感を抱くのだ。激しいデモなら分かるが、こんな形で静かに抗議しても、政府はびくともしないだろう。しかし反戦運動とドラッグ文化などが結びつき、世界中に新しいカルチャーの波が広がっているのは間違いない。それは音楽の世界にも及び、今は社会的な問題などを取り上げる曲も珍しくない。プロテストソング（政治的抗議のメッセージ性が強い歌。アメリカではウディ・ガスリーやピート・シーガーがその元祖で、反戦運動と結びついて、ボブ・ディランやジョーン・バエズによって歌われるようになった）からの流れとも言えるだろう。さらにドラッグの影響か、サウンド面も大きく変化している。耳に痛い奇妙なサウンドが流行り、演奏方法も変化して、俺が大好きだったロックンロールは既に完全に時代遅れになっている。

「ウッドストックで、他にこういうトラブルは起きてないのかな」俺はバーボンを新しくグラスに注いで一口呑んだ。リズは自分のコーヒーをちびちび飲んでいる。

「全体的に平和に終わったみたいよ。コンサートの最中に子どもが産まれたぐらいで」

「子どもが産まれた？」

俺は思わず顔をしかめた。それを見たリズが、不思議そうに唇を尖らせる。

「何か変？　子どもが無事に産まれるのは、平和な証拠じゃない」

「でも、コンサート会場だろう？　産婦人科の病院じゃない」

「三日間もやってたら、何が起きてもおかしくないわよ。でも、犯罪はなし。少なくとも私は聞いていない」

「信じられないな」

「ジョー、古いよ」呆れたようにリズが言った。「今は誰も、争いたくないのよ」

「でも、政府とは争う」

「政府は敵になりかねないから。同じ場所に集った仲間は大事にする」

「分からないな」俺は首を横に振った。「どこでも、悪さをする人間は必ずいる。集団の一割は、必ず悪い人間なんだ」

「でも実際には、そういうことはなかったんだから――とにかく、ウッドストックは新しい時代の幕開けになったのよ。音楽が時代を変えられる証明」

「エルヴィスだって時代を変えた」

「大昔にね」リズが白けた口調で言った。「それからもう、何年も経ったのよ。ディランじゃないけど『時代は変る』（原題『The Times They Are a-Changin'』、一九六四年発表）でしょう？　今はエルヴィスじゃなくて、グレイトフル・デッド（一九六五年結成のアメリカのバンド。様々な音楽をミックスした独自のスタイルを確立し、サイケデリック・ロック時代の象徴の一つとなった。ライブの動員力に定評がある。代表的なアルバムに『ライヴ／デッド』など）やジェファーソン・エアプレイン（サイケデリック文化を代表するアメリカのバンド。代表曲に『サムバディ・トゥ・ラブ』など。後にジェファーソン・スターシップとしてハードロック色を強め、八〇年代にここから枝分かれしたスターシップは、急激なポップ化で全米ナンバーワンヒットを三曲リリースしている）やドアーズ（アメリカのバンド。ボーカルのジム・モリソンのカリスマ性で人気を博し、サイケデリック・ロック、アート・ロックの旗手と言われた。代表作にアルバム『The Doors』『Strange Days』など。モリソンは一九七一年七月、パリのアパートの浴槽で死体で発見された。公式には心臓発作が死因とされている）がウケてるのよ」

「知らないな」

「ジョーも、いつまでもカビの生えたエルヴィスなんか聴いてないで、新しい音楽を聴けばいいのに」

「もう、新しい音楽を追いかけるような歳じゃないさ」肩をすくめるしかなかった。

「とにかく、まず聞き込みだ。車を出してくれ」

「また私が運転手？」リズが嫌そうに言った。

「俺は酒を呑んでる。こういう時は、運転したくないんだ」

「そもそも、運転するのが嫌いなんでしょう？」

「ニューヨークに住んでたら、車なんかなくても生活できるからな」

「だったら歩いて行けば？」リズも引かない。

「今は、歩くのは面倒臭い」

「ジョーも歳だね」リズが嘲笑った。

「否定はしないさ——行こう」俺はグラスを一気に空にして立ち上がった。


「お金の話、本当にいいの？」車に乗りこむなり、リズが切り出した。

「高校生から金は取れないよ」

「でも、タダ働きはまずいでしょう」

「君の知り合いだし、今回はサービスだ」

「グルーヴィ《いけてる》」

「だけど、無料で仕事したっていう評判を広めないでくれよ」

「そんな評判が広まったら、仕事じゃなくてボランティアになるわね」

「そういうことだ」俺は煙草に火を点けて、窓を巻き下ろした。途端に熱風が車内に入りこんでくる。もう夕方なのに、一向に気温が下がる気配はない。「とにかく今回は、金のことは気にするな。高校生が家族を心配して訪ねて来たんだから、助けてやりたい」

「ジョー、そんな人だった？」

「何が？」

「お金のため以外に仕事をするなんて」

「正直、今はそんなに金の心配をしないでいいんだ。犬事件のおかげで、まだ懐が暖かい」

「その件、本当に本にするの？」

「君が書いてくれたら」

「だったらあなたのことは、もっと格好良く描かないとね。映画にするなら若くてスリムで……ロバート・レッドフォード（一九三六年〜。アメリカの俳優。一九六〇年代から活躍し、後に監督業にも進出。代表作に『スティング』『大統領の陰謀』など）が主役をやれるみたいに」

「俺は、ああいう優男は気に食わないね」

「優男の方が、そうじゃない人よりも人生で得られるものは多いのよ」

「それもインドの導師《グル》の教えか？」以前彼女が、そんなことを言っていたような覚えがある。どうも彼女たちニューエイジ（二十世紀後半に現れた自己意識運動。環境保護、神秘主義など様々な要素をはらみ、ヒッピームーブメントの基盤の一つになった）に惹《ひ》かれる若者は、インドの精神哲学から得るべきものが多いと思っているようだ。

「そんなの、常識。いつの時代でも、どこの国でも変わらない」

さっさと事情聴取――と思ったが、いきなり渋滞にぶつかった。こんな時間に渋滞する場所ではないのだが……と訝りながら、近くで交通整理をしていた警官に声をかける。

「ヘイ、事故でもあったのか?」

「ベトナム戦争反対のデモだよ」太った黒人警官が、面倒臭そうな表情で説明してくれた。

「あんたらも大変だ」

「これも給料のうちだからね」

警官が皮肉に言って、ホイッスルをくわえる。鋭い音を遮断するために、俺は素早くマスタングの窓を巻き上げた。

「ニューヨークも、住みにくくなったな」

「デモぐらいで何言ってるの」リズが鼻を鳴らす。

「デモをやったって、何も変わらないのに、こっちは迷惑を受けてる」

「何も変わらないって思ってるのが、歳取った証拠だよ」

「今日はずいぶん突っかかるな」

「本当にそう思ってるんだから、しょうがないじゃない」

ようやく車が動き出した。交差点を渡る時に右の方を見ると、通過したばかりのデモの最後尾が見える。何を言っているか分からないが、シュプレヒコールも聞こえてくる……エネルギーの無駄遣いだな、とつくづく思う。本気でこの国を変えたい――ぶち壊したいと思うなら、ニューヨークではなくワシントンへ行って、ホワイトハウスへ直接突っこむべきではないか。リチャード・ニクソン（第三十七代アメリカ大統領。任期一九六九年一月〜一九七四年八月。アイゼンハワー大統領の下で副大統領を務めるなどキャリアを積み、共和党の大統領に。デタント＝緊張緩和推進、米大統領として初めて中国を訪問するなど積極外交を展開したが、七二年六月に発生した民主党全国委員会本部への不法侵入・盗聴事件、いわゆるウォーターゲート事件への関与を疑われて一大スキャンダルとなり、二期目途中で辞任。一九九四年死去）がどんな顔をするか、見てみたい。あの男は、どうにも気に食わないのだ。

　ようやく最初のターゲット、キャンディス・ケイシーの家にたどり着いた。こぢんまりとしたタウンハウスで、夕食の匂いが道路にまで漂い出している。ミートローフだな、と見当がついた。

　ドアをノックすると、若い娘が出てきた。「ミス・キャンディス・ケイシー？」

「そうだけど」キャンディスが怪訝そうな表情を浮かべる。

「俺はジョー・スナイダー。私立探偵です」

「私立探偵……」

「ミス・ジェーン・アトウォーターを捜しています」

「ジェーン」途端にキャンディスの表情が変わった。「ちょっと待って」

「キャンディス、ご飯――」家の中から、彼女の母親らしき女性が呼ぶ声が聞こえた。

「ちょっと待って。友だちが来てるの」

「早くしなさいよ」

キャンディスが家から出て来た。膝の長さにカットオフしたジーンズにTシャツという軽装だった。急いでドアを閉めると、溜息をつく。歩く度に、ポニーテールにしたブロンドの髪がふわりと揺れた。丸い鼻の周りに目立つそばかすが、チャームポイントになっている。

「車の中で？」

「え？　いや、それは……」キャンディスが躊躇《ちゅうちょ》する。いきなり訪ねて来た探偵の車に乗る勇気はないのだろう。

「じゃあ、少し歩きながら話そうか」

そこへリズがやって来た。キャンディスが不思議そうな表情でリズを見つめる。

「彼女は俺の助手だ。気にしないでいい」

「ずいぶん若い人ね」

「若い人の気持ちを理解したくてね」

俺は、キャンディスと連れ立ってゆっくりと歩き始めた。昼間の暑さがまだ残っており、じんわりと汗が滲み出てくる。この辺ならのんびり歩いていても大丈夫……小綺麗なタウンハウスが建ち並ぶ瀟洒《しょうしゃ》な住宅街で、危険な匂いはしない。俺たちの前には、巨大な白い犬を散歩させる老婦人がいた。犬を散歩させているというより、婦人が犬に引っ張られているようにしか見えなかったが。

「ミス・ジェーン・アトウォーターと一緒にウッドストックに行ったね」

「ええ」キャンディスはあっさり認めた。

「楽しかった？」

「それは、もう。三日間、ほとんど寝なかったけど、あんなに楽しいことは人生で初めてだったわ」

「よくご両親が許したね」

「うちの両親は、音楽に理解があるから。父がジャズのバンドでトランペットを吹いているの」

「それは是非、聴きたいね」

「毎週金曜日には、『ヴィレッジ・ヴァンガード』（ニューヨーク・マンハッタンにあるジャズクラブ。多くのジャズ・ライブの名盤がここで録音された）に出てるわよ」

「今度行ってみるよ——それで、ジェーンのことなんだけど」

キャンディスの気配が消えた。振り返ると、少し後ろで立ち止まっている。俺は戻って、彼女の腕に触れた。

「何も心配しなくていい。ジェーンは、ウッドストックが終わっても、まだ家に戻って来ていないだろう？　俺は、心配した家族の相談を受けたんだ。彼女を捜したい」

「でも……」

「一緒にウッドストックに行ったんだろう？」

再度確認すると、キャンディスが無言でうなずき、居心地悪そうに周囲を見回した。

「四人で……そう聞いてる。同じ高校の仲間？」

「そう」

「あんな遠くまで、どうやって？」ウッドストック・フェスティバルの会場・ベセルまでは、マンハッタンから百マイル（約160キロ）ぐらいあるはずだ。

「友だちが車を出してくれたから」

「なるほど……それで、四人でずっと一緒だった？」

「うーん……途中までは」

「途中？　はぐれた？」

「よく覚えてないんだけど」キャンディスは自信なげだった。

「いつ頃まで一緒にいた？」

「二日目の夜？　午後九時頃？」キャンディスが首を傾げる。「マウンテン（アメリカのバンド。ギタリストのレスリー・ウェストのハードかつ叙情的なプレーが有名。代表曲に『ミシシッピー・クイーン』など）が演ってた時には一緒にいたけど、その後は見てない、かな？」

「何かあったのか？」

「よく覚えてない」キャンディスが首を横に振った。

「覚えてないって……そんなにコンサートに夢中になってたのか？」

「それはそうだけど、その……」

「酒かな？　あるいはマリファナ？」

キャンディスがびくりと身を震わせる。当たりだ、と俺は確信した。

「君は未成年だ。酒を呑んだら問題だし、マリファナも誉められたものじゃない。でも俺は、そういうことはどうでもいいんだ。ジェーンを捜しているだけなんだから」

「親にバレたら、大変だから」キャンディスが小声で言った。

「お父さん、ミュージシャンだろう？　そういうことには寛容な感じもするけど」

「パパは、体に悪いものは全部否定する人だから。お酒も呑まない、煙草も吸わない、ドラッグなんてもっての外――ウッドストックに行くのは許してくれたけど、酒を呑んだりドラッグをやったりしたら、家から叩き出すって言われてたわ」

「誰にも言うつもりはないよ」

「それならいいけど……でも、私、二日目の夜以降のことはあまり覚えてないの。寝てたのか、フラフラしてたのか」

要するにラリっていたわけだ。それでよく無事に帰ってこられたものだ。俺は呆れて首を横に振る――振らないように気をつけた。ここでちゃんと喋《しゃべ》らせるためには、相手の言葉や態度を否定したり説教したりしてはいけない。何だったら、マリファナ煙草を差し出してもいいぐらいだった。俺はドラッグには縁がないのだが……もしかしたら、リズは持っているかもしれない。しかし、ドラッグでヘロヘロになってしまったら、この後話が聴けない。

「ジェーンが家出しようとしていたのは知っているか？」

「家を出たいっていう話は聞いたことがあるけど、本気だとは思わなかった」

「何かトラブルに巻きこまれてなかった？」

「ないと思うけど。ずっと一緒にいたから」

「でも、マウンテンが演奏していた後の記憶はない？」

「あ、うん……」決まり悪そうにキャンディスが認める。

すっと近づいて来たリズが、静かに語りかける。

「マウンテンの後、グレイトフル・デッド、クリーデンス・クリアウォーター・リバイバル（アメリカのバンド。カントリーなどルーツ・ミュージックの影響を色濃く受け、その後のサザン・ロックの先駆け的存在とも言われる。代表曲に『プラウド・メアリー』など）、ジャニス・ジョプリン（一九四三〜一九七〇年。六〇年代末を代表するアメリカの女性ロックシンガー。強烈なシャウト型ボーカルで、その後の女性シンガーに多大な影響を与えた。代表曲に『サマータイム』『ボール・アンド・チェイン』など）、スライ＆ザ・ファミリー・ストーン（アメリカのファンク・ロックバンド。ダンサブルかつメッセージ性の強い曲で人気を博した。代表曲に『エヴリデイ・ピープル』など）が出てるけど、見てない？　覚えてない？」

「スライは……『ダンス・トゥ・ザ・ミュージック』は聴いたかな？　よく覚えてな

い」

リズから聴いて知ったのだが、ウッドストックの運営は滅茶苦茶だったらしい。準備が遅れてミュージシャンの出番は押しに押し、バンドの出演は夜から朝に集中した。最終的に終わったのは、十八日月曜日の朝。最後を締めたのは、ジミ・ヘンドリックスだった。

「気がついたのは——意識がはっきりしたのはいつ？」リズが優しい口調で確認する。

「ジョー・コッカー（一九四四〜二〇一四年。イギリス出身のロックシンガー。しわがれ声の猛烈なシャウト型で、ウッドストックで披露したビートルズのカバー、『ウィズ・ア・リトル・ヘルプ・フロム・マイ・フレンズ』などが代表曲）が『ジャスト・ライク・ア・ウーマン』を歌ってる時？　その後は覚えてるけど。ちゃんと、最後のジミ・ヘンドリックスまで」

「君が気がついた後、ジェーンはいた？」

「いなかった」キャンディスが首を横に振る。

「他の二人は？」

「一緒だった」

リズが俺の顔を見て、素早く肩をすくめた。この娘は駄目——その通り。俺は彼女に礼を言って、家まで送っていった。彼女がドアを開けた瞬間、またミートローフの匂いが流れ出す。途端に空腹を意識したが、食べている時間がない。遅くなる前に、残りの二人にも話を聴いておかねばならない。

「ジェーンのこと、心配じゃないか？」俺は思わずキャンディスに問いかけた。

「メアリみたいには心配してない。彼女、大人よ？」キャンディスが肩をすくめる。

「自分の面倒ぐらい、自分で見られるでしょう」

家族は——少なくとも妹はそうは考えていないのだが。


午後八時、空腹を抱えたまま、俺たちはジェーンの三人目の友人に会っていた。ヴィクトリア・ミラー、通称ヴィク。その名前は俺に、小さな胸の痛みを与えた。十年ほど前、しばらくつき合っていた女がヴィクだったのだ。ブロードウェイの名物レストラン「シアタークラブ」のウェイトレスで、実にいい女だった……しかし目の前のヴィクはまだほんの子どもだ。丸い鼻に丸眼鏡、二つに縛った髪がキュートな感じで、友だちと連れ立ってウッドストックに行くような、大胆なタイプには見えない。

「遅くなるとまずいんですけど」やはりタウンハウスに住んでいるヴィクは、出て来た途端に困ったように言った。

「すぐに済むよ」素直に話してくれれば、だが。「ミス・ジェーン・アトウォーターが行方不明になっていることは知ってる？」

「まだ帰っていないんですか？」ヴィクが眼鏡の奥で目を見開く。

「そう。家族に相談されて捜してるんだ」

「何か、事件に巻きこまれてるんですか？」

「それは分からない」俺は首を横に振った。「君に連絡はない？」

「ないです」

「最後に彼女を見たのは？」

「三日目の夜——ザ・バンド（アメリカで活動したロックバンド。ボブ・ディランのバックバンドを務めた後、ウッドストックに住み着き、一九六八年にデビュー。カントリー、フォークなどのルーツ・ミュージックの影響を昇華した高い音楽性で人気を博す。解散コンサートの模様を収めたアルバム『ラスト・ワルツ』はロック史上屈指のライブアルバムと言われ、映画も公開されている）の演奏が始まる前にはいたけど」

「その後いなくなった？」

「ザ・バンドが演奏している途中で、いないなって思ったけど、常に一緒に行動していたわけじゃないから」

「それで、その後は一度も会ってない？」

「会ってません」

「間違いない——つまり、君はずっと正気だったかな？　アルコールやドラッグは？」

「まさか」ヴィクが本気で怒った。「私、そういうのはやりません」

「友だちはそうでもなかったみたいだけど」

「キャンディスとエレノアでしょう？」エレノア・トンプソンは、ウッドストックに行ったもう一人の友人だ。ヴィクに会う前に話を聴いたのだが、こちらはキャンディスよりも話の要領を得なかった。彼女の今年の夏休みは、霧の彼方に見えなくなってしまうだろう。「あの二人は滅茶苦茶……私、二人の面倒を見るのに精一杯で、全然楽しめなかった」

「それは大変だった」俺はうなずいた。「周りは全部そんな感じ？」

「ええ。でも私、そういうの大嫌いなんです。音楽を聴きに行ったのに、ただ酔っ払ってる人ばかりで。うんざりでした。雨も降るし」

「君は、面倒見がいい人なんだね」

「だって、放っておけないじゃないですか」ヴィクが唇を尖らせる。「あんなところではぐれたら危ないし」

「でも、ジェーンとははぐれた」

「そういうのとはちょっと違うんですけど」

「どんな風に？」

「ジェーン、他の人と一緒にいたから」

「知り合い？」

「ウッドストックで知り合った男の人、です」ヴィクは言った。

「どんな人か、覚えてる？」

「名前は知らないです。ニュージャージーから来たって言ってたけど」

「君は話した？」元々の知り合いかもしれない。家出したのは、この男をあてにできると思っていたからではないか。

「ちょっとだけ」ヴィクが親指と人差し指の間隔を少しだけ開けた。「彼、ジェーンがお気に入りだったみたいだけど」

「二人は一緒にいなくなった？」

「そうかもしれません。ウッドストックで知り合った人はたくさんいたけど、仲良くなったのは……その人だけかな」

「名前は覚えてないんだね？」

「聞いたかもしれないけど、忘れました。興味がない人だから——でも、ジェーンもその人と一緒なら安心なんじゃないですか？」

それは分からない。ニュージャージーから来たというその男が、まともな人間なら問題ないのだが……ずっと一緒にいるとしたら、それだけでまずいのではないか。今は夏休みとは言え、ジェーンはまだ高校生である。ジェーン本人が「一緒に行きたい」といっても、そこは止めるのが良識ある大人だろう。

俺はヴィクの記憶を揺さぶり、ニュージャージーの男の特徴をなんとか引き出そうとした。しかしヴィクは、よほどこの男が気に食わなかったようで、なるべく見ない、話もしないようにしていたのだという。

「彼の車で寝たんですよ」

「いつ？」

「二日目――土曜の夜」

「どんな車だった？」

「フォルクスワーゲンの、小さなバスみたいな？」自信なげに言って、ヴィクが首を傾げる。

「ああ、分かるよ」分かるが、それだけでは手がかりにはならない。フォルクスワーゲンのタイプ2と呼ばれる小型バスは、街中をいくらでも走っているのだ。「ナンバーは？」

ヴィクが無言で首を横に振る。そこまでは覚えていない――見てもいないのだろう。気に食わなければ、その人間にかかわる全てを見ないようにするものではないか？

「あ、でも」ヴィクが急に顔を上げた。

「何か思い出したかな？」

「写真があるかもしれません」

「写真？　写真を撮っていた？」

「はい。カメラが趣味なので」

女性でこういう趣味の人は珍しいと思うが、手がかりになるかもしれない。

「その写真は、もう現像した？」

「まだです」

「貸してもらえないだろうか。現像代は、俺が持つから」

「でも……」

「心配しないで。ちゃんと返すから」リズが口添えする。自分と年齢が近い女性が言ったので、ヴィクも少しは安心したようだ。こういうことがあると、女性の相棒も悪くないと思う。

「じゃあ……取ってきます」

「明日の朝には返すけど、家にいるかな」

「いますけど、そんなに早く？」

「この時間でも現像してくれる知り合いがいるんだ」

「分かりました。ジェーン、大丈夫なんでしょうか」

「……とにかく、一刻も早く見つけ出さないと」

それを聞いて、ヴィクの顔面が蒼白になった。

ハーレムに移動し、俺は一軒の写真屋のシャッターを叩いた。

「無駄じゃない？　もう閉まってるわよ」リズが呆れたように言った。

「いや、死んでなければ出てくるよ」

「どこのどいつだ！」シャッターの奥から怒鳴り声が響く。

「どこのどいつはご挨拶《あいさつ》だぜ！」俺は怒鳴り返した。「俺だ。ジョーだよ。ジョー・スナイダー」

「ジョー？　ちょっと待ってくれ」相手が慌てた声で答える。

「誰なの？」

「サミー・タッカー」

「その人は？」

「写真屋だよ」俺は看板を見上げた。「この街で家族写真を撮り続けて四十年」

「何でそんな人と知り合いなの？」

「俺は昔、この辺に住んでたんだ」

「白人が住むところじゃないよ」リズが目を見開く。

「そんなのはただの偏見だ。俺は長い間この近くで暮らしていたけど、困ったことは一度もなかった。飯も美味《うま》いし――この後、飯にしようか」

「大丈夫なの？」リズは明らかにたじろいでいた。彼女のヒッピー趣味は、人種差別撤廃の動きとは関係ないのかもしれない。

「大丈夫だよ。美味い店が近くにあるから」毎日のように飯を食べていた「ビリーズ・ダイナー」は、ここから歩いて行ける場所にある。

「何か、怖いけど」

「フライドチキン、好きか？」

「あれが嫌いな人、いる？」

「だったら大丈夫だ。あそこのフライドチキンは絶品――」

その時、シャッターの横のドアが開き、サミーが顔を見せる。皺《しわ》が刻まれた顔、白くなった髪――長年の苦労が見える姿だが、俺を見ると表情を綻ばせた。

「ジョー、あんたは探偵の割に目が悪いな」

「ああ？」

「見ろ。最近インタフォンをつけたんだ。あれを鳴らせば、わざわざシャッターをぶん殴る必要はないんだよ」

「すまない」俺は苦笑した。

「それで？　何事だ？」

「現像をお願いしたいんだ」俺は、ヴィクから預かってきたフィルムを差し出した。

「急ぎかい？」

「行方不明の女の子を捜してるんだ。まだ高校生でね」

「分かった」真顔でサミーがうなずく。「現像に三十分くれ」

「頼む。飯でも食ってから戻って来るよ」

「こんな時間に飯か？」サミーが目を見開く。「あんたも少しは食生活を考えろ。初めて会った頃に比べると、ビール樽みたいになってるぞ」

「まさか」

「逆にそっちのお嬢さんは、もっと食べないといけないな。棒みたいじゃないか」

「ええ。お腹ぺこぺこなんですけど、ジョーは食事休憩も取らせてくれないんです」

リズが皮肉っぽく応じた。

「あんたの恋人かい？」サミーが俺に視線を戻す。「ちょいと若過ぎるんじゃないか」

「助手です」リズがすかさず言った。

「何と、あんたも助手を雇える身になったのか。出世したもんだね」サミーが本気で感心したように言った。彼女の言葉を素直に信じたのだろうか？　まあ、実際サミーは、素直過ぎるところがあるのだが。

「三十分後に戻って来るよ」

「ああ。飯を楽しんできな」サミーがうなずく。

俺たちは、マスタングを店の前に残したまま歩き出した。リズが心配そうに訊ねる。

「ここに置いておいて大丈夫？　悪戯されない？」

「サミーの店の前なら大丈夫だ。あそこには、悪戯するようなガキは寄りつかないから」

「本当に？」

「警察署が近くにあるんだ」

「なるほどね……駐車違反で引っ張られるかもしれないけど」

「その時はその時だ。ホイールを盗まれるよりはましだろう」

歩いて五分ほどで、「ビリーズ・ダイナー」に着く。本格的なアメリカ南部風の料理を出す店で、こってりした味つけが俺の好みだった。俺はこの店で南部料理を学んだと言っていいだろう。

店に入り、馴染みのウェイトレスに挨拶すると歓迎されたが、リズは明らかに警戒されている。ヒッピー風ファッションに身を包んだ白人女性が来るような店ではないのだ。実際、俺たち以外の客は全員が黒人である。リズは居心地悪そうで、座ってもなお、しきりに周囲を気にしていた。

「あまりジロジロ見ない方がいい」俺は警告した。「君の方が目立ってる」

「別の店にしない？　何だか落ち着かないよ」

「君にも、本格的な南部料理を食べて欲しいんだ。フライドチキンとワッフル。絶対気に入る」

「フライドチキンとワッフルを一緒に食べるの？」

「脂と糖分――背徳の味だよ。でも、そういうのが美味いんだ」

俺は、馴染みのウェイトレスにワッフルチキンとコールスロー、それにコーラを二本注文した。

「何で呑まないの？　普通なら、ここでビールでしょう」

「ワッフルの甘い味は、ビールに合わないんだ」

「へえ」いつの間にか、リズはこの店に慣れてしまったようだった。たぶん匂いのせい――美味い料理の匂いは、どんな人をも落ち着かせる。煙草に火を点けて一服すると、すぐにまた周囲を見回す。「いい店ね」

「味も最高だよ。この近くに住んでた時、毎日通ってた」

「太りそうだけど」

「その分、歩いて消費してたんだ」

「そうは見えないけど……」リズの視線が、俺の腹を捉えた。そこを注目されると痛い。「ところで、さっきの人だけど」

「サミー？」

「もうお店は閉まってたでしょう？　何で開けてくれたの？」

「貸しがあるんだ。八年ぐらい前かな……彼の末の娘さんがドラッグ絡みの厄介事に巻きこまれてね」俺は声を潜めた。「警察にはバレずに何とか救出した。ちゃんと金はもらったけど、サミーの方では払った金以上の恩義を感じてるみたいでね」

「それで便宜を図ってもらってる？」

「変な時間に現像を頼んだのは、これが二回目だ。俺も、そんなに図々しくない」

「そうなんだ……そうは見えないけど」

「君は、俺について大きな勘違いをしてると思うよ」

「あまり知ってもしょうがないし」

「だったらどうして俺のところにいるんだ？」

「探偵になりたいから。これも修業」

「大した修業になってないな」

「それなら、運転手と電話番以外の仕事もさせてもらわないと」

「危険なことは任せられない」

「それは承知」リズがニコリと笑った。なかなかキュートな笑顔だが、服がどうにも合わない……ヒッピールックではなく、もっと女性らしい格好をすればいいのに。ヒッピールックというのは、性差を抹殺する感じがする。

料理が運ばれてきて、ようやくリズの表情が崩れた。湯気を上げるフライドチキン、その下にはワッフル。つけ合わせのコールスローも量たっぷりなのが嬉しい。

「これ、どうやって食べるの？」

「チキンの上からメープルシロップをたっぷりかけて」

「ワッフルにだけじゃなくて？」

「チキンにかけないと、美味さが分からないんだ」

俺は滴るほどシロップをかけた。そのまま、手が汚れるのも気にせず持ってかぶりつく。フライドチキンの塩気とスパイシーな味にメープルシロップの甘味が絡みつき、まさにこの料理でしか経験できない味わいが口中に広がる。チキンを食べ、合間にワッフルを口に運ぶ。途中でコールスローを食べれば、口の中がリセットされて、また新たにチキンに挑戦できる。

俺が食べる様子を見ていたリズが、とうとうチキンに手をつけた。遠慮がちに、端の方にシロップをかけて齧《かじ》る。途端に目を見開いた。

「何、これ。美味しい」

「な？　そう言っただろう」

「何でも経験してみないと分からないわね」

「探偵の仕事だって同じだ」

「研修は、後で。今は食事」リズが勢いよく食べ始める。すっかりワッフルチキンの魅力にはまったようだった。

二人ともほぼ同時に食べ終える。リズが満足そうに息を漏らして、コーラを一口飲んだ。

「すごいね、この料理」

「南部の黒人の知恵と経験が詰まってるんだ。すぐに栄養になりそうだし、俺は好きだね」

「栄養というか、体重になりそう」

「君はもっと食べた方がいい。ベジタリアンじゃないんだろう？」

「チキン、大好きよ」

「だったら、そんな針金みたいな体型にならないと思うけど」

「大きなお世話」リズが肩をすくめる。「それより、どう思う？　ジェーンは、そのニュージャージー・マンと一緒にいると思う？」

「君から見てどう思う？」俺は逆に聞き返した。「ジェーンは、コンサートで知り合った男と一緒に、どこかへ行ってしまうようなタイプか？」

「そういう感じではないと思うけど……」言ったものの、リズは自信なげだった。

「よく知ってる近所の子だけど、それは子どもの頃の話だから。最近は、あまり話さなかったし」

「君たちみたいな人は、気軽に、自由に生きてるもんだと思ったよ」

「自由の意味は、一人一人違うから」言ってリズがうなずく。「でも、そうね……ジエーンは凝り性だと思う」

「凝り性？」

「夢中になったら、一直線」リズが右手を俺の方へ向かって突き出した。「他のことが見えなくなってしまう。そう言えばちょっと前は、ビートルズにハマって大変だった」

「俺は、ビートルズが出てきた頃から、音楽についていけなくなったけどね。大きな波が来た感じだった。それまで流行っていた音楽が全部流された」

「すごかったもんね、六三年とか六四年頃のビートルズ（一九六四年四月、ビートルズの楽曲がビルボード誌Ｈｏｔ１００の一位から五位までを独占した）は」

「それが今は、ヒッピーか」

「ビートルズからの影響かもね。ビートルズだって、インドにかぶれたりして、今のムーブメントの走りみたいなものだし」

「そうか……」フラワームーブメントという言い方もある。平和と愛の象徴として、花で自分を飾る——平和的抗議活動というわけだ。穏健で平和的な連中だと思う。同時に自由な恋愛も彼らが好むところだ。ジェーンも、そういうところにはまっていたのだろうか。「とにかく、写真が何か手がかりになるかもしれない」

「だといいけど」

サミーの写真屋に戻る。シャッターは依然として閉じられたままだが、インタフォンを鳴らすと、すぐにサミーがドアを開けてくれた。

「焼きつけはまだだ」

「そうか……」

「何しろフィルムが五本もあったんでね。取り敢えず、ネガで確認してくれないか？　それで、必要なものを焼きつけよう」

「分かった」

サミーは、俺たちをスタジオに案内してくれた。普段は近くに住む人たちの家族写真を撮るのに使われる場所だが、今はそこにテーブルが入り、ライトボックスが白い光を放っている。俺はコダックのネガを受け取り、ライトボックスに載せて屈みこんだ。ルーペを覗《のぞ》き、一枚ずつ確認していく。

ヴィクは、ステージの様子を撮影しようとしたようだ。しかしそんなに近づけるわけもなく、カメラには望遠レンズもついていなかったようで、きちんとは写っていない。ミュージシャンは豆粒のようなものだ。

最初の三十六枚を見終えると、早くも目がチカチカしてきた。しかしすぐに、次のフィルムの確認作業を続ける。今度はステージの写真ではなく、コンサートに集まった人たちを写したものが多かった。こちらは近くで撮影しているものばかりで、いい笑顔の写真が目立つ。もしかしたらヴィクは、写真の才能があるのかもしれない。レンズを向けた相手を緊張させないのは、いいカメラマンではないだろうか。

すぐに、探していた写真を見つけ出した。フォルクスワーゲンタイプ2の前での集合写真。先ほどまで会っていた二人の他に、ジェーンもいる。一番右側に立っているジェーンの肩を、彼女より一フィート（約30センチ）ぐらい背が高そうな若い男＝ニュージャージー・マンが抱いていた。ジェーンが輝くような笑みを浮かべている一方、ニュージャージー・マンの方はどこかずるそうな表情——遊ぶ女を上手く引っかけた、とほくそ笑んでいるようにも見えた。ペイズリー柄のシャツにベルボトムのジーンズ、ブーツという、街でよく見かける格好。髪は肩に届くほどの長さで、緩くウェーブがかかっていた。分厚い唇の端に火の点いた煙草がぶら下がっている——いや、マリファナ煙草かもしれない。

さらにネガを見ていくうちに、重大な手がかりを発見した。フォルクスワーゲンを斜め後ろの位置から撮影したもので、ナンバープレートが写っているのだ。ナンバーを確認するのは難しい……俺はサミーにネガの番号を告げ、できるだけ拡大して焼きつけるように頼んだ。

集中していたので目が痛い。椅子に腰を下ろして目を揉んでいると、リズが突っこんできた。

「何かあったの？」

「ニュージャージー・マンが乗っていたフォルクスワーゲンのナンバーが分かったと思う」

「すごいじゃん」リズが目を見開く。「これで持ち主が分かるわね」

「五分で分かるわけじゃない。俺は、ニュージャージーの警察には顔が利かないからな」

「ニューヨーク市警は思い通りに動かせるのに？」

「そこまでじゃない」俺はつい苦笑した。ニューヨーク市警とはつかず離れずの関係――何人かいるネタ元は大事にしているが、首を突っこみ過ぎて逮捕されそうになったことも何度もある。警察官にとって探偵というのは、捜査を邪魔する目の上のたんこぶのような存在なのだ。「でも、何とかなるよ。分かったらすぐに会いに行こう」

「銃は？」

「よせよ」俺は苦笑した。「犯人を逮捕しに行くわけじゃない」

「でも、ニュージャージー・マンがジェーンを誘拐した可能性もあるんじゃない？」

「誘拐と言えるかどうか」俺は首を傾げた。ニュージャージー・マンが誘って、ジェーンがそれに乗った——そういうことだったら、いくらジェーンが未成年とはいえ、誘拐とは言えない。

「他の写真、見ていい？」

「ああ」

俺はリズにルーペを渡した。リズはすぐにライトボックスの上に屈みこんで、ネガを確認し始めた。時々声を上げているが、それはステージ上のミュージシャンを確認できた時のようだ。手がかりにぶつかった感じではない。

俺は部屋の片隅に行って煙草を吸った。灰皿が置いてあるのだが、サミーは少し不用心ではないだろうか。ネガフィルムは燃えやすい。ちょっと火の粉が飛んだだけで、保管してあるものが全部灰になってしまう恐れもあるのだ。しかしサミーはヘヴィ・スモーカーで、ここで写真を撮影している時にもよく煙草を吸っている。

「大したものはないわね。ステージ写真、もっと大きく写っていればいいのに」

「みんな豆粒だな」

「そうね」

そこへサミーが戻って来た。乾かしたばかりの印画紙を二枚、ライトボックスの上に載せる。ルーペを覗くよりもずっとはっきり見えた。

「こんなもんでいいかい？」

「ありがとう」礼を言って、写真を確認する。これならフォルクスワーゲンのナンバープレートも読み取れる。間違いなくニュージャージーのナンバーだった。

「これがニュージャージー・マン？」リズがもう一枚の写真を取り上げた。

「そうじゃないかな。まず、ヴィクに確認しよう」

「何か、冴えない男ね」

「冴えないというか、頼りない」何か問題があった時に、自分の背中を預けることができる相手とは思えない。

「確かにね。でも、好みは人それぞれだから」

「ジェーンの好みは、こういう感じなんだろうか」

「それは分からないけど」リズが苦笑した。

「ありがとう、サミー。助かった」もう一度礼を言う。

「いやいや、これぐらいは」サミーは笑みを浮かべたままだった。

「もう一つ、申し訳ないけど、明日の朝までにこの写真を全部、焼きつけてくれないかな。持ち主に戻す約束なんだ。金はちゃんと払う」

「いいよ。何時までだ？」

「朝九時では？　もう一度こっちへ来るから」

「分かった」

「助かる。今度、何かで返すよ」

「とんでもない。あんたには、まだ借りがある」

「いやいや……グレイスはどうしてる？」薬物のトラブルに引っかかったサミーの末娘だ。

「元気だよ」サミーの表情が明るくなる。「実は今度、結婚するんだ」

「すごいじゃないか」俺は本気で驚いていた。一度薬物にハマると、抜け出すのは難しい。それが結婚とは……心底祝福したい気分だった。「相手は？」

「ハイスクールの同級生なんだけど、全部分かっていてプロポーズした」

「いい男だな」

「ああ」サミーがうなずく。「娘を分取っていく奴だから文句の一つも言いたいところなんだけど、欠点が見つからない」

「素晴らしい」俺は両手を広げた。「結婚の時は、俺からも何かプレゼントさせてくれ」

「気にするな」サミーが急に真顔になった。「あんたはグレイスの人生を救ってくれた。それ以上のプレゼントが必要か？」

翌日、俺たちは朝から動いた。まず、サミーの店で写真を受け取り、ヴィクに渡す。ジェーンの肩を抱いた男の写真を見せて、ニュージャージー・マンだということを確認した。車も間違いなく、この男が乗ってきたフォルクスワーゲン。

「よく写真を撮っておいてくれた」俺はヴィクに礼を言った。「これが大事な手がかりになりそうだ……ヴィクという名前の女性は、大抵いい人だな」

訳が分からない様子で、ヴィクは首を傾げるばかりだった。

マスタングに乗りこむと、リズがすぐに聞いてきた。

「別のヴィクっていう人と、何かあったの？」

「昔、な」

「ふうん」セルモーターが回る音がきゅるきゅると響く。「深く聞かない方がいい？」

「聞く意味もない。面白くない話だよ」

「そうなんだ……別にいいけど」

そう言われると話したくなってしまう。もしかしたらそれが狙いか？　だとしたら、リズには探偵の素質がある。相手に喋らせるのは、探偵の基本の基本なのだ。

「どうするの？」

「一度事務所へ行こう。連絡待ちだ」

「警察から？」

「ああ」

この辺は、面倒臭いが仕方がない。電話を待つだけの時間というのも、探偵仕事にはつきものだ。

事務所へ着いて、朝のコーヒーを用意した。唐突に空腹を意識する。以前の俺だったら、朝食は必ず――どんなにひどい二日酔いでも食べていた。昔住んでいた家の近くに、やはり行きつけの「サムズ・キッチン」という店があり、そこで毎日卵とベーコン、ポテトの朝食を摂るのが決まりだったのだ。引っ越して失敗だったのは、あんな風に安く気軽に食べられる店が近くにないことである。金を儲けたから、仕事に便利なマンハッタンの中心部に引っ越す――それは悪くなかったが、食環境のことまでは考えていなかったのだ。今は、朝は自宅で慌ててパンを齧るぐらいだし、それを抜いてしまうこともよくある。

「誰に頼んだの？」コーヒーを啜《すす》りながらリズが訊ねる。

「あまり突っこまないでくれ――ネタ元は、内輪の人間にも明かしたくない」

「どうやってそういう人と知り合うの？」

「それはいろいろだ。事件現場で会ってたまたま話したとか、バーで仲良くなった相手が警察官だと分かるとか」

「そんなに都合よく？」

「そういう人間とぶつかるように、歩き回るんだ。呑みたくて呑んでるわけじゃない」

「いろいろ理由はつけられるものね」リズが呆れたように言った。「お酒も過ぎると、体を壊すわよ」

「自分の体のことは自分で分かるさ」

「それならいいけど」

電話が鳴った。俺はリズを目線で制し、電話に出た。リキ・タケダ。日系二世の、ニューヨーク市警の警察官だ。今は本部詰めで、殺人事件などの捜査を担当している。

「ニュージャージーの警察に照会したよ。ナンバーの件、分かった」

「助かる」

「名前はデレク・バックマン。住所を言うぞ」

「ああ」俺は左肩と耳で受話器を挟んだままペンを構えた。ホーボーケン……マンハッタンからは、ホーランド・トンネル、あるいはリンカーン・トンネルを通ってハドソン川を渡り、すぐの場所だ。ほぼニューヨークと言っていい。あそこからマンハッタンに通勤している人もたくさんいる。「職業は？」

「そこまでは分からない。ナンバーから分かるのは、所有者の名前と住所だけだ」

「分かった……助かったよ」

「お前、マイナス五ポイントだぞ」リキが指摘した。

「そんなに？」そこまでリキに対する負債が溜まっているとは思わなかった。

「『キーンズ』のステーキ五回分だからな」

「分かった。近々一回分、返すよ」

「よろしくな……ところで、何を調べてるんだ？」リキが探りを入れてきた。この男は仕事中毒で、何事も無視しておけない。今は警部になり、現場に出ることはほとんどなくなっているのに……日系二世という微妙な立場にありながら警察官としては優秀で、だからこそ指揮官に昇任したのだが。

「ちょっとした行方不明者の捜索だ」

「また、ポート・オーソリティ・バス・ターミナルで誰か消えたのか？」

「いや」ポート・オーソリティ・バス・ターミナルは、全米各地とニューヨークをつなぐ長距離バスが発着する大ターミナルである。ショービジネスの世界での成功を夢見て、中西部から出てきた若い女性が、バスを降りた瞬間に誰かに騙《だま》されて行方不明になる——俺は、そんな事件を何件も手がけてきた。「そもそも、お前の管轄じゃない案件だと思う」

「そうか？」リキは疑わしげだった。

「そうだよ。気にするな」失踪したのはマンハッタン在住の高校生だが、その現場はおそらくサリバン郡である。捜索は、現地の保安官事務所が最初に手をつけるのが筋だ。「何かあったらまた相談するよ。でもお前だって、失踪事件を捜査している暇なんかないだろう」

「ああ。確かに忙しい。今はデモもあるしな」

「デモの警戒はお前の仕事じゃないだろう」

「人手が足りないんだよ。部下を貸し出してるから、普通の捜査では俺も現場に出ざるを得ない」

「そうか……警察官の宿命だな」

「嫌な言葉だ」本当に嫌そうに言って、リキは電話を切ってしまった。

リズは既に立ち上がって、出発の準備を整えている。

「気が早いよ」俺は苦笑した。

「急いだ方がいいんじゃない？　今日は金曜日だし、早く仕事が終わるかもしれない――相手が仕事をしていればだけど」

「どうかな。相手が何者かもまだ分からない」写真を見た限りでは、学生のようにも見える。ヒッピールックは、すべての素性を覆い隠すマントのようなものだと思う。

実家の総資産が一億ドルの娘もあんな格好をしていたら、とてもそうとは思われないだろう。

「とにかく訪ねてみよう。家にいなければ近所の聞き込み——それで居場所を割り出す」

「探偵マニュアルの第何条？」

「第一条第一項。分からないことがあったら聞き込み——それは全ての基本だ」

　この時間だとホーランド・トンネルの方が空いているはず、と言うリズに運転を任せて、ハドソン川を渡る。マンハッタンとニュージャージーを結ぶトンネルは常に渋滞しているのだが、今日はリズの予想通り、西へ向かう路線は空いていた。十一時過ぎにはホーボーケンに入る。その時俺はふと、ここにアメリカの偉大なる遺産があることを思い出した。

「この先——ワシントン・ストリートを渡ったら、ちょっと停めてくれ」

「何かあるの？　ミスタ・デレク・バックマンの家はまだ先よ」

「ちょっと見ておきたい場所があるんだ——久しぶりに」

「時間、大丈夫なの？」

「ほんの五分だよ」

ワシントン・ストリートを渡ったところで、リズが車を路肩に寄せて停めた。俺はすぐに車を降りて、十一番ストリートの中央分離帯まで歩いて行った。あった——記憶通り、小さな銘板《プラーク》が設置されている。

「１８４６年６月19日、最初の野球の試合が、ここエリジアン・フィールドで行われた」素気なく事実を記しただけだが、俺のような古い野球ファンの胸を打つ。

「何？」ついてきたリズが、不審気に訊ねる。

「ここが、野球発祥の地なんだ」

「そうなの？」

「読めば分かる」

リズが屈みこんで、プラークを読んだ。しかし反応は「ふうん」だけ。ただ息を漏らしたようなものだった。

「それだけ？」

「だって私、野球に興味ないし」

「野球はアメリカの基礎だよ」

「ここで最初に野球の試合が行われたって本当なの？　何か証拠でも残ってるの？」

「神話っていうのは、こういうものじゃないかな。言い続けていれば、いつの間にか、多くの人が真実だと信じるようになる」

「野球が神話？」リズが呆れたように言った。「たかが百年前に始まったものが？」

「そう考えた方が、ロマンがある」

「まあ……それはあなたの自由だから。それより、早く行きましょう。本人を早く摑《つか》まえないと」

「分かってる」

ここは、リズに理がある。とはいえ、俺は久しぶりに野球発祥の地に立ち寄れて満足だった。今年は久しぶりに、ニューヨークの野球熱が高まっているし。

デレク・バックマンの自宅は、ホーボーケンの外れだった。十一番ストリートと十二番ストリートの間にある、褐色レンガ造りの五階建てのタウンハウス。その前の路上にフォルクスワーゲンが停まっているのを、俺はすぐに見つけた。ナンバーも一致。幸先いいスタートだ、とほっとする。

タウンハウスの二階にあるバックマンの家のドアをノックする。反応なし……こういう家は、大抵家族で住むものだ。バックマンは親と同居しているのか、あるいはもう結婚しているのか。

「いないということは――」俺は振り返って、後ろに控えるリズの顔を見た。

「聞き込み、ね」

「ご名答」

二人で手分けして聞き込みを続けた結果、すぐにバックマンの居場所が割れた。ここから歩いて行けるところにある自動車修理工場で働いているのだという。両親、それに弟と四人で暮らしていることも分かった。

「修理工場か……行ってみよう」俺は腕時計をチラリと見た。ちょうど十二時。どこかへ昼食に出かけているかもしれないが、まずは居場所を確認しておかねばならない。

歩いて五分ほどのところに、その自動車修理工場はあった。かなり大きな工場で、何台もの車が修理待ちの状態で入っている。オイルの臭いが、きつく鼻を刺激した。バックマンは……いた。工場の前のベンチに腰かけ、サンドウィッチに齧りついている。写真とは違い、長い髪は後ろで一本に縛っているし、オイルで汚れたつなぎを着ているが、見間違えようがない。他に人がいないのが幸いだった——いや、他の工員は工場の中にいるようで、中から笑い声が漏れてくる。バックマンは、一緒にランチを食べる仲間がいないタイプなのかもしれない。俺はリズにうなずきかけてから、すぐに彼に近づいた。

「ミスタ・デレク・バックマン?」

バックマンがノロノロと顔を上げる。愚鈍、という言葉が脳裏に浮かんだ。目が離れていて間抜けな印象を与えるし、無精髭《ひげ》にサンドウィッチの卵がくっついていて、どうにもだらしない。ジェーンは本当に、こんな男と一緒にいるのだろうかと、俺は内心首を傾げた。写真では若く見えたが、こうやって実際に見てみると、もう三十歳近い感じだ。

「誰？」声も間が抜けていて、まともな対応ができるかどうか分からなかった。

「ジョー・スナイダー。ニューヨーク・シティで私立探偵をしている」リズを紹介すべきかどうか迷う。彼女はどう見ても、探偵の助手ではない。取り敢えず彼女のことには触れず、話を進めた。「あんた、ウッドストックへ行ったよな？」

「行ったよ」あっさり認める。

「三日間とも？」

「いや、土曜の夕方から。何か、ただで入れるって噂を聞いたからさ」

「実際には？」

「入れたよ」バックマンがニヤリと笑う。「誰もチェックしてないし、フェンスは破れてるし」

「それで、いつまでいた？」

「何なんだよ？」バックマンが俺を睨みつける。「それがどうした？　あんたに何の関係があるんだ」

「確認してるだけだ。いつまでいた？」

「あんたには関係ねえだろう」

バックマンが立ち上がり、俺に向かって来た。背は高い――六フィート（約183センチ）ある俺より、四インチ（約10センチ）は大きそうだ。ただし栄養不足気味で、体重は俺の方が二十ポンド（約9キロ）は重いだろう。

「俺に因縁でもつけにきたのか？」バックマンが踏みこみ、右手で俺のシャツの胸ぐらを摑んだ。

「あんた、フラワーチルドレンじゃないのか？」

「ああ？」

「暴力反対かと思ってたけどな」

「何だって？」

俺は左手をさっと上げて、バックマンの右の肘を摑んだ。そのまま勢いよく肘を押す。本来曲がらない方へ力がかかって、バックマンが小さく悲鳴を上げて手を離した。後ずさると、オイルの混じった水たまりに足を突っこんでしまい、編み上げのブーツが黒く濡れる。

「ほら、暴力反対、平和主義の方がいいだろう」俺は皮肉をこめて言った。「腕は大事にしないと。怪我したら、ドライバーも握れなくなるぞ」

「クソ」バックマンが吐き捨てる。

「ま、座れよ。ちょっと話をするだけだから」

　バックマンが、俺を睨みつけながらベンチに腰を下ろした。何事かと思ったのか、工場の中から若い工員が数人、出て来る。リズが、愛想のいい笑みを浮かべて彼らに近づいて行った。害のなさそうな連中だから、リズに任せておいても大丈夫と判断し、俺はバックマンにのしかかるような姿勢のまま話を続けた。

「向こうで、ニューヨークに住んでいるジェーン・アトウォーターという女性と知り合わなかったか？　正確には、彼女を含めた四人組の女性と」

「ああ……まあ」バックマンが曖昧に答える。

「会ったんだな？　あんたの車で一晩過ごしたそうじゃないか」

「別に何もなかったぜ」バックマンが言い訳した。「寝る場所もないって言うから、車を提供してやっただけだよ。車の中なら雨には濡れないしな。こっちは親切でやったんだぜ」

「特にジェーンと親しくなったんだろう？」

　俺は念の為に、ジェーンの写真を示した。目を細めて写真を凝視したバックマンが、白けたように鼻を鳴らす。

「ずいぶん窮屈な写真だ」

「よく撮れてるじゃないか」

「そんなのは、本当の彼女じゃない。ジェーンはもっと自由であるべきなんだ」

「彼女と寝たか？　自由に？」

「寝てないって」バックマンが面倒臭そうに言った。

「彼女とは、結構親しそうにしてたよな」俺はもう一枚の写真——バックマンがジェーンの肩を抱いた写真を示した。バックマンが手を伸ばしたので、すぐに引っこめる。「この写真を見た限り、仲がいい感じだな」

「肩ぐらい抱いても変じゃないだろう」

「気がついたら、ジェーンもあんたもいなくなっていた。友だちも困ってたぜ」

「それは……いろいろ……」バックマンが口籠《くちごも》る。

「あんたがジェーンと寝ようが何しようが、俺には関係ない。彼女が高校生だということは置いておくけど……彼女はどこにいる？」

「知らないね」

「ジェーンは家に戻っていない。どこに行った？　一緒にいたあんたなら知ってるんじゃないか」

「いや」

「知らないのか？」俺はさらにバックマンに迫った。バックマンが身を引き、ベンチから転げ落ちそうになって慌てて座り直す。

「知らない」

「最後に見たのはいつだ？　彼女とは一緒にいたんだろう？」

「……しばらくは」

「いつまで？」

「一緒にジョニー・ウィンター（一九四四〜二〇一四年。アメリカのブルース・ギタリスト。実質的なデビューアルバムの契約金が高額だったことから「百万ドルのギタリスト」と呼ばれた。スリリングなギタープレーと迫力あるボーカルが特徴）を見てたけど、その後で別れた——どこへ行ったかは分からない」

「どんな感じで別れた？」

「彼女はトイレへ行くと……しばらく待ってたけど、それきり帰って来なかったのさ」

「捜したのか？」

「捜したけど、見つからなかった」バックマンが肩をすくめる。「友だちと一緒になったんだろうと思って、俺はそのまま帰ったけどね」

「そいつは無責任じゃないか？」

「無茶言うなよ」バックマンが吐き捨て、煙草——両切りのキャメル——をくわえた。火を点け、空に向かって煙を吐き出す。「あそこに何万人——何十万人いたと思ってるんだ？　マンハッタンの真ん中で、一人の人を捜すより大変なんだぜ」

「ジョニー・ウィンターの出番は？」

「日付が変わってからだったかな」バックマンが腕時計をちらりと見た。「もう月曜になってたと思う」

「結局見つからないまま、か」

「いや……そういうわけでもない……」バックマンが首を横に振った。

「嘘《うそ》は困るな」俺はまた彼に迫った。

「嘘じゃねえよ。色々なことがあって、全部覚えてない……とにかくすごいコンサートだったんだ」

「それで？　何を思い出した？」

「帰ろうかと思ってた時に、ジェーンをちょっと見かけた」

「どこで？」

「そんなの、説明できないね」バックマンが苦笑した。「カーネギーホールでやったわけじゃないんだ。だだっ広い農場のどこだったかなんて、説明できない」

「分かった。とにかく彼女を見た、と。声はかけたのか？」

「声が聞こえるような距離じゃなかったんだよ。結構離れてた。それに、他の人と一緒だったから」

「別の男か？」

「違う……女の人だよ。それも結構な歳――四十歳ぐらいかな？　あんな場所にいる感じの人じゃなかった」

「どんな女性だった？」

「老けたヒッピー、かな」バックマンが皮肉っぽく笑った。それからリズに視線を向ける。「彼女みたいな格好をしてたぜ。引きずりそうな長いスカートに、花柄のブラウス。髪に花を飾ってさ。ああいうのは、歳取った人がやるとみっともないな」

「ジェーンとは親しい感じだった？」もしかしたら、家を出て頼る人と、ウッドストックの会場で落ち合う約束をしていたのだろうか。

「ああ」バックマンがうなずく。「前からの知り合いって感じかな。どうせ声は聞こえないだろうし、知り合いと一緒なら大丈夫だろうって思って、俺はさっさと帰って来たんだ。もう疲れてたし」

「普通は、それを無責任と言うんだ」俺は指摘した。

「別に俺は、ジェーンに対しては何の責任もない」

「知り合っただけかもしれないけど、混乱している現場に女性を一人で残したのは、紳士的とは言えないな」

「だから、一人じゃなかったんだって」バックマンが苛ついた口調で反論する。「それに、あの会場では危ないことは何もなかったんだぜ。あんたらオッサンが想像するようなことは何も……平和の祭典だよ」

「それで大丈夫だと思ったわけか」

「そうだ」

「ジェーンは、あんたの家にいるんじゃないか？」

「いい加減にしてくれ！」バックマンが乱暴に吐き捨てた。「そんな訳、ないだろう。俺がジェーンを誘拐したとでも言うのかよ」

「そうなのか？」

バックマンが舌打ちして、首を横に振った。「馬鹿言うな」とつぶやいて、溜息をつく。

「何なんだよ、俺がそんなことをすると思ってるのか？」

「さあな」俺は肩をすくめた。「俺はあんたのことを知らない。だから、高校生を誘拐するような人間かどうかも分からない。誘拐したのか？　あるいは、誘惑して家まで連れて来たのか？」

「違うって！　いい加減にしてくれ！　言いがかりだ！」バックマンが声を荒らげる。「ウッドストックの時に、ちょっと会っただけの子だぜ？　何でそんなことをしなくちゃいけないいんだよ」

「街を車で流して、初めて見た女の子に声をかけて車に連れこむ野郎もいる」

「俺は違うって……何なんだよ？　ジェーンは行方不明なのか？」

「ああ。まだ家に帰っていない。誰かと一緒にいると思ってる」

「俺じゃないぜ」

「じゃあ、誰と一緒なんだ？　その、中年の女性か？」

「さあね」

　手がかりらしきものは得られたが、ここから先へは話がつながりそうにない。広大な会場のどこでバックマンがジェーンを見かけたか、その後彼女がどこへ行ったか、正確には分からないだろう。もちろん、バックマンが嘘をついている可能性もあるが。

「一つ、あんたの印象を聞かせてくれないか？」

「印象？」

「ジェーンはどんな感じの子だった？　知らない人間にふらふらついていきそうなタイプか？」

「彼女は、結構いいところのお嬢さんだろう。ヒッピーを気取っているけど、それは表向きだけだな」

　必ずしも「いいところのお嬢さん」とは言えないのではないだろうか。ジェーンの父親がウォール街の証券会社に勤めていて、高給を得ていることは分かっている。しかし両親との関係は微妙……両親は既にジェーンを見捨てている感じがある。ジェーンは、バックマンの前では「いい子」を演じていたのではないだろうか。

「じゃあ、形だけのヒッピーってことか」

「まあな。何だか一生懸命、ヒッピーのことを勉強中って感じだった。俺が知らない、サンフランシスコの話とかもしてたけど、テレビで見たのをそのまま喋ってただけだろう」

ヒッピームーブメントは西海岸で生まれて全米各地に広がった。そもそも、サンフランシスコのヘイトアシュベリー地区に住んでいた若者たちを指してヒッピーと呼んでいたのが始まりだという。その後「ビーイン」という、ベトナム戦争に反対する集会が行われ、その動きが全米に広がった——という流れは、俺もニュースで知っていた。

「自然に身についた感じじゃなくて、勉強した、か」

「ああ。ニューエイジ的なことも言ってたけど、それは俺にはさっぱりだったな。『ヘアー』（六〇年代後半から度々上演されているロック・ミュージカル。反戦メッセージのこもった内容であると同時に、当時のヒッピー文化を紹介する作品にもなっている。作品内での代表曲は『Aquarius / Let the Sunshine In』）も何度も観たって言ってたよ。あんた、『ヘアー』なんて知ってるか？」バックマンが馬鹿にしたように言った。

「ああ」実は観たこともある。オフ・ブロードウェイからブロードウェイに進出した直後のことだ。マンハッタンに住んでいれば、どうしてもブロードウェイの芝居の情報は耳に入ってくるし、たまに足を運ぶこともある。若い人たちに囲まれて居心地が悪かったし、内容も納得できるものではなかったが、まあ、時代の空気を感じるのは大事だ。

「分かった。ご協力ありがとう」

俺は手を差し伸べたが、バックマンは睨みつけるだけで動かない。しきりに、右の肘を掌で摩《さす》っていた。

「肘、痛めたんじゃないかな」バックマンが恨めしそうに言った。

「本当に怪我してたら、治療費は出すよ」俺は名刺を差し出した。バックマンが嫌そうな表情を浮かべて受け取る。「ただし、ジェーンのことで嘘をついていたら、その程度じゃ済まない」

「俺は暴力反対だぜ」

「暴力じゃない。今度は俺じゃなくて、警察が訪ねて来るっていうことだよ」

途端にバックマンの顔が引き攣《つ》った。

リズは、他の工員たちと談笑していた。笑いが弾け、明らかに彼女が話題の中心になっている。俺がマスタングの方へ歩き出すと、工員たちに愛想よく両手を振ってから、俺と合流した。

「若者同士、盛り上がってたみたいじゃないか」

「私、おばあちゃんが相手でも、上手くやれるわよ」

「そうか？」

「誰とでもすぐに仲良くなれるから」

それが本当なら、探偵向きと言えるのだが……今後は、もう少し彼女を連れ回して、聞き込みにも参加させるべきかもしれない。

車に乗りこむと、リズがすぐに切り出した。

「バックマンって、いい加減な男みたい」

「今、聞き出したのか？」

「雑談してたわけじゃないわよ」リズが唇を尖らせる。「どうせなら、情報を収集したいじゃない」

「それで？　どんな悪口を聞いた？」

「一人でご飯食べてたでしょう？　いつもあんな感じなんだって。一緒に働いてるのに」

「嫌われてるのか？」

「仕事もできないし、つき合いも悪い——あの人、もう三十歳なのよ」

「やっぱり、それなりの歳だったか」

「若作りして、笑われてるみたい。三十歳のヒッピーなんて、確かにみっともないわよね」

「バックマンは、ウッドストックの会場で、四十歳ぐらいのヒッピーの女性を見たそうだ。その人が、ジェーンと一緒にいたと」

「知り合い？」

「バックマンが見た限りでは。もしかしたらジェーンは、ヒッピーのコミューンにいるのかもしれない」家出して逃げこむ先としては、適当ではないだろうか。

「ああ、それはあるかも」リズがうなずく。「ヒッピーの人が集まって、農場なんかでのんびり暮らしてるっていう話も聞くよね。そういうのに憧れる若い子もいる」

「デモもやるけど、農作業もやる……何だかよく分からないな」

「ヒッピーって言っても、全部が同じような人ばかりじゃないでしょう――でも、どうするの？　ジェーンがヒッピーのコミューンにいるとしたら、どうやって探すの？」

「問題の女性を見つけ出せれば、何とかなるかもしれないけど、それがそもそも難しいと思う」マンハッタンの中から一人の人間を探し出す――バックマンの言葉を思い出していた。「現場だな」

「ベセル？　でももう、コンサートの名残りもないんじゃない？」

「サリバン郡の保安官事務所だ。ジェーンのことは掴んでいないと思うけど、フェスティバルの状況を知りたい。それより何より、現地で探偵が動く時は、地元の警察や保安官事務所に顔を見せておくのが大事なんだ」

「これから荒らすから、大目に見てくれって？」

「そういうこと。昨日調べておいたけど、サリバン郡の保安官事務所までは、一時間半ぐらいだと思う」

「私が運転したら、一時間で着くわよ」

「無茶な運転はしないでくれ。マスタングは、そんなにスピードが出る車じゃないんだから」

「ポニーカー」という呼び方があるぐらいで、小型のスポーツカー——実際には「スポーツカーのような車」である。本当に速さを追求するなら、コルヴェットを選ぶ。ただしコルヴェットは二人乗りの本格的なスポーツカーで、実用性に乏しい。マスタングのように、後ろに二人乗れるシート——非常に狭いが——があるだけで、何かと役に立つのだ。

「これから行く？」

「ああ。夜には戻って来られるだろう。何か、予定は？」

「私は、フルタイムの助手だと思ってるけど」

「……そうだな」彼女との関係も、もう少しはっきりさせておいた方がいいかもしれない。ただし彼女は、なかなか本音を読ませない。「本気で探偵になりたいのか」と聞くと「当然」と答えるのだが、その割に仕事は適当な時もある。女性の探偵もいないではないが、実際に仕事をするのはなかなか難しい……体力勝負になることも多く、それは女性にはきつい部分だろう。

「これも探偵の修業なのか？」

「私はそう思ってるけど、これぐらいでは探偵になれないでしょう」

「そうか」

「ジョーはどう思う？　私は探偵に向いてると思う？」

「何とも言えないな」

「私は私で、頑張るけど」

「本気で探偵の仕事を学びたいなら、そう言ってくれ。俺も考えるよ。君は、少なくとも助手の雑用はきちんとこなしてくれる」

「運転手もね」

リズがエンジンをスタートさせ、思い切りアクセルを踏みこんだ。運転手としてはどうか――かなり乱暴で、インディアナポリス・モーター・スピードウェイ（世界三大レースの一つ、インディアナポリス500が行われるサーキット）を走るように公道をかっ飛ばす。

まあ、いい。いつの間にか、リズという若い女性に俺が慣れてしまっている。

第二章　残酷な終わり方

マクドナルドで短い昼食休憩を取っただけで、リズは文句も言わずに走り続けた。

サリバン郡の保安官事務所は、モンティセロのメーンストリートであるブロードウェイから少し脇道に入ったところにある。郡の監獄、裁判所と一緒――どんな田舎町でも、保安官事務所は同じようなものだ。

保安官に簡単に会えないのは分かっている。俺は受付にいた女性に探偵のライセンスを見せ、「ウッドストックの関係で話を聞きたい」と頼みこんだ。中年――俺と同年輩の女性が、うんざりした表情を浮かべる。フェスティバル開催中は、散々迷惑をかけられたのではないだろうか。

「どういう話ですか？」

「ウッドストックに来ていた若い女性が行方不明になっているんです」俺は正直に打ち明けた。

「その子を捜してる？」

「ええ。だから、当時の状況を知っておきたい」

「ウッドストックの当時の状況なんて、うちでも把握してないわよ。何が起きていたか、全体を知ってる人なんて、一人もいないんじゃない？」

「それでも、何か手がかりが欲しい」俺は食い下がった。

「この辺の子なの？」

「いや、マンハッタン」

「ああ、そういうことなのね」女性が納得したようにうなずいた。「ちょっと待って」

受話器を取り上げると、「ジェリー、いる？」と話し始めた。「ジェリー」が担当なのだろうか……いや、こんな小さな保安官事務所で、あれだけのイベントをたった一人で担当していたわけがない。保安官事務所総出、それだけでなく他からも応援をもらっていたのではないだろうか。州兵が出てきてもおかしくないぐらいのイベントだ。

通話を終えて受話器を置くと「今、ジェリーが来るからちょっと待って」と告げた。

「その人は？」

「保安官補。地元の子で、事情はよく知ってるから」

地元の「子」？　そんな若造が役にたつのだろうか。

一分後に受付まで出てきたジェリーは、スラリと背が高く、肩幅の広いがっしりした男だった。地元の高校でエースクオーターバックとして活躍し、その後も地元のために働くローカルヒーロー――二十代半ばぐらいだろうか、金髪を短く刈り上げ、青い目は澄んでいる。しかし目の下には隈があった。

俺は右手を差し出し、握手を交わした。

「ジョー・スナイダー。ニューヨーク・シティの私立探偵だ」

「ジェリー・セバスチャンです」保安官補が丁寧に挨拶した。握手は力強く、誠意が感じられる。ついでリズと握手を交わす。心なしか、リズの目は輝いていた。こういうオール・アメリカン・ボーイは、ヒッピー娘の心も捉えるわけか。

「こちらは、俺の助手兼運転手のリズ・ギブソン」

「女性の助手とは珍しい」セバスチャンが目を瞬かせた。

「うちの事務所は、男女平等がモットーでね……ちょっと話を聞かせてもらっていいかな」

「外へ出ましょうか。煙草が吸いたい」

「自分のデスクでは吸えない？」

「保安官が禁煙にしたんです。煙草が大嫌いなもので」

「権力を行使したわけか」

「まあ……ここでは保安官がルールですから」セバスチャンが困ったように言った。

三人で外に出ると、セバスチャンはすぐに煙草に火を点けた。俺もそれに倣い、マスタングに背中を預ける。

「行方不明の女の子を捜しているとか」

「ああ。ウッドストックを見物していて、最終日——月曜日の朝に目撃されたのが最後だ。その後、マンハッタンの自宅に戻っていない」

「家族は心配でしょうね」

「もちろん」妹のメアリは心底心配している。両親は……詳細は、彼には告げずにおいた。「ウッドストックは、大変だった？」

「もう、滅茶苦茶ですよ。あんなに大勢人が集まったのは、見たことがない」

「大きなトラブルはなかったと聞いてるけど」

「奇跡的に」うなずき、セバスチャンが煙草をふかした。「平和と言えば平和でしたよ。でも、病人は何人も出て、救急車はひっきりなしに出動していた」

「大混乱だったわけだ」

「金曜日から月曜日までずっと待機だったので、疲れました。何度もパトロールに出たし」

「こんな静かな街であんな大きなイベントがあったら、大変だ」

「セントラル・パークでやればよかったんですよ」セバスチャンが溜息をつく。「予定がどんどんずれこんで、真夜中から朝までやってたんだから、おかしいでしょう」

「愛と平和の祭典」リズが急に口を挟んだ。俺とセバスチャンは、同時に彼女の顔を見た。リズが自慢げに言う。「そんな風に言われてます。平和の祭典だから、喧嘩《けんか》する人もいなかったんですよ」

「ま、奇跡だね」セバスチャンが鼻を鳴らした。彼も、コンサートに集まって来た人たちと同年輩のはずだが、精神的にはかなり大人のようだ。

「最後に目撃された時、彼女はヒッピー風の女性と一緒だった。もしかしたらその女と一緒に、ヒッピーのコミューンに行ったかもしれない……この辺で、そういう場所はないかな」

「ありますよ」セバスチャンがすぐに認めた。「近くなら、スモールウッドの農場に、十人のヒッピーが集まって暮らしてます」

「何か問題は？」

「いや」セバスチャンが首を横に振った。「大人しいものです。本当に農場の手伝いをしているんですよ。ご主人がもう七十八歳で、奥さんを亡くして一人暮らしなんです。子どもは遠くに住んでいて、全然農業とは関係ない仕事をしているので、農場も閉めるかっていう話になってたんですけどね」

「そこへヒッピー連中が住みこんだ？」

「仕事をする代わりに住まわせて欲しいと」

「農場の乗っ取りを狙ってるんじゃないか？」俺はどうしても、純粋な「好意」を感じられなかった。

「俺もそう思ったんですけど、そこのご主人が納得してますから、何も言えませんよ。自分が死んだ後にその農場を引き継いでやってもらっても構わない、とまで言うんですから。実際、ヒッピー連中はご主人の面倒も見ていて、上手くいってるみたいなんですよ」

「だったら、保安官事務所は口を出すことじゃない、か」

「心配ではあるんですけど、今のところはトラブルはないですね。住み着いて、もう一年ぐらいになりますけど、近所の人たちとも上手くやってるようです」

「メンバーの内訳は？」

「大人が七人。子どもが三人。子どもはまだ小さいですね」

「家族じゃない？」

「俺たちが知ってるような家族じゃないですよ」セバスチャンが苦笑した。「あの人たちは、家族の概念が俺たちとは違うんでしょう。全員で子育てしている感じなんですよ」

「確かによく分からない」俺は首を横に振った。アメリカに、新しい社会が生まれつつあるのだろうか。「新しく人が入ってくるようなことは？」

「いや、十人でまとまって、静かに暮らしてます」

「その中に、四十歳ぐらいの女性は？」

「いますね」セバスチャンが認めた。「シカゴからきた、と言ってました」

「四十歳？　ヒッピーになるには、かなり年齢が上だけど……」

「その辺の事情までは詳しく聞いていませんけど、不自然な感じではないですよ。グループ全体のリーダーという感じです」

「身元はちゃんとしてる？」

「社会保障カードも確認できました。不審な点はないですね。前科前歴もなし」

「俺たちが行ったら、会えるだろうか」社会から隔絶された小集団という印象があるのだが。

「会えると思いますよ。歓迎されるかどうかは分からないけど、拒絶はされないでしょう。あくまで、ちょっと変わった家族という感じです」

「ありがとう」俺はもう一度手を差し出した。先ほどよりも力強い握手。「クオーターバック？」

「いえ、野球です」

「ポジションは？」

「外野――主にライトです」

「俺も野球の方が好きだ」

「そうですか……野球のことだけ考えていればよかった時代は幸せでした」セバスチャンが溜息をついた。

「今は……」

「こんな静かな街でも、いろいろあります。人間の嫌な部分をよく見ます」

「分かるよ」俺はうなずいた。

「でも、ベトナム行きになるよりはましだと思いますけど……こんなこと言っちゃいけないんですけどね。今まさにベトナムに行ってる友だちもいますから」

俺は何も言わず、もう一度うなずいた。ベトナム戦争に関する意見をはっきり表明するのは、今の時代には難しい。セバスチャンは消極的な反対派という感じがするが、今の短い会話だけでは断定できない。

「メッツはどうなるかな」

「さあ……ドジャースとジャイアンツがいなくなって以来、野球はあまり見てないんです」

「ヤンキースは？」

「あんなに弱いと、嫌になりますよ」セバスチャンがまた溜息をついた。

ヤンキースは、一九六四年にアメリカン・リーグを制したのを最後に、急激に成績を落としている。最後のワールドシリーズ優勝は一九六二年だ。ワールドシリーズでカージナルスに敗れた翌年の一九六五年、よりによってそのカージナルスの監督、ジョニー・キーン（一九一一～一九六七年。選手としては大リーグ経験はないが、一九六一年からカージナルス監督を務める。白人選手と黒人選手をバランスよく使い、一九六四年にはワールドシリーズ制覇）を新しい監督に迎え入れたものの、リーグ六位に終わっている。今年からリーグは東西に分かれて環境は変わったが、今のところ浮上の気配はない。低迷の原因は、ヤンキースが黒人選手を積極的に活躍させなかったせいだと言われている。これはあながち、適当な指摘とは言えない。初の黒人選手、エルストン・ハワードが入団したのは一九五五年だが、同じポジションの強打の捕手、ヨギ・ベラの陰に隠れて出場試合数はなかなか増えなかった。その間、他のチームはスピードとパワーに溢れる黒人選手をどんどん採用し、チーム力を底上げしていった。

それでも、ケーシー・ステンゲルが指揮を執っていた時代は強かった。しかしケーシーはヤンキースの監督を辞めた後、新しくニューヨークに誕生したメッツの監督に就任し……世は巡る。

「もしも何か分かったら、連絡をくれないかな」俺は名刺を渡した。

「しかし、保安官事務所としては動きようがありません。家族からの届出もありませんし」

「もしかしたら、行方不明になった女の子は事件に巻きこまれているかもしれない。

「ああ……情報があったら連絡します」

「そうしてもらえると助かる」

車に戻り、地図を確認する。リズが「なかなか好青年ね」と漏らした。

「君のタイプかな」

「まあね。でも、実際につき合うと退屈かもしれないけど」

「よくご存じで」

「ノーコメント」

「好きなだけ言っておいてノーコメントは、あまりいい手じゃないな」

「だったら、どう切り返したらいい？」

「害のない嘘で」

「言った時点で害がないって、どうして分かるの？」

「経験、としか言いようがないな」

「メモしておいた方がいい？」

「ご自由に——でもその前に、農場へ行くぞ」

「道案内、頼むわね」

「了解」

問題の農場までは二十分ほどしかかからなかった。広々とした牧草地で夏の陽射しを浴びながら牛が草を食《は》むだけで、人の姿は見当たらない。未舗装路が、ずっと奥にある大きな母家まで続いていた。リズはその私道に入る前で、一度車を停めた。

「このまま行く？　車で入っていくと、怪しまれない？」

「歩いて行った方が、むしろ怪しまれるだろう。この辺を歩いている人なんかいないんだから」

「ジョー、銃は持ってる？」

俺は腰の辺りを叩いた。「使うことになるとは思わないけど」とわざと軽い口調で告げる。

「私もそれを願うわ」

「行こう」

リズが私道に車を乗り入れる。未舗装の路面はボコボコで、マスタングは乱暴に上下に揺れた。母家に近づくと、その前で子どもたちが遊んでいるのが見えた。三歳か四歳だろうか……男の子一人、女の子二人。女の子二人はよく似ている。双子かもしれない。近くで、若い女性が二人、その様子を見守っている。のんびりした光景で、ヒッピーの一つの側面が垣間見えた気がした。争いを好まぬ平和主義者。家族やコミユニティに対する考えが、俺たち古い人間とは違うだけ、ということだろう。

俺は、手前のベンチに座っている女性に向かって手を上げた。向こうも軽い調子で手を振ってくる。どうやら友好的に出迎えてくれるようだ。もしかしたら、同じような格好のリズがいるからかもしれない。しかし――俺たちは、かなり変わった二人組に見えるだろう。リズは流行りのヒッピーファッション。俺はと言えば、濃いグレーのスーツにネクタイ姿だ。これは探偵のユニフォームのようなものである。スーツにネクタイ姿ならば尾行や張り込みでは目立たないし、どんな相手も信用してくれる。ただし、ヒッピーには通じないかもしれないが。

「ここに、ベス・ハートリーという女性がいますか」俺は丁寧に切り出した。「私はジョー・スナイダー。ニューヨーク・シティの探偵です。こちらは助手のリズ・ギブソン」

「探偵？」それまでのんびりした表情を浮かべていた女性が、急に警戒する顔つきになった。「警察には用事はないよ」

「警察じゃないです。探偵です」

「似たようなものじゃない」

「全然違います。私はデモを弾圧したりしない。人に頼まれて仕事をしているだけです」

「それで、ベスに何か？」

「行方不明になった女性を捜しています。彼女が何か情報を知っているかもしれない」

「行方不明？」

目の前にいる女性に聴くのが正しいかどうかは分からない。ベス・ハートリーという女性が、このコミューンの代表らしいから、彼女に直接確かめたいのだが……しかし話を出してしまった以上、「ベスに確認する」と押し切るのも無理がある。

「ジェーン・アトウォーター。マンハッタンに住む高校生です。そういう人が、ここにいませんか」

「いないわよ」

女性が、隣のベンチに座る女性に顔を向けた。否定――彼女も首を横に振る。知らないふりをしている感じではなかった。

「ミズ・ハートリーに会わせてもらえないだろうか。彼女が、この農場に住んでいる人たちの代表だと聞いている」

「代表？」女性が突然笑いを爆発させた。「代表じゃないよ。彼女はママ」

「ママ？　あなたの？」

「違う、違う。皆の」

やはり俺の常識の範疇《はんちゅう》にはない集団のようだ。何だか頭が痛くなってきたが、我慢してもう一度ベス・ハートリーとの面会を申しこむ。

「ちょっと待ってて。今は夕飯の準備をしていると思うから」

「待ちます」

女性がのろのろと立ち上がり、母家に入って行った。残された俺は、芝生の上で転げ回る子どもたちをぼんやりと眺めた。双子のようによく似た女の子たちの柔らかそうなブロンドの長い髪に、髪飾りのように落ち葉がくっついていた。幼い子どもが楽しそうにしているのを見るのはいいものだが、彼女たちの十年後、二十年後がどうなるかを考えると心配になる。

五分ほど待っていると、でっぷり太った女性が、怪訝そうな表情を浮かべて出て来た。色落ちしたダンガリーのブラウスに、足首まですっぽり隠れるスカート。髪は三つ編みにしている――ヒッピーというより、農場の女主人という感じだった。

「私を捜してるのは、あんたかい?」太い指を俺に向かって突きつける。

「そうです。ジョー・スナイダー」俺は親指で自分の胸を指差した。

「探偵さんだって?　ずいぶん若いお嬢さんを連れて仕事してるんだね」

「いろいろ事情がありまして」その事情を上手く説明するのは困難だが。俺自身、分かっていないのだ。

「そう……あんたたち、アップルパイ、食べない？」

「アップルパイ、大好きです」リズが目を輝かせながら一歩前に進み出た。

「お嬢さん、ついてるわね。私のアップルパイは絶品よ。マンハッタンでも商売ができるぐらい」

「いただきます」

「リズ……」

俺は溜息と一緒に吐き出したが、リズは肩をすくめるだけだった。話を聴きに行った人からお茶や菓子をご馳走《ちそう》になることには、プラス面とマイナス面がある。一気に親しくなれる可能性もあるが、毒を盛られる恐れもないではない。

結局俺は、並んで歩き出したベスとリズの後に続いて母家に入った。昔ながらの広い農家で、ひんやりとした空気が流れている。ベスは、巨大なダイニングテーブルに俺たちをつかせ、大きく切り分けたアップルパイを出してくれた。リズは皿が置かれると同時にフォークを取り上げ、アップルパイの攻略に取りかかった。

「美味しい。本当にお金が取れる味ですね」リズは心底喜んでいる様子だった。

「実際、そういう仕事をしていたこともあるのよ」

「シカゴで？」俺は訊ねた。途端にベスの眉間に皺が寄る。

「私のことを嗅ぎ回ってるの？　気に食わないわね」

「嗅ぎ回っているわけではないですよ。自然に耳に入っただけです」

「そう……私は確かにシカゴで生まれ育った。親がベーカリーをやっていて、私も自然にそこで働くようになったの。私が焼くアップルパイは、近所でも評判だったのよ」

「それがどうして、ニューヨークに？」

「ここへ来る前は、サンフランシスコにいたわ。ジャック・ケルアック（一九二二年〜一九六九年。アメリカの作家・詩人。ビートニクを代表する作家の一人。代表作に『路上』など）にかぶれちゃって、サンフランシスコに行けば、何かが始まると思って……それが一九五九年。私は二十三歳だった」

ということは、今は三十三歳か。それにしては、中年の波に洗われている感じがする。放浪生活の疲れだろうか。

「ヒッピーの走りですね」

「その頃はビートニクって言ってたわよね。向こうで詩を作ったり、瞑想したり、たまにアップルパイを焼いたり……でも、サンフランシスコにいるのもだんだん息苦しくなってきちゃって。それこそケルアックの真似をして、あちこちを放浪し始めたのよ。そのうち仲間が何人もできて、子どもが生まれたりして、どうしても皆で落ち着いて住む場所が必要になった」

「それで、この農場に」

「そう」ベスがうなずく。「ここの主人のミスタ・マグローが寛大な人で」

「農場の仕事をする代わりに、ここで暮らしていいと」

「そういうこと。お互いに助かってる感じかな」

俺もアップルパイの鋭角な角を切り取って口に運んだ。確かに美味い。甘味は強過ぎず、りんごの酸味が少しだけ残っていて、食べる度に口の中が爽やかになるようだった。

「ずっとここに住むつもりですか？」

「先のことは分からないわ」

「今、何人いるんですか」十人だと分かっていたが、敢えて訊ねた。

「十人。でも、そのうち出ていく人もいるかもしれないし、また増えるかもしれない」

「意外でした」俺は打ち明けた。

「何が？」

「ヒッピーの人は、真面目に仕事なんかやらないと思っていた」

「何言ってるの」ベスが豪快に笑う。「働かないと食べていけない——そんなの、当たり前でしょう。私たちは、自分たちで食べる分は自分で作って、慎ましやかに暮らしていきたいだけ。要するに、自給自足で、気の合った仲間同士で一緒に楽しくやりたいだけなのよ。政府にも介入して欲しくない。でもそのうち、私のアップルパイは売るようになるかもしれないけど。ここで採れたりんごを使えばいいし、お金はないよりあった方がいいでしょう」

「でも、のんびりした暮らしなんですね」

「そうは言っても、なかなか難しいわよ。私もそうだけど、農場の仕事なんかやったことのない人間がほとんどだから。毎日、ミスタ・マグローの特訓を受けてるのよ」

「そうですか……」アップルパイが半分ほどになったところで、俺はジェーンの写真を取り出した。巨大なテーブルの向かいに座るベスの方に滑らせる。ベスは素早い手つきで、さっと写真を取り上げた。

「可愛い子じゃない。この子を捜してるの？」

「名前は、ジェーン・アトウォーター。まだ高校生なんです」

「見たことないわね」ベスがあっさり言った。

ジェーンが会っていたのはベスではない、という確信はあった。目撃証言によると、もう少し年上——四十歳ぐらいの女性だ。ベスは、三十三歳という年齢の割には老けてはいるが……。

「ウッドストックに参加していました」

「そうなの？」

「最終日――月曜日の朝に目撃されてから、行方不明です。家に帰っていません。その時に、ヒッピー風の女性と一緒にいた、という情報があります」

「それが私だと？」

「違いますか？」

「残念ね。私はウッドストックには行っていない。ああいう音楽には興味がないから。子どもの頃からずっとジャズ」

「この農場に住んでいる人の中で、誰かウッドストックに行きませんでしたか」

「いるわよ」ベスがあっさり認めた。「呼んでこようか？」

「お願いできますか」

「ちょっと待って」

ベスが立ち上がり、母家の奥に消えていった。

「どう思う？」俺はリズの方に体を倒して小声で訊ねた。「バックマンが見た人とは違うと思うけど」

「年齢は……分からないんじゃない？　彼女、実際の年齢よりも年上に見えるし」

「四十歳と言って通用するかな」

「遠目で見たら分からないと思う」

「彼女の写真を撮って、バックマンに見せてみるか？」カメラは常に車の中に置いてある。

「どうやって写真を撮るの？　上手い言い訳、ある？」

「ない」

「だったらその計画、却下」リズがあっさり言った。

相変わらずはっきり言う……しかしこれは、彼女が本気で探偵になりたい証拠だと考えることにした。遠慮していては何もできない。

ほどなくベスが、二十歳ぐらいの女性を伴って戻って来た。緩くウェーブがかかったブロンドの髪、体にぴったり合った緑色のTシャツにベルボトムのジーンズ、サンダルという格好である。どことなく不安そうで、視線が泳いでいた。

「無駄だと思うけど、聞いてみたら」ベスが言った。

俺は立ち上がり、ジェーンの写真を彼女に見せた。

「ウッドストックの会場で、この女性を見なかったかな」

「さあ……」

「こういう格好じゃなくて、もっとヒッピーっぽい格好をしてたはずだけど」

「見てないわ」

「君は、ずっと会場にいたのかな？」

女性が黙って首を横に振る。それから「金曜日から日曜の朝まで」と言った。

「途中で帰って来たんだ」

「演奏は午後から朝までで、昼夜が逆転して、何だか体がおかしくなっちゃったから。子どもの面倒も見なくちゃいけなかったし」

「ここにいる子ども？」

「双子の女の子」

「やっぱり双子だったんだ」外で転げ回っていた二人の女の子を思い出した。

「私は別に、いいって言ったのよ」ベスが弁解するように言った。「子どもは皆で育てているんだから、一日二日ぐらいここにいなくたって平気だし」

「でも、私の子だから」

　この若い女性は、まだ普通の「家族」の感覚を持っているようだ。しかし、実際には何歳なのだろう。父親は、双子は三歳か四歳。ということは、彼女は十六歳か十七歳で産んだのだろうか。このコミューンにいるのだろうか。

「——それで、この女性は見ていないんだね」

「何万人もいたから。あそこで知り合った人もいたけど、この人は知らない」

「そうか……ありがとう」

　結局空振り……かすかに期待していた自分を、俺は心の中で叱責した。そんなに簡単に、手がかりが見つかるわけもない。いや、そもそもこの手がかり自体が信用できるかどうか。バックマンが適当なことを言っていた可能性もある。

「この辺に、同じようなコミューンはありますか?」俺はベスに訊ねた。

「何ヵ所かあるみたいね。連絡を取り合っているわけじゃないから、はっきりしたことは分からないけど。この子が、コミューンの中にいると思ってるの?」

「ヒッピーに憧れを持っているようなんです。誘われて、コミューンで暮らすようになってもおかしくはない」

「そう……だったら、行ってみる? 近くに、私の知り合いが住んでるから。そこは五人ぐらいのグループだけど」

「教えて下さい」

地図で確認すると、ここから車で三十分ぐらいで行ける場所のようだ。まだ陽は落ちていないし、これから訪ねても大丈夫だろう。ベスに礼を言って、俺たちは農場を辞去した。

大まかな行き先を指示しておいてから、俺はリズに訊ねた。

「君は、こういうコミューンでの暮らしに興味はないのか?」

「こういうのって、だいたい田舎にあるのよね」

「そうなのか?」

「そう。自給自足で、外から干渉されないように生きていくためには田舎の方が適してるでしょう？　都会では、そういうのは難しい。マンハッタンの真ん中で牛を飼うなんて、無理よね」

「そりゃそうだ」

「私は、都会を離れたら生きていけないから。ヒッピーの中でも、こういうのは……合わないわね」

「ヒッピーと言ってもいろいろなんだ」

「そうだね。一括りにされると困るかな」

「君の場合は？」

「何だろう……ヒッピー的な考え方は嫌いじゃないわ。争い事は嫌いだし、平和に生きたいし……でも、実際にやってみようとは思わないわね」

「しかも探偵を目指している。探偵は、暴力的な事件に巻きこまれることも珍しくないぜ」

「そういう風にならないように頑張るのも、探偵の仕事だと思うけど」

「なかなかそう上手くはいかない」最後は暴力的な結末——解決に至った事件はいくらもあった。そうならないように心がけているのは俺も同じなのだが、自分ではコントロールできないことも多い。

次の聞き込みも、コントロールできない結果に終わった。応対したのは、顔中髭だらけの大柄な男だったのだが、知り合いであるはずのベスの名前を出してもまったく納得せず、今にもショットガンを持ち出してきそうな雰囲気だった。こういう時は粘ってもどうにもならない——俺はひとまず、ニューヨーク・シティに引き上げることにした。

「このままこっちに泊まって、明日も聞き込みしたら？」リズが提案する。

「手がかりが切れているからな……一晩ゆっくり寝て、考えたい」

「弱気なんだ」

「慎重なだけさ」

「ふうん」馬鹿にしたように言って、リズがラジオのスウィッチを入れた。途端に、激しく歪んだギターの音が飛び出してくる。俺は思わずボリュームを下げた。

「何だい、これ」

「知らないの？　アイアン・バタフライ（アメリカのサイケデリック・ロックバンド。ハードロックのルーツ的バンドとしても知られ、現在も活動を続けている。代表作にアルバム『In-A-Gadda-Da-Vida』）だよ。去年からラジオでずっとかかってる」

「こいつは俺の好みじゃないな」

「音楽の趣味って、どこかで止まるのかな」

「ああ？」

「ジョーは、ロックンロールが好きだよね」

「エルヴィスが俺の神だ」

「でも、ブームは終わるでしょう。終わるっていうか、ロックンロールだって進化する。エルヴィスからビートルズへ、みたいな」

「そうだな」

「でも、ジョーはビートルズも聴かないでしょう？　そのルーツはエルヴィスなのに」

「ビートルズは好みじゃないんだ」

「それで、昔の曲にこだわっている……まあ、そういう感覚は分からないでもないけど。私はジャニスやマウンテンが好きだけど、十年後に、その時流行っている曲を追いかけているかどうかは分からない」

「『今の音楽にはついていけない』なんて言いながら、一九六九年のヒット曲をまだ聴いているかもしれないわけだ」

「そう。音楽って不思議よね」

だからこそ、惹かれるのかもしれないが。音楽には、底知れぬ魅力がある。聴く度に発見があるのが、いい音楽だと思う。エルヴィスにはそれがあった。今のバンドには……年齢的な問題もあるかもしれないと、俺は密かに溜息をついた。ポップ・ミュージックは、結局若い人のための音楽なのだろう。年寄りは置き去りにされるしかない。

自宅に戻って、午後八時。昼に食べたハンバーガーはとっくに胃から消えていて、夕飯が必要だった。

ただし、半年前に引っ越した俺の家の周辺には、手早く食事が取れる店がない。今夜は少し歩き回って探そうと決め、俺は夜の散歩に出かけた。さすがマンハッタン、この時間になっても道行く人は多い。車の流れも途切れず、タクシーのクラクションが、いいBGMになっていた。外からニューヨークへ来た人は、この気忙しい雰囲気が好きになれないと嘆くが、逆に俺は、こういう騒音がないと落ち着かない。実際、昼間は静かな田舎町で過ごして、ひどく居心地が悪い思いを味わっていた。

さて、どうしたものか……少し前屈みになり、絶対にスピードを緩めないように意識しながら先を急ぐ。マンハッタンで歩く時は、絶対にゆったりしてはいけないのだ。そうしないと、他の人の歩くスピードと合わずに、衝突続きになる。

小さなイタリア料理店を見つけた。こんなところにこんな店があったか……イタリア料理の店は、大抵リトル・イタリーに集まっているのだが。いや、これはイタリア料理というわけではなくピザの専門店のようだ。これも珍しい。マンハッタンでピザというと、昼間に屋台で買うのが普通だ。ピザの大きな一切れとコーラのランチは、俺も嫌いではない。

　たまにはディナータイムにピザもいいか。今は空いているようだし……ドアを押し開けると、ニンニクのいい香りが鼻を刺激した。窓際の空いている席に座ると、すぐにウェイターが注文を取りに来る。ビールを頼んで、メニューを眺め渡した。どうやら本格的なイタリア風のピザのようだが、よく分からない。屋台で頼む時は、トマトソースとチーズだけのピザが普通だ。

「ジョー？」

　懐かしい声が、心地好く耳を刺激する。思わず立ち上がって振り返ると、ヴィクが笑みを浮かべて立っていた。昨日会ったジェーンの同級生のヴィクではなく、かつて俺の人生に深く関わった女。会うのは八年……九年ぶりかもしれない。

　俺たちはごく自然にハグした。喧嘩別れしたわけではない。二人の進む道が合わなかっただけなのだ。懐かしい感触と香りに、俺はクラクラする想いだった。

「ヴィク……何でこんなところに？」

「色々事情があるのよ」ヴィクが悪戯っぽく笑った。歳月は彼女の美しさを損ねず、むしろいい感じの円熟味を感じさせた。「あなたは？　相変わらず地べたを這いずり回っている？」

「ああ、何も変わっていない——いや、この近くに引っ越してきた」

「ハーレムで何かトラブルでもあった？」

「そんなことはないよ」俺はあの街で多くの黒人の友人を得て、その文化を学んだ。引っ越したのは、単に仕事のために過ぎない。

「でも、この店に来るなんて、お目が高いわ」

「君もよく来るのか？」

「ここ？　私の店よ」

「本当に？」

「本当」ヴィクが微笑む。

ヴィクとは十年前、ある事件の捜査を通じて知り合い、しばらく親密な時を過ごしたのだが、俺の方の仕事が忙しくなって会えない時間が続くうちに、自然消滅のような形でつき合いは終わった。連絡を取ろうと思えばできたのだが、俺の都合で放っておいて彼女を寂しがらせてしまったのが申し訳なく、結局別れた後は一度も連絡を取っていなかった。

「結婚は？」

ヴィクが首を横に振った。その右手は、まだ俺の肘をしっかり摑んでいる。

「つき合った人はいたけど、結婚まではね……私は結婚じゃなくて、この店を選んだのよ」

「しかし、まさか、ピザレストランとはね」

「ここは元々、知り合いが経営しているイタリア料理の専門店だったの。でもそのオーナーが歳を取って、続けていけなくなったから、私が引き継いだ」

「昔の仕事と関係しているとも言えるよな」

「今も料理や飲み物を運ぶわよ。経営者だからって、お金の勘定だけしていればいいってわけじゃないから」

「君が料理を運べば、お客さんも喜ぶよ」十年前も、ヴィクは優秀なウェイトレスだった。愛想もサービスもよく、稼いでいるチップは、「シアタークラブ」の従業員の中でもトップクラスだったと思う。

「でも、本当に驚いた。食事していくでしょう？」

「もちろん。美味いんだろう？　匂いで分かるよ」

「美味しいわよ。今日は店の――私の奢りで食べていって」

「それじゃ申し訳ない」

「今度は、友だちをたくさん連れてきてくれればいいわよ」

「友だちは少ないんだ……相変わらずだけど」

「座ってて」ヴィクがまた微笑む。「私が美味しいピザを選んであげるから」

何とまあ……こんなことがあるのか。俺は椅子に腰かけてラッキーストライクに火を点けた。別れた女との再会は大抵ぎこちないものだが、今回は不思議とあの別れ、そして離れていた歳月が突然消えてしまったように思える。

運ばれてきたビールを瓶から一口呑む。一日の疲れがすっと溶けていくようだった。煙草をふかしながら、あの甘く激しき日々をぼんやりと思い出しているうちに、ヴィクがピザを持って戻って来た。

「お待たせ」皿を置くと、俺の向かいに座る。

「美味そうだ」

薄いが巨大なピザは八等分されている。一つ取り上げ、縦に半分に折って口に運んだ。確かに美味い……生地は薄い分クリスピーで、歯触りがいい。トマトソースは屋台で食べるものより酸味が強く、逆にチーズはずっとまろやかだ。一切れに一枚ずつ、濃い緑の葉が載っていて、少し青臭くかつ甘い香りが口の中を爽やかにしてくれる。

「これは、どこ風のピザなんだろう」

「イタリア。ローマ風」

「本場ってことか」

「ピザレストランにする時に、本場の味を出したかったから、わざわざローマに行ってピザ職人をスカウトしてきたのよ」

「もう立派な経営者だな」

「やってみると楽しいものよ」ヴィクが穏やかな笑みを浮かべる。立派な経営者——その自信を持っているようだった。

ピザの生地は本当に薄く、俺はあっという間に全部平らげてしまった。

「この店、流行ってるだろう」

「そうね。昼間が中心だけど。この辺で働いている人や学生がよく来てくれるわ」

「じゃあ、儲かるな」

「そうでもないわ」ヴィクが苦笑した。「このピザ、三ドルよ？　儲けなんて本当に少ないんだから」

「そうか……」気軽な食べ物であるピザに十ドルも出す人間はいないだろう。

「でも、にぎやかで楽しいわ。私もピザをたくさん食べて、太ったけど」

「そんな風には見えない」

「何年経ったと思ってるのよ……人は変わるわ」

「俺もか？」

「あなたはいい歳の取り方をしたみたい」

「そうかな」俺は両手で思い切り顔を擦った。「忙しいだけで、くたびれてきてるよ」

「でも、渋い感じになってるわ」

「君は昔から口が上手い――人を調子に乗せるのが得意だったね」

「悪いことじゃないでしょう……それで？　あなたも一人？」

「ああ」

「そうじゃないかと思った」ヴィクが両手を組み合わせ、顎を載せた。

「結婚してる感じがしないもの」

「そういうの、分かるんだ」

「女の勘。でも、あなたはそもそも結婚に向いていないと思う」

「同感だな。君にもいろいろ迷惑かけたし」

「結局あなたは、仕事の方に行ってしまうから」ヴィクが溜息をついた。

「困った人がいると、放っておけないんだ」

「でも、それだけじゃないでしょう。儲けてるみたいね」ヴィクがテーブルの上に身を乗り出して、俺のスーツの襟を撫《な》でた。「昔よりいいスーツを着てる。お金持ちの依頼人を摑まえた？」

「君は相変わらず勘がいい……儲かる仕事もしたよ。でも、俺ももう四十四歳だ。いつまでもくたびれたスーツを着てるわけにはいかないだろう？　年齢なりに、人に信頼されるような服装にしないと」

「ウォール街の証券マンみたい」ヴィクが声を上げて笑う。「それで？　今は、金持ち相手の仕事をしてるの？」

「そういうこともある。でも、大抵は昔と同じ感じだな」

「人捜し？」

「ああ」俺は紙ナプキンで指を拭った。「この街は、大きな穴みたいなものだと思う。人をどんどん呑みこんでしまうんだ」

「それであなたは、穴に潜って人を捜す……」

「見つからないこともあるけど」

「そういう仕事を一人でやるのは大変ね」

「一人……とも言えないけど」

「あら、パートナーがいるの？」

「そういうわけでもない」

「何だかはっきりしないわね」

押しかけ助手のリズのことを話した。途中からヴィクが目を見開く。

「そんなヒッピー娘を助手に？　本当は助手じゃなくて、若い恋人なんじゃないの？」

「まさか」俺は思わず笑ってしまった。リズは、助手としては役に立つが、恋人としては……俺が二十歳若くても、恋愛感情は持たないと思う。

「あなたのタイプじゃない？」

「それは断言できるよ」

「そんな人を、どうして助手として使ってるの？　求人広告でも見て来た？」

「いや、押しかけて来たんだ」

「それでヒッピー娘を雇ったの？」

「ヒッピーなのは格好だけなんだ。電話の応対はちゃんとしているし、車の運転も上手い。それに、若い連中と話をする時は、彼女がいると場が和む」

「あなた、顔が凶暴だから」ヴィクが手を伸ばして、そっと俺の顔に触れた。一瞬だったが、俺は猛烈な電流が走ったようなショックを覚えた。「私は好きだけど」

「俺も、君ほど合う人に会ったことはない」

「だったら私たち、どうして別れたのかしら」

「それが分かってたら、そもそも別れてなかったんじゃないかな」

「今は？」

「君は変わった――昔とは立場が違う。俺は昔のままだ。距離はずっと開いたんじゃないかな」

俺は立ち上がった。これ以上ここにいるべきではないという警告が、頭の中で鳴り響いている。ヴィクの表情は変わらなかった。言葉では親しげな雰囲気を出しているものの、彼女の心はとうに俺から離れているだろう。ハグか握手で……とも思ったが、それもこの場にはそぐわない気がする。

「また来るよ。こんなに美味いピザを食べたのは生まれて初めてだ」

「そのヒッピー娘も連れてきたら？」

「ピザが好きかどうかも分からないけどね」

「ニューヨークに住んでいて、ピザが嫌いな人、いる？」

俺もそう思う。しかしリズたちの世代の常識は、俺たちのそれとはかなりずれているのだ。

日曜日、自宅にメアリから電話がかかってきた。午前九時……昨夜呑み過ぎたので、電話のベルの響きは新手の拷問のようだった。

「――はい」

「メアリ・アトウォーターです」

「ああ、メアリ」俺はベッドから抜け出した。とにかく熱いコーヒーが欲しい……しかし今はどうしようもない。

「ごめんなさい、日曜の朝に」メアリが本当に申し訳なさそうに言った。

「いや、いいんだ。こっちから連絡すべきだったね」相手は十六歳だ。不安にさせないように気をつけないと。

「それは困ります」メアリが慌てて言った。「家族に話を聞かれたくないので」

「今は？　話していて大丈夫？」

「両親は教会です。私は、少し頭痛がするって言って、休みました」

なかなか厳しい家なのは間違いないようだ。その中で、メアリだけがジェーンを心配している……。

「申し訳ないけど、今のところはっきりした手がかりはないんだ。ジェーンがウッドストックで知り合った人は割り出して、話を聴いた。ニュージャージーに住んでいる自動車修理工だけど……その彼は、月曜日の朝に、年配のヒッピー風の女性とジェーンが一緒にいるのを目撃している。それで今、このヒッピー風の女性を捜しているんだけど、まだ見つからない」

通常の探偵の業務報告なのに、どうも言い訳のようになってしまう。失踪人の捜索で一番困るのが、この途中経過報告だ。摑んでいる手がかりを全て話すと、依頼人に過度の期待を抱かせてしまうことがある。それだけならともかく、その手がかりを追って、自分でも調べてみようとする人がいるのはまずい。高校生のメアリがそんなことをするとは思えないが、危ないことに巻きこむわけにはいかない。

「そうなんですか」メアリは露骨にがっかりしていた。

「ジェーンは、ヒッピーの生活に憧れていたんじゃないか？　ヒッピー同士で集まって、農場で暮らす、みたいな」

「そんな話、聞いたことないです。ジェーンはいつも『マンハッタンを離れたら生きていけない』って言ってましたから」

「他に……例えばデモやダイ・インに参加したことは？」

「そういうのもなかったです」

「じゃあ、ファッションと音楽の好みだけがヒッピー風なんだ」

「今は誰でもそうじゃないですか？」

「君は違う」

「私は……あまり興味ないです」

「ご両親は、格好だけヒッピー、というのでも許せなかったわけだ。今も、ジェーンのことは話していない？」

「ええ……もう一週間になるのに。どうでもいいと考えてるんだと思います」

確かに。ウッドストックが終わったのは月曜の朝で、今日は日曜日……嫌な予感が膨れ上がってくる。

「アンテナを張ってるけど、今のところジェーンが事件や事故に巻きこまれた証拠はない。だから、自分の意思でどこかへ行ったんじゃないかと思う」そう言って俺は、自分を安心させようとした。

「やっぱり家出だったんですね」

「ああ。そうなると、見つけ出しても家に帰って来るかどうかは保証できない。もちろん、説得するけどね」

「私も話します」

「やはり一度、ジェーンの部屋を調べたいな。家出だとしたら、何か手がかりがあるかもしれない」

「困ります」メアリが慌てて言った。「あなたに頼んだことがバレたら、私が……」

「そんなに厳しい？」

「パパとママは、世間体ばかり気にしてるから」

メアリが子どもっぽく唇を尖らせる様が容易に想像できた。十六歳はまだ子ども……両親に内緒で俺に相談してくるぐらいが限界だろう。

「ジェーンが家出したとしたら、前から計画していたかもしれない。その証拠が部屋に残っている可能性もあるんだ。例えば、君の両親が家にいない時間に、密かに入りこむとか……」

「ママは、だいたい家にいますから、無理です」

「買い物ぐらいは行くんじゃないか？」

「それでも、いつも三十分で帰ってきますから。ジェーンがいなくなった後、やっぱり神経質になってるんです。私を監視しているつもりかもしれない。私は別に、家を出るつもりなんかないのに」

ティーンネイジャーの部屋は、だいたい乱雑なものだ。そこをすっかり調べるのは、三十分ではとても無理だろう。家族とも顔見知りのリズを送りこむ手も考えたが、それでも家族は怪しむはずだ。できないと考えると、そこに何か重要な手がかりがあるような気がしてならないのだが……。

「何か分かったらこっちから連絡するけど、どうしたらいいだろう？　電話も簡単にできないんじゃないか？」

「ルールを作れば何とか……例えば、二回だけ鳴らして切ってもらうのを合図にしたらどうでしょう」

「俺はそれで大丈夫だ」メアリの母親が、電話にずっと張りついているのでなければ。

「……お願いします。何だか、どんどん不安になってくるんです」

「分かるよ。とにかくやってみる」

電話を切った後、まだ金の話をしていないな、と気づいた。十六歳の高校生の小遣いを受け取るわけにはいかないし、金の話はジェーンが見つかった時に、と言っておいたものの、今回の捜索は完全に自腹……まあ、こういうこともある。リズが近所の顔見知りを心配して持ってきた話だし、俺は普段から「金のためだけに仕事をしていない」とリズには言っている。それを証明するような事件が、一つぐらいあってもいいのではないか。

俺は、穴にはまりつつあるのを意識した。ヒッピーの集団を捜してニューヨーク州中部から北部を走り回ったのだが、どうにも上手くいかない。平和的に話をしてくれる相手もいたし、まったく話にならずに追い返されたこともあったが、いずれにせよジェーンの行方に関する情報は摑めなかった。

ウッドストックにある農園からの帰り道、俺はマスタングの窓を開け放して、まだ熱い風を車内に導き入れた。汗が引くわけではないが、顔を叩く風の感触は心地好い。

「――ね？」

リズの声が風に吹き消される。俺は窓を巻き上げ「何だって？」と訊ねる。

「こういうコミューンって、どれぐらいあるのかな」

「見当もつかないな。ニューヨーク州だけでどれぐらいあるかも分からない」東海岸全体に広げればもっとか……しかしジェーンは、東海岸にいるかどうかすら定かではない。中西部、あるいは西海岸へ移って、そちらのコミューンで暮らしている可能性もある。そうなったら、彼女を捜し出すのはまず不可能だろう。

「こういうやり方、ずっと続ける？　バックマンの証言は嘘かもしれないし」リズは少し苛立っているようだった。自分で金を出しているわけではないが、ここ数日は、ただガソリンを無駄に消費しているだけ、とでも考えているのだろう。ニューヨーク州は意外に広いし、いかに運転が好きでも、こんなに走り回っていたらさすがに疲れるはずだ。

「どこかで、やり方を見直さないといけないかもしれないな」

「バックマンをもう一度叩くとか」

「そうする必要もあるかもしれない」

この捜索は、これまで経験してきた人捜しより何倍も難しい。自宅や職場から消えたというなら、何か手がかりが残っていてもおかしくない。しかし延べ四十万人が集まるコンサート会場に紛れこみ、そこから自らの意思で姿を消してしまった人を捜すのは、まさに雲を摑むような仕事なのだ。

「まだ早いな……」俺は腕時計を見た。「保安官事務所に寄ろう」

「もしかしたら、ジェリーに会う？」リズの声は弾んでいた。

「何だよ、そんなに嬉しいのか？」

「ああいうオール・アメリカン・ボーイは、どんな時代でも人気なのよ」

「そういうプライベートな気持ちは捨てておいてくれ。あくまで仕事なんだから」

「はいはい」リズがつまらなそうに言った。

保安官事務所には、のんびりした空気が流れていた。ニューヨーク州とは言っても、ここは田舎……事件など滅多に起きないのだろう。セバスチャンを呼び出してもらい、また煙草を吸いながら話をする。

「ここに来たということは、まだ見つかっていないんですね」

「残念ながら」俺は肩をすくめた。「この辺には、いったいどれぐらいヒッピーのコミューンがあるんだろう」

「どうですかね。うちでも正確には掴んでいないです」

「それはそれでまずいのでは？」

「問題を起こすような連中じゃないですから。一々追跡しているような余裕は、うちの保安官事務所にはないんですよ」

「どうも、ヒッピーの連中のことはよく分からない」

「俺もです」セバスチャンが苦笑する。

「あんたとは、年齢も近そうだけど」

「年齢は関係ないでしょう。そもそもヒッピーにも、いろいろな種類があるようですね」

「ああ」

「大勢で集まってデモしたり抗議したりするのもヒッピーだし、そういうのに背を向けて、自給自足で静かに生きていくのを選んだ人たちもいる……後者の方は、別に害はないですけど、何だか不気味ですね。これから何十年も、家族でもない人たちが一緒に暮らしていくんでしょうか」

「何だか、時代を遡っているみたいだ。都市文明が成立する前の時代みたいな」

「それはありますね」セバスチャンがうなずく。「でも、どうするんですか？　まだヒッピーのコミューンを調べるんですか？」

「それでいいのかどうか、分からなくなってきた。そういうコミューンがどれぐらいあるか分からないし、この郡だけとも限らない。範囲はもっと広がるかもしれない」

「そもそも本人の意思で、どこかのコミューンに紛れこんでいるとしたら、しょうがないんじゃないかな。誰かが捜しに来ても、匿ってもらえば見つからない」

「しかし、誰かに強引に連れ去られた可能性もある」

「あの連中は、そんなことはしませんよ」セバスチャンがゆっくりと首を横に振る。

「平和的だから。来る者拒まず、去る者追わず、みたいです」

「農場の働き手を確保するためとか」

「声はかけるかもしれませんけど、強引に引っ張っていくような真似はしないでしょう」

「そんなものかな」

「ビジネスの勧誘じゃないんで」

「何だかあんたは、ヒッピー連中を庇っているようにも聞こえる」

むっとした表情を浮かべ、セバスチャンが煙草を投げ捨てた。乱暴に踏み消すと「お手伝いできることはないみたいですね」と告げる。

「残念だけど、何か別の手を探すよ」

「あまり、うちの郡の中でうろうろしないで欲しいですね。探偵さんなんかには縁がないところですから」

「探偵は、どこへでも行って仕事をする」

「うちは平和な――」

その時、受付の女性が外へ飛び出して来た。穏やかな丸顔の中年女性なのだが、今は目が血走って、顔面は蒼白になっている。

「ジェリー、急いで」

「何か？」セバスチャンの表情が一瞬で変わった。

「通報が。銃を用意して」

緊急出動のようだが、それでもセバスチャンは俺に黙礼する礼儀を失ってはいなかった。さっと黙礼して事務所に駆け戻る。

「何かしら」リズが首を傾げる。

「銃が必要ってことは、穏やかな話ではないな」

「平和な郡、みたいなことを言ってたけど」

「どこだって、トラブルは起きるさ」

「どうする？」

「そうだな……」

気になる。探偵に関係あるとは思えないが、何故か無視してしまう気にもなれない。

「運転、代わるよ」

「どうして？」

「後をつけてみよう」追跡となったら運転も危険だ。それは彼女には任せておけない。

「本気で首を突っこむつもり？」

「確かめるだけだ」

リズがマスタングのキーを放って寄越した。キャッチしてすぐに車に乗りこみ、保安官事務所から少し離れて様子を窺う。三分ほどすると、保安官事務所からぞろぞろと人が駆け出して来た。パトカーに乗りこむと、急発進して出ていく。俺は最後の一台がスタートした直後にマスタングのアクセルを踏み、尾行を始めた。

かなりスリリングな尾行になった。保安官事務所のパトカーは法定速度を無視して飛ばしている。俺は少し距離を置いて、引き離されないように気をつけながらアクセルを踏み続けた。田舎町故信号もなく、他に走っている車も少ないが、マンハッタンのように直線道路が続くわけではなく、きついカーブではどうしてもスピードを落とさざるを得ない。次第にパトカーに引き離されて行った。

「私が運転した方がよかったのでは？」リズが皮肉っぽく言った。

「見つからないために距離を置いてるんだ」俺は強がりを言った。「こんな田舎道だから、少し離れても見逃さないよ」

「でも、これ以上遅れると、見えなくなるわよ」

「分かってる」

カーブを抜けて、思い切りアクセルを踏みこんだ。最後尾のパトカーのテールがかすかに見えている。ぐっとスピードを上げると、パトカーの車列は近づいてきたが、土埃のせいで霞んで見える。

ほどなく、パトカーの車列は右折して未舗装の私道に入って行った。その先には、農場の大きな建物が見えている。農場イコールヒッピーというイメージがすっかり頭に染みついていた俺は、好戦的な一団が何か凶悪な事件を起こしたのではないかと不安になった。

俺は私道には入らず、マスタングを路肩に停めた。

「行かないの？」

「追い返されるのがオチだ」俺は体を捻って、後部座席から探偵道具一式が入ったバッグを取り上げた。双眼鏡を取り出し、マスタングのドアを押し開ける。私道の前に立って、農場の建物に双眼鏡を向けた。パトカーが五台停まっていて、そこから保安官補たちがぞろぞろと出て来る。全員銃を構え、低い姿勢を取って建物に近づいて行く。明らかに、建物の中に危険人物がいる雰囲気――ヒッピー連中が建物に押し入り、ここの住人を人質に取ったのだろうか。

「まずいな……」

「私にも見せて」

俺は双眼鏡をリズに渡した。双眼鏡を目に当てたまま、リズが凍りつく。

「何、あれ？　映画みたい」

「警官の基本姿勢だよ。体を低くするのは、相手から見て的を小さくするためだ」

「誰か、建物の中にいるの？」

「そうかもしれない」

「こんな時間に？」

言われてみればその通りで、今は午後二時だ。人の家に押し入る時間ではない。しかしこの農場の近くには民家がない。「隣家」と言っても、半マイル（約800メートル）は離れているのではないだろうか。夜中と状況は同じだ。

「家に入って行くわよ」

リズに言われて、俺は目を凝らした。私道の入り口から母家までは百ヤード（約90メートル）はあり、双眼鏡なしでは細かい動きは分からない。だが、三人の保安官補がドアに近づいていくのは見えた。一人が思い切りドアに体当たりし、二人が突入する。直後に銃声——はしなかった。すぐに犯人と撃ち合いになるような状況ではないようだ。

手を伸ばして、リズから双眼鏡を取り戻す。覗きこんでみると、二人の保安官補を警戒要員に残して、他は母家の中に入ったようだった。

ほどなく、背の低い中年の女性が、二人の保安官補に両腕を摑まれて出て来る。この人物が犯人か——いや、そんな感じではない。女性は激しく泣きじゃくっているし、保安官補たちも気を遣っているようだ。ということは、この女性は犯人ではなく被害者、農場の住人か……。

「行くぞ」俺は双眼鏡を車の運転席に放りこんで歩き出した。

「ちょっと——大丈夫なの？」心配した様子で、リズが後からついて来る。

「ちょっと話をするだけだ。何だったら、両手を上げて行ってもいい。そうすれば、少なくとも撃たれないよ」

「そんな大変な話？」

「保安官事務所総出で対処してるんだから、穏やかな話じゃないぞ」

母家まで十ヤード（約9メートル）——そこで、セバスチャンが俺たちに気づき、慌てた様子で駆け寄って来た。

「何してるんですか！」今まで見たことのない、険しい表情だった。

「いや、大変そうだったから、何が起きたのかなと思って」

「好奇心でこんなところまで来られたら困りますよ」セバスチャンが長い両手を広げ、さらに俺の方へ向かって来た。ここから先は一歩も進ませないという、鉄の意志が透けて見える。

「何が起きたんだ？」俺は立ち止まって訊ねた。

「それはあなたには関係ないでしょう。うちの郡の話です」

「隠すようなことじゃないと思うけど」

「冗談じゃない。あなた、余計なことに首を突っこみ過ぎですよ」

「何やってるんだ！」

突然、空気を震わせるような怒声が響く。振り返ったセバスチャンが、慌てて一歩引いて直立不動の姿勢になった。巨漢——縦にも横にも大きな中年の男が、大股でこちらに向かって来る。ベルトの上には腹肉が乗っているが、鈍重な感じはしない。その気になれば素早く動けるタイプと見た。

「保安官です」セバスチャンが小声で言った。「余計なことをするから——」

「ジェリー、こいつらは何者だ！　関係ない人間を現場に入れるな！」

「すみません」セバスチャンが卑屈に謝る。

「保安官、ジョー・スナイダーです」俺は名乗った。

「マンハッタンの探偵っていうのは、あんたのことか」保安官が、大きな目で俺を睨みつけた。何か破壊力のある光線でも出しそうな目力がある。

「お聞きおよびでしたか」

「自分の仕事で、この郡の中をうろうろするのは構わない。あんたにも生活があるだろうからな。だけど、こっちの事件には首を突っこむな」

「ヒッピー絡みの事件じゃないんですか」俺は一歩前に出た。

「そうかどうかは分からない」

「この農場で何が起きたんですか？」俺は両手をさっと広げて見せた。

「あんたには関係ない！　とにかく、大騒ぎするようなことはなかった」

「保安官事務所が全員出動してるのに？」

「うちにはうちの方針がある。とにかく、探偵には関係ないことだ——ジェリー！」

名前を呼ばれて、セバスチャンがびくりと身を震わせる。

「この人たちを、外までお送りしろ。それでお前は、関係ない人間が入ってこないように警戒しておけ！」

「イエッサー」セバスチャンが硬い口調で言った。

セバスチャンを困らせるのは本意ではない。俺はリズの背中に手を当て、マスタングの方へ向かせた。そのままゆっくり歩き出す——時折振り返りながら。セバスチャンは厳しい表情を浮かべ、腰の拳銃に手を当てたまま、後からついて来る。

マスタングのドアに手をかけながら、俺は何事もなかったような口調でセバスチャンに話しかけた。

「それで？　本当は何が起きたんだ？」

「そんなこと、言えるわけないでしょう。さっさとマンハッタンに帰って下さい」

「そうもいかない。今日もこれから、訪ねる農場があってね」

「だったらさっさとそっちへ行って下さい。ここへは絶対に近づかないように」

「了解」俺は両手を上げた。セバスチャンとは、何とか友好関係を保っておかないと。今後大事なネタ元になる可能性もあるから、ここは素直に引いておこう。「すぐに引き上げるよ。しかし、君のボスはなかなか厳しそうな人だな」

「エディは、来年選挙なんです」

「じゃあ、今はヘマができないわけだ」

「そういうわけで、ピリピリしてますから、これ以上刺激しないで下さい」

「分かった。それじゃ、また――」

「また、はないです」セバスチャンがぴしりと言った。「さっさとこの町から消えて下さい」

俺は肩をすくめ、運転席に身を滑りこませた。リズも素直に助手席に座る。車を発進させてバックミラーを見ると、セバスチャンが腰に両手を当てて、こちらを凝視していた。気を抜くと、俺たちがすぐにこちらに戻って来るのではと恐れるように。

「諦めるの？」

「まさか」

「保安官に話を聴く？」

「リスクの少ない方にしよう――君なら、ジェリーに話をさせることができるんじゃないか？」

リズは少しだけ自分を飾っていた。道端で摘んだ花を髪に挿す——それだけで、ずいぶん雰囲気が変わる。

「上手く誘ってくれよ」

「でも、まず尾行でしょう？」

「保安官事務所の前で悶着《もんちゃく》を起こすわけにはいかないからな」

俺たちは、マスタングの中で待機していた。午後の農場での聞き込みはまた空振り……そしてどうしても先ほどの事件のことが気になり、保安官事務所に戻って来たのだった。とはいえ、話を聞くためには、セバスチャンが保安官事務所を離れる——家に帰るタイミングを待たねばならない。

事件の後始末が長引いているのか、保安官事務所からはなかなか人が出て来なかった。午後七時、ようやく私服に着替えた保安官補たちがぽつぽつと出て来る。そして保安官も……保安官は制服姿のままだった。車には乗りこまず、歩き始める。この格好で街中を歩くことで、自分の存在を街の人たちにアピールしようとしているのかもしれない。選挙で選ばれるという点では、保安官も大変だ。中には人気取りのために、おかしな事件をでっちあげる愚か者もいると聞いている。

それからしばらくして、セバスチャンが出て来た。白いボタンダウンのシャツにジーンズという軽装に着替え、顔には疲れた表情——先ほどの一件の後始末は、かなり大変だったのだろう。シボレー・エルカミーノに乗りこむと、両手で顔を擦ってから車を出した。疲れているせいか集中力がなくなっているようで、こちらの尾行に気づいている様子はまったくない。

セバスチャンは隣町のホワイトレイクまで、ノロノロとエルカミーノを走らせた。ホワイト湖のほとりにある小さな二階建ての家の前で車を停めると、煙草に火を点けながら車から出て来る。リズはエルカミーノのすぐ後ろ、リアゲートとこちらのフロントバンパーがくっつきそうな位置にマスタングを停める。俺はすぐに車を出て、セバスチャンの元に歩み寄った。

「尾行してたんですか」俺の顔を見て、セバスチャンが溜息を漏らす。

「尾行っていうのは、気づかないようにやるものだ。俺は別に隠れていなかった。堂々とあんたの後ろをついてきたけど、あんたはまったく気づかなかった」

そこへリズがやって来る。にっこり笑うと、体をS字型にくねらせながら、髪に挿した花を弄《いじ》った。愛らしい笑顔だったが、セバスチャンはまったく表情を変えない。リズの魅力も通じないらしい――それに気づいたのか、リズが一瞬で気のない表情に変わった。

「困りますよ」セバスチャンが真顔で訴えた。「保安官にも口止めされているんです」

「しかし、今ここに保安官はいない。今頃はベセルの家で、のんびりビールでも呑んでるんじゃないか？」太った体をロッキングチェアに押しこみ、夏の名残りを楽しみながらビールをちびちび啜る——それは、俺が今やりたいことでもあった。

「あなた、本当にしつこいですね」

「どうしても気になったんでね。俺たちは今、農場を調べている。その一つで、保安官事務所総出の事件が起きた——知りたくなるのは当然だと思わないか？」

「強盗事件ですよ」溜息を漏らしながらセバスチャンが打ち明けた。喋ってさっさと解放されたいと思ったのかもしれない。

「強盗？　あんな昼間に？」

「別におかしくはないでしょう」セバスチャンが肩をすくめる。「隣の家まで半マイルも離れている場所だし、狙う方としては時間は関係ない」

「犯人は？」

「三人。たぶん、誰もいないと思って押し入ったんじゃないかな。だけどあの家の奥さんとぶつかって、慌てて縛り上げて猿轡《さるぐつわ》をした。それで金と銃を奪って逃げた」

「銃？」何かが引っかかった。

「あの辺の家には、どこにでも猟銃ぐらいはありますよ」

「金を狙って、じゃないのか」

「何が狙いだったかは、犯人を捕まえてみないと分からない」呆れたようにセバスチャンが言った。「結局、犯人が逃げた後に、奥さんが自分で縛《いまし》めを解いて通報してきたんです」

「怪我は？」

「頭を殴られたけど、大したことはない」

「しかし、紳士的な犯人とは言えない……この辺で、こんな事件はよく起きるのか？」

「俺が保安官補になってからは初めてですね。何度も言ったでしょう？　平和で静かな郡なんですよ」

「余所者《よそ》かな」

「俺はそう思いますけどね」

「ヒッピー連中とか？」

「それは何とも言えない。今のところ、犯人の手がかりはないんです。何しろ押し入ったのが昼前、奥さんが縛めを解いて通報してきたのはその三時間後です。犯人はとうに、この郡から出てるでしょう」

「当然、車だろうな」

「いや、バイクの可能性があります」

「バイク？」

「私道の入り口に、バイクのものらしいタイヤ痕があった」

あんなに何台ものパトカーで未舗装の私道を荒らした後、バイクのタイヤ痕が確認できるものだろうか。俺が黙りこんでいると、セバスチャンが言い訳するように言った。

「あの家にはバイクはありません。普段バイクで訪ねて来る人もいない。それに男たちが押し入って来る直前に、奥さんが複数のバイクの音を聞いています」

「なるほど……どんな連中だった？」

「それは分かりませんけどね。三人とも、目出し帽とサングラスで顔を隠していた。服装も黒ずくめ。特定できるような材料はありませんよ」

「そうか……」

「これで納得しましたか？　あなたの仕事とは関係ないことが分かったでしょう」

「……ああ」これは認めざるを得ない。たまたまぶつかった事件が気になってここまで来てしまったが、俺には何の関係もない、無駄足だったことになる。途端に疲れを覚えたが、セバスチャンには礼を言っておかねばならない。

「ありがとう。確かに余計なお世話だったな。この件には首を突っこまないようにするよ」

「そうして下さい。できれば、この郡にも来て欲しくない」

「それは、今後の調査の展開次第だ」

「勘弁して下さい」

「今夜はこれで引き下がるよ」

「これを最後でお願いします」

俺は首を縦に振ったが——嘘だ。どんなことでも「これで絶対」はない。

ようやく解放されたと思ったのか、セバスチャンがほっと息を吐いた。それからリズを見て、自分の頭に手をやる。

「その花、似合ってますよ」

「ありがとう」リズが微笑んだ。結局、この花が役に立ったかどうかは分からない。


マンハッタンに戻る長いドライブの間、俺たちはほとんど会話を交わさなかった。どうにも上手くいかない調査……しかも今日は、俺自身の好奇心のせいで半日を無駄にしてしまった。好奇心の弱い人間には探偵の資格はないとはいえ、俺の場合は、つい物事に首を突っこみ過ぎる嫌いがある。それがマイナスになることもあるのだが、こういう癖はなかなか修正できないものだ。

ジョージ・ワシントン・ブリッジを渡ってマンハッタンに入ると、リズがようやく口を開いた。

「何だか、おかしな感じになってきたわね」

「今日の事件のことか？　あれは忘れていい。俺も首を突っこみ過ぎた」

「それもあるけど、ジェーンの件……これからどうする？」

「そうだな」頭が痛いところだ。これ以上近郊の農場を探し回っても、ジェーンに関する手がかりは得られそうにない。来週からはもう九月。時間だけが無駄に過ぎ、俺は自分の無力さを味わっていた。

「こういう時、何か上手い方法はないの？」

「手がかりが途切れているからな……明日、もう一度バックマンに会おう。少し脅して、何か隠していないか、確認してみるよ」

「彼は、あまり事情を知らないと思うけど」

「そうかもしれないけど、揺さぶってみる価値はあるよ」

「上手くいくかな」

「それは、やってみないと分からない」

自信はなかった。バックマンはいい加減な男で、信用できるかどうか分からない。彼の証言を頼りにここまで来たが、全て無駄だった可能性もあるのだ。

思い切って両親に会って、警察に届けるように強く説得しようか、とも思った。しかしそれも無駄だろう。今のところ、ジェーンが事件に巻きこまれた証拠はない。それではは警察も動いてくれないはずだ。

手詰まりか……長く探偵をやっていても、全てを上手く進められるとは限らない。俺もまだ修業が足りないと、情けなく思うばかりだった。


翌朝、俺はまたも電話で叩き起こされた。とはいえ、既に朝の七時――ニューヨーク市民の多くは、もう動き出している時刻である。

「ミスタ・ジョー・スナイダー？」

「ああ」

「ウッドストック警察署のマイク・イングランド警部だ」

「イングランド警部……何かありましたか？」おそらく署のナンバーツーだろう。

「我々は、サリバン郡の保安官事務所と情報を共有している」

サリバン郡と、ウッドストックのあるアルスター郡は隣り合っている。

「了解しました……それで、こんな時間にどうかしたんですか？」

「ミス・ジェーン・アトウォーター。あなたはその人物を知っているな？」

「ええ」嫌な予感が膨らみ、嫌な喉の渇きを覚える。煙草に火を点け、ゆっくり煙を吸いこんで、何とか気持ちを落ち着かせようとした。

「彼女とはどういう関係だ？」

「私は、彼女とは直接面識がありません。彼女の家族から頼まれて、捜していただけです」

「そうか、行方不明者か」

「イングランド警部、何が起きたのか、率直に言ってくれませんか？」

「今日未明に、遺体が見つかった。現場はウッドストックの農場だ」

「農場？」一瞬、俺は状況を把握しかねた。ウッドストックの農場にも足を運んで、ヒッピーたちから事情聴取していたが、ジェーンに関する手がかりはまったくなかった。やはり、捜索から逃れて身を隠していたのか……。「その農場には、ヒッピーは住みこんでいた？」

「いや。ヒッピー嫌いの偏屈な爺さんが住んでる」

「だったら、ジェーンの遺体は……」

「捨てられていた。道路脇、柵のすぐ内側だ。車でここまで運んできて、取り敢えず捨てた、という感じだな」

怒りが爆発しそうになるのを感じ、俺は煙草を灰皿に押しつけた。人は人を殺す。それは理解できる。殺した遺体を始末する――それも分かる。犯行が発覚するのを恐れての行為だ。しかし今回は、そういう感じでもない。すぐにばれそうな場所に遺体を放置したのは、取り敢えず処分に困ったからではないだろうか。死者に対する敬意とだ。もクソもない。はっきりしているのは、ジェーンを殺した犯人はクソ野郎だということだ。

「もしも家族に通告するなら、私が——」

「それは断る」一瞬、イングランドが口籠る。それから急に、ラフな口調に変わった。「正直に言えば大変ありがたい話だ。遺族に話をするのは、嫌なものだからな。しかしこれは、警察の仕事なんだ。俺たちがやらなくてはならない」

「分かりました。ちなみに、ジェーン・アトウォーターであることに間違いはありませんか？」

「ああ。運転免許証で確認できている」

「ということは、顔は無事だったんですね」せめてもの救いだ。若い女性が顔を滅茶苦茶に殴られて死んだら、あまりにも可哀想だ。

「ショットガンで、至近距離から胸を撃たれている。でも顔は綺麗なままだ。親御さんのショックも小さいだろう」

いくら何でも娘の死体を見たら大変なショックを受けると思うが……実際は分からない。メアリの言うように、本当にジェーンと両親の仲が最悪だったかどうか。

「連絡先を言います」俺はベッドから抜け出して手帳を開き、ジェーンの家の電話番号を告げた。「母親はだいたい家にいるようです。ただし、十分注意して下さい」

「もちろん、そのつもりだが」イングランドがむっつりした口調で言った。

「ジェーンの両親は、彼女が失踪したことを、特に何とも思っていないようなんです」

「高校生なのに？」

「この件を私に依頼してきたのは、ジェーンの妹です。両親は、ジェーンが行方不明になっても気にしていない、と嘆いていました」

「そんなこと、あるかね」

「そう聞いています――取り敢えず、私もそっちへ向かっていいでしょうか。何かお手伝いできるかもしれません」

「その必要はないと思うが……」

「家族に対する責任もありますから」

俺は強引に押して、警察署へ直接行く、ということで話をまとめた。ここからまた二時間近くのドライブ――午前中には着くだろうが、向こうでやらねばならないことを考えると気が滅入る。家族にも会わねばならないだろう。そしてメアリには――俺の依頼人はメアリだ。彼女には、俺の口から事実を告げる必要があるのではないだろうか。しかし、警察からはすぐに連絡が行くだろう。ここは取り敢えず警察に任せておいて、メアリには後で直接会って事情を説明しよう。

しかし……今はほとんど事情が分からない。

行くしかないだろう。行って警察から話を聞く――俺の敗北の話を。

ウッドストックの警察署は街の中心部、ティンカー・ストリート沿いにあった。真っ白な二階建ての建物は、犯罪と戦う正義の館、という感じではない。庁舎の前には、パトカー以外の車は停まっていなかった。ということは、ジェーンの家族はまだ来ていないのだろう。助かった――家族が来る前に、基本的な情報は入手しておきたい。

庁舎に入り、電話をくれたイングランド警部に面会を求める。イングランドはすぐに出て来た。俺と同じぐらいの年齢、背格好で、表情は険しい。ウッドストックも基本的には静かな街のはずで、殺人事件など滅多に起きないだろう。私服の警部ということで、ほとんど黒に近いグレーのスーツを着ていた。ネクタイは緩めている。顎ががっしりしていて、いかにも頑固そうだった。青い目はひどく冷たい印象を与える。

握手を交わすと、イングランドは俺を自分の個室に案内してくれた。幹部警察官の個室は、どこも似たようなもの……素気なく、どこか殺伐とした雰囲気が漂っている。ただし彼のデスクには家族写真が飾ってあり、そこだけが柔らかい雰囲気だった。家族持ちの警官は、大抵こうしている。家族の顔をしょっちゅう見ていないと、厳しい仕事を乗り越えられないのだろう。体格のいい中年女性と、若い男性二人。一人はもう成人している年齢に見えた。もう一人はハイスクールに入ったばかり、という感じか。

俺は椅子を引いて、彼のデスクの前に座り、足を組んだ。

「知っていることは全てお話ししますよ」最初に宣言する。

「それは助かる。うちでは、殺人事件なんて滅多に起きないからね」

「でしょうね。静かでいい街だ。元々芸術の街ですよね」

「最近はそうでもない。ベセルのコンサート以来、ヒッピー連中がよく来るんだ。コンサートはとっくに終わってるし、そもそもウッドストックで開かれてもいないのに、雰囲気を味わおうとしてるみたいだな」

「暇な人間はいるものです」俺は肩をすくめた。

「いちいち説明するのが面倒だ。町の境に、何か看板を立てておくべきだと思うな」

「ウッドストックでやらなかったのに、何でウッドストック・フェスティバルって名前になったんですかね」

「最初はこっちでやる計画だったそうだ。それに、ベセルよりもウッドストックの方が、言葉の響きがいいからだろう」イングランドが真顔で言った。「——それで？状況を聞かせてもらおうか」

妹のメアリから依頼を受けたこと、目撃証言から、ベセル周辺の農場でヒッピーたちに事情聴取してきたことなどを話した。今のところ、警察に隠しておくべきことはない。こうなると、一刻も早くジェーンを殺した犯人を逮捕するのが肝心だし、それは俺よりも警察の方が得意だ。探偵が殺人犯を追い詰めて法の外で裁きを下す――そんなのは、西海岸の探偵を主人公にした、浮世離れした小説やテレビドラマの中だけの話である。

「――分かった。どうも家出のようだな」

「家出でも、探偵には関係ありません。頼まれたら捜すだけです。しかし今回は、失敗しました」

「残念ながら、そういうことになるな」イングランドが細い葉巻の端を嚙み切り、火を点けた。香り高い煙が、狭い部屋の中を満たしていく。俺もラッキーストライクをくわえたが、火は点けなかった。二人で煙を噴き出していたら、火災報知器が作動してしまうかもしれない――火災報知器があれば、だが。

「サリバン郡の農場に強盗が入った事件はご存じですか」

「聞いてる。新聞に載った以上の情報も、サリバン郡の保安官事務所とは共有している」

「何か、こちらに関係ありそうなんですか」

「そういうわけじゃない。ただ、すぐ近くで起きた事件だからな。犯人が、まだ近くにいるかもしれない。大した金は奪えなかったし」

「そうなんですか？」

「三十五ドル」真顔でイングランドがうなずく。「あまり現金を置いておかない家だったらしい。たった三十五ドルの儲けじゃ、遠くへ逃げることもできないだろう」

「犯人はバイクを使っていたはずですが」

「三十五ドルで、ガソリンがどれだけ買えるかね」イングランドが鼻を鳴らした。

「そういうわけで、うちとしてもあの事件以来、警戒中なんだ」

「あの事件の犯人が、ジェーン・アトウォーターを殺した可能性は？」

「つながらないな」イングランドが首を傾げた。「今回の件については、まだ手がかりがない。現場は町外れの農場で、近くに家もないところだから、目撃者もいないんだ」

「発見者は、その農場の人ですか」

「ああ。農場の人は朝が早いからな。午前五時前に外へ出て、すぐに遺体を見つけた。道路との境にある柵のすぐ内側に置かれていた。隠したわけではなく、ただ、遺体をそこに放り出していった感じだと思う」

「ひどいことをする奴らがいる……犯行現場はそこなんですか？」

「いや、どこかで殺されて、その農場まで運ばれてきたようだ。現場にはほとんど血痕が残っていない」

「そうですか……銃で撃たれた他に、暴行の跡は？」

「今のところは確認できていない。ただし、検死はこれからだから、詳しいことはまだ分からない。どうする？　遺体を見ておくか？」

「そうしましょう」家族が会う前に、自分で面会しておきたい。少しでもジェーンに謝りたかった。早く捜し出していれば、彼女をこんな目に遭わせずに済んだ……正直俺は、大したことにはならないだろうと見ていた。女優や歌手に憧れてニューヨークに出て来た途端に行方不明になってしまう女性がいるように、今はヒッピーになって、生まれ育った土地からふらりと離れてしまう人が少なくない。彼女もそんな一人だと思っていた。そして未成年とはいえ十八歳、自分の面倒は自分で見られる年齢である。いずれヒッピー暮らしにも飽きて、ふらりと自宅に戻って来るのではないかとぼんやり想像していたのだ。

甘かった。

ジェーンの遺体は、警察署の一角にある倉庫に安置されていた。顔は確かに綺麗で、傷一つついていない。顔面は蒼白だが、眠っているように見えないこともない。俺は、彼女の体を覆う布を少しずらして、服を確認した。行方不明になった時――ウッドストックに行った時に着ていた服とは違う。花柄のブラウスに茶色い革のベスト。こういう着替えを持っていたのか、あるいは……参加したコミューンの中で調達したのかもしれない。ブラウスの胸のところから首にかけては血が飛び散り、撃たれた衝撃の大きさが容易に想像できる。ショットガンとはいえ、至近距離では、大口径の銃と同じことである。

「どうだい？」イングランドが訊ねる。

「何とも言えません……行方不明になった時に着ていた服とは違うようですが」

「誰かと一緒にいた、ということかな」

「着替えを提供してくれる人と」俺はうなずいた。

「となると、ヒッピーのグループに入っていて、そこで何らかのトラブルがあったと考えるべきか」

「今まで、そんな事件はあったんですか？」

「少なくともここではないね。時々、ヒッピーの連中が酒を呑んで騒いでいる、という通報はあるけど、普通の若い連中の方がよほど煩い」

「ヒッピーの方が大人しいみたいですね。平和主義というか」

「まあ……」イングランドが咳払いした。「見た目があんな感じだから偏見を持つ人もいるのは分かるけど、基本は無害だな。ただし、ドラッグ問題は別だ。他の街では、それでトラブルも起きていると聞く。何しろ、ＬＳＤでラリってるような連中だから、何をするか分からない……密売でも始められたら面倒臭い。今のところは、そういうことはないがね」

その時、ドアを忙しなくノックする音が聞こえた。イングランドが「入れ」と乱暴に命じるとドアが開き、若い制服警官が緊張した顔を覗かせる。

「ご家族がいらっしゃいました」

「お連れしてくれ」

「外へ出ています。何かあったら話をしますから」俺は立ち上がった。

「そうしてくれ。これは警察の仕事だ」

俺は部屋の外へ出た。煙草が吸いたかったが我慢して、廊下の壁に背中を預ける。すぐに、先ほどの警官がアトウォーター夫妻を案内して戻って来た。夫の方は薄いグレーのスーツ姿。妻はノースリーブの濃紺のワンピースという格好だった。妻の方は泣いていて、夫が背中に手を当てて何とか落ち着かせようとしている。二人が部屋に入ると、妻の叫ぶような泣き声が外まで漏れてきた。

そこへ、メアリがふらふらとやって来る。こちらも泣きじゃくっていたようで、目が腫れている。

「ミスタ・スナイダー……」

「申し訳ない、メアリ」俺は彼女に歩み寄った。「お姉さんを見つけられなかった。こんなことになってしまって残念だ」

そのまま彼女の肩を抱こうとしたが、メアリはすっと身を引いてしまった。頼りない探偵になど、触られたくもないか……自分の無力さを、俺は一人で噛み締めるしかなかった。かける言葉も見つからない。

「ジェーンは……どうして……」

「詳しいことはまだ分からない」俺は小さな嘘をついた。「警察の方で調べているから、いずれ犯人は逮捕されると思う」もう少し大きな嘘。この件で、犯人が逮捕されるとは思えない。一ヵ所にとどまらず、流れるように居場所を変えていくヒッピーグループの実態を掴むのは困難だ。

「ご両親は？」

「ショックみたいです」

「そうか……」いくら娘と対立していたとはいえ、殺されたとなったら話は別だろう。「守れなかった」という後悔の念に潰されそうになっていてもおかしくはない。

「これからどうなるんですか？」

「必要な調査が終わったら、ジェーンは家族に引き渡される。それと、君も警察に事情を聴かれると思う」

「私が？　どうしてですか」メアリが目を見開き、胸に手を当てた。

「君はたった一人の妹だ。ジェーンに一番近い人だろう？　警察は、彼女がウッドストックに行く前の様子を聴きたがるはずだ」

「私は何も……」

「俺がある程度は説明しておいたから、そんなに根掘り葉掘り聴かれることはない。知っていることを素直に話せばいいんだ。それに君の方が、ご両親よりもジェーンのことをよく知っているかもしれない」

「私、話せない」

「大丈夫だ。心配なら、俺が一緒にいてもいい」

「本当に？」

「ああ。警察に頼んでみる」俺はうなずいたが、心配事が次々に頭に浮かんでくる。「……ところで、俺のことはご両親に話したか？」

メアリが無言で首を横に振る。それはまずい……この状況でメアリの行動がばれたら、両親の怒りは爆発しかねない。子どもが勝手に探偵に頼むなんて、どういうことだ——実際俺も、調子に乗り過ぎていたかもしれない。最初にきちんと両親に話をしておくべきだったのではないか。

「このことは、取り敢えず内緒にしておこう。君が怒られるかもしれない」

　こういう時は、リズだ。彼女なら一家とも知り合いだし、何か上手い方法を考えついてくれるかもしれない。

「リズと会うか？」

「できない……」蒼い顔で、メアリが首を横に振った。「ジェーンが死んだなんて……」

「無理に会わなくてもいい。ちょっとここにいてくれるか？　すぐに戻って来る」

　俺は警官たちが待機している詰所に行き、電話を貸してくれるように頼んだ。警官たちに背中を向け、急いで事務所に電話をかける。

　リズがすぐに電話に出た。

「まずいことになった」手短かに事情を説明する。リズは「まさか」と言ったきり、黙りこんでしまった。しかし急に思い出したように、小さな怒りを爆発させる。

「どうして先に教えてくれなかったの？」

「君に連絡している時間がなかった。とにかく、一刻も早く確認したかったんだ」

「そう……」彼女の機嫌はまだ直らない。

「それで、申し訳ないけど、こっちへ来られないだろうか」

「今から？」

「ああ。足はあるか？」

「車ぐらいあるけど」

「だったら頼む。家族がこっちへ来ているんだけど、メアリが心配なんだ」

「分かった」メアリの名前が出て、急にリズの声が真剣になった。「一時間半」

「そんなに早く？」マンハッタンからだと、二時間はかかるはずだ。

「のんびり走ってたら、メアリがそこからいなくなっちゃうでしょう」

「ああ……そうだな」

「ちゃんとメアリを慰めてあげて」

「俺にはそうする資格もないよ」


リズは本当に、一時間半後にやって来た。俺は警察署の外へ出て煙草を吸っていたのだが、目の前でシボレー・カプリスがブレーキを軋ませて急停止する。レモンイエロー――マンハッタンのタクシーのように派手な色だった。不機嫌な表情で車から出てきたリズが、「それで？」と短く訊ねる。

「今、警察は家族から事情聴取している」

「メアリは？」

「一緒だ」

「大丈夫なの？」リズが眉をひそめる。「あの子、警察の取り調べになんか耐えられないわよ」

「両親が一緒だから、ひどいことにはならないと思うが」

「ジョーの話が出たら？」

俺は言葉を呑んだ。そう、まさにそれを心配している……警察は何とも思っていないだろうが、メアリの両親にすれば、耐え難い状況ではないだろうか。娘が勝手に探偵に相談し、しかも結果は最悪。怒りや悲しみが、全部俺に向かってきてもおかしくない。

「逃げたら？」リズが小声で提案した。

「俺が？」

「私はご近所だし昔からの知り合いだから、何とか言い訳できる。でもジョーは、立場的にまずいんじゃない？」

「……いや」一瞬躊躇した後、俺は拒否した。「ジェーンを見つけられなかったのは俺の責任だ。俺がちゃんと謝る。そうしないと、メアリが酷い目に遭うかもしれない」

「そう」リズがうなずく。「ジョーがそう言うなら、私は止めない」

それから三十分ほどして、一家が警察署から出て来た。メアリがリズに気づき、駆け寄って来る。リズは彼女をしっかり抱き締めた。

父親が俺に気づいて、つかつかと近づいて来る。顔面は蒼白で、唇は震えていた。

「あんたが、娘をたぶらかした探偵か」

そう来たか……予想外の非難に、俺は黙りこむしかなかった。

「未成年の娘から金を巻き上げたのか？　訴えてやる！」

「金はもらっていません」それは事実だ。

「そんな馬鹿な話があるか！」父親がさらに迫って来た。今や、胸と胸がぶつかりそうになっている。

「あります。あなたの仕事ではあり得ないことかもしれませんが、私は、金のためだけにこの仕事をやるわけではない」

「その挙句にこれだ！　ジェーンは殺された！」

「早く見つけられなかったことは残念です。謝罪します。しかしあなたは、何かしたんですか」俺は思わず反論していた。「ジェーンを捜そうともしていなかった。メアリだけが、ジェーンのことを心配していたんじゃないですか」

「うちの娘の話だぞ！」

「だったら、あなたが責任を持って捜すべきだった。私のような探偵を正式に雇うとか、警察にちゃんと相談するとか」

「私の責任だと言うのか！」

「いえ、ジェーンの責任です」俺は静かに断じた。「ウッドストックに行ったこともそうですし、その後誰かと一緒にいたのも、彼女自身の判断です。そもそも家出だった。十八歳は未成年だけど、十分大人です。自分の行動がどんな結果を生むか、想像できたはずです」

「ふざけるな！」

父親が右手を伸ばしてきたので、俺はさっと身を引いた。胸ぐらを摑もうとした手は空振りし、父親は口を開けたまま立ち尽くした。

「今回の件は本当に残念でした。犯人は私が——」

「関わらないでくれ！」父親が急に、懇願するような口調で叫んだ。「あんたは疫病神だ。あんたが関わってると、ろくなことにならない」

父親が、大股で車に向かった。乱暴にドアを開けて乗りこむと、妻と娘に声をかける。

「帰るぞ！」

二人がのろのろと、後部座席に乗りこんだ。リズが「メアリ！」と呼びかける。メアリがゆっくり振り向き、目の縁に溜まった涙を指で拭った。

「いつでも連絡してね」

メアリが小さくうなずく。どうやら二人の絆は、まだ切れていないようだ。俺は……どうしようもないか。探偵人生で最大の失敗だったかもしれない。

「どうするの、ジョー？」リズが腕組みしたまま近づいて来た。「この件、調査するの？」

「分からない」

リズが目を見開く。当然、俺が犯人を探すものと思っていたようだ。

「どうして？」

「犯人に辿りつけるとは思えないんだ」経験からそれは言える。警察だって、よほどの幸運に恵まれない限り、犯人を逮捕できないだろう。ましてや、強制的な捜査権のない私立探偵が……俺は、アトウォーター一家が乗った車が、猛スピードで走り去るのを見ているしかなかった。

第三章　カルト

その日の夜、俺はふらふらと街に彷徨《さまよ》い出た。自分のミスは十分身に染みている。それを反省して、死んだジェーンのために何かすべきなのだろうが、どうしてもその気になれなかった。

ヴィクのピザレストランの前を通り過ぎる。大きな窓から、彼女が働いているのが見えた。抜群の笑顔を浮かべて、客に愛想を振りまいている。

店に行けば、彼女は歓迎してくれるだろう。事情を話せば慰めてくれる――もしかしたら、店が終わった後に二人でベッドにしけこめるかもしれない。ただし今の自分には、彼女に慰めてもらう資格もない。

うつむき、そのままピザレストランから離れた。結局こういう時は、一人で酒を呑み、さっさと寝てしまうに限る。しかし、絶対に深酒はしない。明日の朝は早起きして、今後どうするかを真面目に考えるのだ。

一軒のバーの前で足が止まった。近所なのに、この店にはまだ入っていなかったな……くわえていたラッキーストライクを道路に投げ捨て、重いドアを押し開ける。

左側が、極端に長いカウンターだった。右側にはボックス席が並んでいる。客は、カウンターにちらほら……午後八時、バーは混み合う時間帯のはずだが、あまり流行っている様子はない。

ここで酒を呑んで、ついでにハンバーガーでも食べて夕飯にしよう。店は空いているから、ボックス席に座ってゆったりしていてもいい——いや、急いで呑んで急いで食べる。酒と夕食をのんびり楽しむ権利は、今の俺にはない。

カウンターにつき、イタリア系の愛想の良さそうなバーテンに、バーボンと、チェイサーとして水をもらう。酒を待つ間、カウンターの左右にいる人たちをちらちら観察していると、妙な既視感に襲われた。右側で一人静かに酒を呑んでいる人に、見覚えがある。誰だったか……会ったのは間違いないが、かなり以前ではないだろうか。少なくとも、ここ一、二年のことではない。

突然、記憶が過去へつながった。名前も思い出す。酒を受け取ると、俺は彼の方へ近づき、話しかけた。

「ミスタ・ビル・ジョーンズ？」

ジョーンズがゆっくりとこちらを向く。老けた——ブロンドの髪にはグレーのものがかなり混じっているし、顔に皺も増えた。今はもう、ステージに立つことはないのではないか？　熱狂的なステージは、やはり若者のもの……ジョーンズは、俺を思い出せないようだった。老化というわけではないだろうし、脳が酒に侵食されているようにも思えないが、何しろ会ったのは十年前だ。それも確か、二回ぐらい。印象的な出会いではあったが、なにぶん話が古過ぎる。

「ジョー・スナイダーです」

「ジョー・スナイダー？」ジョーンズが繰り返し言って、眉間に皺を寄せた。真剣に思い出そうとしているのは間違いない。しかしなかなか出てこない——ヒントを出すことにした。俺にしては、あまり話したくないヒントだったが。

「ジャックマン」

俺がぽつりと言うと、ジョーンズが感電でもしたようにびくりと身を震わせ、俺の顔をまじまじと見た。

「あの時のジョー・スナイダー？」

「覚えていますか」

「ああ……二回ぐらい会いましたか？　あれは何年前？」

「十年ぐらい前」

「そんなに？　二、三年前かと思っていた」ジョーンズが目を見開く。歳月の流れを早く感じるのは、歳を取った証拠だ。

「ちょうど十年だ」俺は記憶を確認した。

「まいったな」ジョーンズが髪をかき上げた。

「誰かと待ち合わせでもなければ、ボックス席の方でどうかな？　俺も一人なんだ」

「ああ、喜んで」

ジョーンズがハイチェアから降りて、ボックス席に移った。身のこなしを見ている限り、酒はまだ一杯目のようだった。

向かい合って座ると、彼の老け方が気になってくる。十年前、彼は新進気鋭のロックンロール・スター、ジム・ジャックマンのバックバンド「ザ・ハイランダーズ」のギタリスト兼リーダーだった。元々スタジオミュージシャンだったのだが、その技術と経験を買われ、デビューしたばかりのジャックマンのサポートを任されたのだ。ただし、若い女性の歓声を浴びる生活は好きになれず、「早くスタジオに戻りたい」と愚痴のように言っていた。そう……彼と初めて会ったのは楽器店だった。次から次へと新しいギターを試していたところへ割りこんで話をしたのを思い出す。楽器の話をしていると止まらなくなる……女の子に騒がれるよりも、純粋に演奏するのが楽しい、というタイプなのだ。あの時、自分の年齢を「三十近くなって」と言っていたので、間もなく四十歳になるわけだ。俺より年下——その割にはひどく老けた感じがする。

「今もスタジオで仕事を？」

「プラネット・レコードはいい会社だよ」ジョーンズが笑った。「歳を取っても、いつまでもスタジオで使ってくれる。でも、昔ほどは仕事はなくなったね。今は皆、自分で曲を作って自分でレコーディングして、ステージでも自分で演奏する。俺たちの出番は減りました」

そう……十年前にも、自作自演をするミュージシャンはいた。しかし一般的には、レコード会社が用意したバンドがバッキングパートを録音し、自分のボーカルを重ねるような感じが多かったのではないだろうか。それがすっかり変わったのは、やはりビートルズの出現がきっかけだったかもしれない。あれから、自作自演が普通になった。もちろん、モータウン（アメリカのレコードレーベル。アフリカ系アメリカ人が所有する独立系レコードレーベルとしてスタートし、都会的に洗練されたソウルサウンドで、ポップ・ミュージックにおける人種間の橋渡しに成功したと言われている。スプリームス、スティーヴィー・ワンダー、ジャクソン5、マーヴィン・ゲイら多数のミュージシャンが所属）のように、レコード会社所属のミュージシャンが伴奏を務め、歌手はそこに歌を入れるだけ、というパターンも未だに珍しくはないが。

「あなたは？　今も探偵を？」

「ああ」

「十年前は、ジムの話でしたね……彼は、残念なことをした。いや、おかしな話だったな。いきなりやめて、カンザスの田舎に引っこんでしまうなんて、本当にもったいない。あのまま続けていれば、第二のエルヴィスになっていたはずだ」

「俺も同感だ。彼は、ロックンロールの歴史を変えたかもしれない」

「あくまで可能性の話だけど」

「ジャックマン、今は何をやってるのかな」

「カンザスで農場を経営してますよ」

「カンザスだったら、畑を耕す以外に仕事なんかないだろうな」

「こっちで稼いだ金を注ぎこんで、でかい土地を買ったとか。それで今は、農場主として成功している。地元では有名人らしいですね」

「そうか……」

ジャックマンは十年前、許されざる罪を犯した。俺はそれを突き止め、責任を取るように迫った。警察に通報して逮捕させるわけにはいかなかった——俺の方にも、この事件が明らかになると困る事情があったのだ——が、彼に成功の全てを諦めさせることで決着をつけた。ロックンロール・スターとしての地位を捨てて、田舎に帰れ。そうすれば、この件は隠蔽する。

ジャックマンは、俺の提案——脅しに従った。ニューヨークを出た後のことまでは確認していなかったが、まさかあれだけ嫌っていた農場の仕事をやっていたとは。

「何があったんでしょうねえ」ジョーンズが首を傾げる。

「どうだろう」俺も適当に調子を合わせた。十年経っているとはいえ、当時の事件の真相を明かすわけにはいかない。

「しかし彼が、農場主になるとは思わなかった」

「どうして彼の近況を知っている？」

「毎年クリスマスカードがくるんだ。結婚は四年前……だったかな？　今は、子どもも二人いますよ」

「そうか……」十年前の事件は、彼の恋愛絡みでもあった。あの時ジャックマンがつき合っていたのは、純粋のニューヨーカーではなく、田舎から出てきたばかりの娘だった。都会的な娘——ずるく、自分勝手で賢く、それが魅力でもある——は合わなかったのかもしれない。彼はニューヨークで大きな夢を摑みかけていたのだが、ずっとこの街で暮らしていけたかどうか。どこかで心を病んでいたかもしれない。田舎に戻って農場で働き、地元の子と結婚して子どもにも恵まれた……彼には、そういう人生の方が幸せではないだろうか。

幸せになったら、罰を受けたことにはならないのだが。

ただし彼が、何億ドルも稼ぐ可能性を捨てたのは間違いない。どちらが幸せだったのか。「たまに、地元のバーで歌うこともあるそうだけどね」

「彼が田舎のバーで歌ったら、大騒ぎになるんじゃないか」

「いや、ギター一本で静かにやってるらしい。自分の持ち歌は絶対に歌わないで、カントリーばかり歌ってるそうですよ」

それは、彼が自分で自分に科した罰かもしれない。ジャックマンは、間違いなくロックンロールの新しい世界を切り開こうとしていた。それが、カントリーという古臭い音楽に自分を縛りつけるようになるとは。

「いろいろ変わったんだな」正確には、俺が変えた、だが。

「彼も、結局ニューヨークとショービジネスには合わなかったんでしょう」

「純朴なところがあったから。基本はカンザスの好青年だった」俺は話を合わせた。

「今は幸せそうにやっているようだから、俺の方では何か言うことはないですね。あくまで彼の人生だ」

「確かに」

「しかし、俺の方は幸せと言えるかどうか」ジョーンズが溜息をついた。

「仕事が少なくなったことが？」

「それもあるし、今の音楽の流れがどうにも……ついていけない。今流行っている曲が、まったく理解できない。自分がすっかり時代遅れになったと思うと、本当に悲しいですね」

「ヒッピーにサイケデリック……俺の好みの音楽もすっかり消えた」

「ウッドストックが、まさにその象徴みたいなものですね」ジョーンズが、力無く首を横に振った。

「あなたもあそこへ行ったとか？」ウッドストック——その一言が、棘《とげ》のように俺の心に刺さる。

「まさか」ジョーンズが苦笑する。「でも、音楽業界では今年最大——もしかしたら六〇年代最大の事件だから、どうしても情報は入ってきますよ。いろいろと大変だったみたいですね」

「暴力的な事件はなかったようだが」

「それはあなたの専門だ」ジョーンズが苦笑する。「金の問題がね……若いプロデューサーたちにとって、ほぼ無料コンサートになってしまったのは、計算外だったんじゃないですかね。でも、文化的には価値があるイベントだったとは思う。俺たちみたいな古いスタジオミュージシャンを一掃する、という意味でも」

「そんなこともないと思うが」

「いやいや、これからどうやって生活していこうかと毎日心配で……あなたは？　いいスーツを着ているし、上手いことやってるみたいですね」

「相変わらず人捜しをしてる」そして失敗した。

「そうか……あなたのような商売には、流行り廃りもないんでしょうね」

「いつでも、困っている人はいるから」そして時には、こういうひどい失敗を経験する。十年前の事件もそうだったと言っていい。俺は友情のために、一つの事件を闇に葬ったのだ。

「だろうね。今は特に、何かと騒がしい世の中だし」

「それは間違いない。最近の若い連中が考えていることなんか、さっぱり分からない。特にヒッピー連中は」

「同じく」ジョーンズが苦笑した。「プラネット・レコードにも、おかしな奴が押しかけて来たりして、困ってるんだ」

「おかしな奴？」

「ヒッピーと言うには歳を取り過ぎているけど、若い連中を引き連れてやって来て、いきなりレコードを出させてくれないかって……業界のルールも何も知らないでね」

「そんな風に、押しかけて来た連中のレコードを出すことなんて、あるのか？」

「まさか」ジョーンズが首を横に振った。「シビアなビジネスなんだ。儲かるかどうかを多角的に判断して、デビューさせるか否かを決める。だけどその男は、とにかく不気味な感じだった」

「不気味というのは？」

「四十歳ぐらいかな？　汚い長髪で、格好はまさにヒッピーでした。まあ、ビートニクだとしたら、それぐらいの年齢だとしてもおかしくないけど、ビートニクからヒッピーになるというのは、かなり変じゃないですか？　ビートニクだってヒッピーだって、いつかは卒業するのに」

「今のヒッピー連中は、いつまでもそのまま生きていきそうだけどね」農場で小さなコミューンを作り、自給自足の生活を送る——大きな社会の歯車にならずとも、そういう生き方も不可能とは思えない。

「俺は、単なる流行だと思いますよ。数年経ったら、ヒッピーなんか一人もいなくなるんじゃないかな。数少ない生き残りは、今よりももっと変人だと思われる」

「そうかもしれない。でも、その男はそんなに不気味だった？」

「俺は世界最高の芸術家だ、なんて言って威張ってましたよ。描いた絵を見せられたんだけど、ＬＳＤでトリップしてる最中に描いたみたいな、気味の悪い感じで。話している時も、何か決めてたんでしょうね」

「何か勘違いしてたんだろうか」

「そうかもしれない。プラネット・レコードだけじゃなくて、プロデューサーやミュージシャンにも直接接触しているそうだから。何を考えているのか……」ジョーンズが酒をぐっと呷《あお》った。

「業界内では問題人物、ということか」

「暴力的なことをするわけじゃないから、警察に相談するわけにもいかない。厄介な人間がいるもので……そうだ、あなたみたいな探偵だったら、上手く対処してくれるんじゃないかな」

「どうも、相手にするのが難しそうなタイプに思えるけどね」ヒッピーだとしたら、暴力的な手段には弱そうだが、脅しは俺の専門ではない。「ちなみにそいつの名前は?」

「ミッチェル・ハーディン。西海岸の方から流れてきたみたいですよ。こういう人間は、たいてい西海岸にいるから」

「何かあったら、連絡してもらっても構わないよ」俺は名刺を取り出した。「役に立てるかどうかは分からないけど、相談には乗れると思う」

「あなたの名前を広めておきますよ。弁護士に相談した方がいいという人もいるんだけど、弁護士よりはあなたの方が安そうだ」

「それは間違いない」俺はうなずいた。「弁護士は儲け過ぎなんだ」

「しかし、マンハッタンであなたに偶然会うとはね……驚いた」

「俺も同じだ」

それから俺たちは、最近の音楽事情について話し続けた――ほとんどが愚痴になってしまったが。ただしジョーンズは趣味として音楽を聴くことはなく、あくまで仕事として捉えているので、動向を冷静に観察している。

「正直、俺のようなスタジオミュージシャンは、商売あがったりですよ。エリック・クラプトン（一九四五年～。イギリスのギタリスト。六〇年代にデビューし、ブルースをベースにした驚異的なテクニックで人気を博した。別名「スローハンド」。親日家としても知られ、二十回以上も日本公演を行っている）のせいかもしれない」

「確かに彼は、凄いギタリストだけど」俺が初めて聴いたのは、ジョン・メイオール＆ザ・ブルースブレイカーズ（イギリスのロックバンド。六〇年代、多数のミュージシャンが参加し、イギリスのブルースロックの「母体」としても知られている）のアルバムでのプレーだった。激しく歪んだ音と、滑らか、かつ素早いフレーズの連続に、ブルースは新しい時代に入ったと驚いたものである。

「エリックの後にも、たくさんのギタリストが出てきた。正直言って、彼らには勝てませんよ」

「でもあなたは、何でも弾けるはずだ。ブルースからロックンロール、スタンダードソングまで」

「そういう音楽のニーズがなくなってますからね。レコード会社はシビアだ。売れる音楽しか出さない。今は、凄腕のギタリストがいるバンドを探して、スカウトマンが血眼になってる」

「一人のシンガーよりも、バンドか」

「エルヴィスの時代とは違いますよ」ジョーンズが溜息をついた。「ミッチェル・ハーディンは、バンドではなくシンガーになりたいんだろうけど」

「ちょっと気になるな」

「……あれは、カルトですね」急にジョーンズが声をひそめる。

「宗教？」俺は目を見開いた。

「ヒッピー思想のカルト。新しい時代のカルトじゃないかな。レコード会社を訪ねるのに、おつきの者を引き連れて現れるのって、相当変でしょう。新興宗教の教祖みたいだ」

「確かに」

「これからは、ああいう変な連中が多くなるのかもしれない。ヒッピームーブメントから新しい音楽が生まれる可能性もあるけど、ミッチェル・ハーディンはそんな感じじゃない。何か、別の狙いがあるんじゃないかな」

「どんな狙いだと？」

「それを調べるのは、探偵さんの仕事じゃないんですか？　俺は危ないことには首を突っこみたくないな」

危ないことにわざわざ首を突っこむのが、今の俺に科されるべき罰かもしれない。

「いや、参ったね」著名なフリーの音楽プロデューサー、ジャック・クロードが肩をすくめた。

ロックフェラーセンターのすぐ近くにある彼のオフィスの窓からは、セント・パトリック大聖堂が見える。マンハッタンのビルから望む景色としては最上と言っていいだろう。壁には、彼が手がけたミュージシャンの写真がベタベタと貼ってある。無造作かつ数が多いことが、手柄の象徴のようでもあった。五〇年代初期から現在まで……ポピュラーミュージックが大きく変化した時代だが、彼は変わらずミュージシャンの発掘と育成に尽力しているようだ。大きな頭、薄くなった髪はオールバックにしている。オフホワイトのスーツに横縞のネクタイという洒落《しゃれ》た格好で、ゆったりした椅子に腰かけ、態度にも余裕があった。

「私もこの業界は長いが、あんな変な人間に会ったのは初めてだよ」

「そうですか？」俺は首を傾げた。「音楽業界には、いくらでも変人がいそうですが」

「彼は本来、音楽ではなくアート界隈の人間なんだろう。ちょっと調べてみたんだが、本格的に美術を学んでいたらしい。現代絵画というのは、私にはさっぱり理解できないんだが」

クロードが葉巻に火を点ける。それから、デスクの引き出しを開けてラフロイグのボトルを取り出した。グラスも二個。

「どうかね？」ボトルを掲げて見せる。

「午後二時ですよ？　スコッチ・ウィスキーには早過ぎるのでは？」

「君は、そういうことを気にしない男に見えるがね」

「あなたの観察眼は正しい」

クロードが指二本分をグラスに注ぎ、デスクの上でこちらへ押しやる。俺は立ち上がってグラスを掴み、顔の前で掲げた。クロードも同じようにする。

普段呑むバーボンよりもスモーキーで、かすかな辛みを感じる。俺はバーボンの甘みが気に入っているのだが、たまにはスコッチ・ウィスキーも悪くない。

「いきなりここを訪ねて来たんだよ」

「アポもなしでですか？　よく入れましたね」俺も、ジョーンズの紹介がなければ、クロードには会えなかっただろう。クロードは、誰に会うか会わないか、一存で決められるぐらいの大物なのだ。

「口は上手いようだ。このビルの警備員、そして私の秘書……壁を二枚も突破してきた」

「それで、レコードを出したいと」

「そう」クロードがうなずく。唇は不機嫌に歪んでいた。「まず、自分で描いた絵を見せてね。この絵のイメージを曲にしてレコードにしたい、と。そういう芸術的なやり方でレコードを出すのは、いかにもアート・ロック的な手法なんだが、私が扱っているのは楽しいポップ・ミュージックだよ。若者が踊れるかどうかだけがポイントなんだ。そう言ったんだけどねえ」

「納得したんですか？」

「できないなら、他のプロデューサーを紹介してくれ、と」

「紹介したんですか？」

「まさか」クロードが鼻を鳴らした。「そういう音楽を専門にするプロデューサーの知り合いはいない、と断った」

「それで納得したんですか？」

「ああ……一時間ほど粘られたけどね。私の一時間でどれだけの金が動くか、教えてやろうかと思ったよ。損害分の賠償を請求してもよかった。それを言ったら、目玉が飛び出たんじゃないか」

「一時間いくらなんですか」

「君は、一時間いくら取るのかね」クロードが逆に聞き返してきた。

「弁護士ではないので、一時間で請求はしません。一日四十ドル、プラス経費です」

「それはずいぶん安い」クロードが驚いたように目を見開く。

「この街の探偵としては平均的です。しかし、あなたのような金持ちの仕事を引き受ける時は、二倍いただきますよ」

「それでも安いね」クロードがニヤリと笑う。「君のことは覚えておくよ。探偵さんに仕事を頼むこともあるんだ。ミュージシャンっていうのはわがままで自分勝手で、しょっちゅうトラブルに巻きこまれているからな」

「知っています」実際、ジャックマンの一件も、レコード会社に頼まれた調査をきっかけに発覚したのだった。

「ま、何かあったら君にもお願いするよ」

「何かあれば、ですね。それで、ハーディンのことですが……あちこちで音楽関係者に声をかけていたと聴いています」

「ああ」

「でも当然、全員断ったわけですね」

「もちろん」

「いつ頃ですか？」

「私のところへ来たのは、半年ぐらい前だ。しかし、今考えても奇妙だったな。あんなに偉そうな人間は、見たことがないよ」

あんたもそうだろうが、と俺は腹の中で思った。売れっ子のミュージシャンを何人も育て上げたプロデューサーが、全能感を抱いてもおかしくはないが。

「偉そう、というのは……」

「自分が全知全能の神、みたいな感じでいるんじゃないかな。とにかく、レコードを出すのは当然、という感じで迫ってくるんだから。この芸術を理解できない人間は、音楽に関わる資格がない、とまで言ってね」

「あなたの感覚では、冗談にもならない」

「まったくだ」クロードがうなずく。

「曲は聴いたんですか？」

「ああ。カセットテープを持ちこんで、聴かせてくれた——無理矢理聴かされたよ」

「どうでした？」

「論評すべきことは一つもない」急にクロードの表情が厳しくなった。音楽的なことに関しては、一切妥協しないということだろう。「自分でギターを弾いて歌ってるんだけど、メロディもコードも滅茶苦茶だ。インド音楽っぽい感じもしたけど、インド音楽本来の深遠さが分かっているとは思えない。表面をなぞって、真似しただけという感じだね」

「厳しいですね」

「本人たちには、そうは言わなかったけどね。カセットテープは置いていったけど」

「それはどうしたんですか？」

「一回聴いて捨てた」クロードが肩をすくめる。「聴く価値はなかったね」

「タイトルはついていたんですか？」

「確か、『ソウル・サバイバー』だ」

「何人で来たんですか」

「五人」

「ここに五人も？」俺は思わず部屋の中を見回した。巨大なクロードのデスクの他に、六人が同時につけるテーブルがあるものの、決して広いわけではない。むさ苦しいヒッピーが五人もいたら、彼はさぞうんざりしたことだろう。

「ああ。ハーディンと四人のお供、という感じだった。ハーディン以外は全員女性だった」

ハーレム状態か、と俺は想像した。ハーディンにはそれほど性的な魅力があるのか、あるいはそれ以外に人を惹きつける力を持っているのか。

「女性は……」

「見分けはつかなかったな。ヒッピーっていうのは、全員同じ顔に見えるんだよ」

「分かります。私も同じですよ」

クロードが声を上げて笑い、葉巻をふかした。かなり嫌な体験だったはずだが、それでも笑い話にできるぐらいの余裕がある人間なのだ、と分かる。

「誰も何も言わないで、ハーディンをじっと見てるんだよ。心酔しているというか、コントロールされている感じだった」

「カルト、と指摘する人もいました」

「ああ、カルトね。確かにそんな感じがする。いや、私はカルトの連中とつきあいがあるわけじゃないから、よく分からないが」

「宗教的な話はしましたか？」

「神という言葉は何回か出たと思うけど、特定の宗教を指したものではなかったと思うよ。むしろ彼自身が神、みたいな感じじゃないか」

「厄介な人に見つかったものですね」

「まあねえ」クロードが苦笑する。「しかし、押しかけてきたのはその一回だけだった。その後はまったく接触がない。ただ、秘書は馘《くび》にしたがね」

「ハーディンを防ぎきれなかったから、ですか」

「防御できなければ、何のために給料を払っているか分からないだろう」

「そうですか……」この敏腕プロデューサーの怖さと厳しさを垣間見た感じだった。

「他にハーディンの被害に遭った人を教えてもらえませんか？　話を聴いてみたいんです」

「それなら、私の弁護士に会いたまえ」

「弁護士？」

「ああ。ちょっと心配になって、ハーディンという人間を調べるように指示したんだ。報告は受けているが、私には言っていないこともあると思うよ。電話しておくから、会ってみるといい」

「感謝します……でも、どうしてそこまで手を貸してくれるんですか」

「ハーディンのような人間は、早めに潰しておいた方がいい気がするんだ」クロードが急に真顔になった。「私が迷惑を被るだけならともかく、そのうち大きな問題を起こすような予感がする。そうならないうちに、芽を摘み取っておくのが大事じゃないかな。君は関わってしまったようだから、責任を持つべきではないのかな」

クロードが調査を依頼した弁護士、ミッキー・コーエンは、クロードのオフィスから二ブロックしか離れていないビルにオフィスがある。クロードが電話すると、これからすぐなら時間が取れるというので、俺は急いだ。もう九月だというのに、まだ真夏の暑さが居残っており、二ブロック歩く途中で上着を脱いで肩に引っかけることになった。

ミッキー・コーエンは大手の弁護士事務所に勤めていた。ただしパートナーではなく、まだ一介の弁護士……それも当然で、見た感じではまだ三十歳ぐらいの若手である。顔には若さの名残りがあるのに、髪はV字型に後退していて、十年後には頭頂部まで禿げ上がっていることが容易に想像できた。上着を脱ぎ、ネクタイを緩めて、ボタンダウンのシャツの一番上のボタンを外している。足元は、よく磨き上げたタッセルローファー。いかにもアイビーリーグ出身の弁護士という感じだった。握手を交わすと、デスクの前に置かれたソファを勧められる。彼のデスクには左右に書類と本が積み重ねられており、その隙間から彼の顔を拝む感じになった。

「ミスタ・クロードの話がよく分からなかったんですが……」

「そうでしょうね」俺は苦笑した。彼が電話するのを横で聞いていたのだが、相手が困惑する様子が目に浮かんだ。クロードは大変頭の回転が早いが、言葉が追いつかないタイプなのだろう。

「ミッチェル・ハーディン。ミスタ・クロードの依頼で、彼の身辺調査をしましたね」

「ええ」コーエンがコーヒーを一口飲み、煙草に火を点ける。

「その調査結果を教えて欲しいんですが、大丈夫ですか？　お忙しいのでは？」

「今日は訴状を書くのでずっとここに詰めています。どうせ夜中まで仕事するんですから、三十分や一時間は別の仕事をしていても影響ないですよ。ミスタ・クロードからは、何でも話していいと言われています」

「ミッチェル・ハーディンの経歴を教えて下さい」

「ちょっと待って下さい」コーエンが立ち上がり、背後のファイリングキャビネットを探した。すぐにファイルフォルダを一つ抜き出して、中身をデスクの上で広げる。

「ミッチェル・オーガスト・ハーディン。一九三〇年八月八日生まれ、出身はデイリー・シティ。場所は分かりますか？」

「サンフランシスコの南の方かな？」

「そうですね。そこで高校まで過ごして、サンフランシスコにあるアート系のカレッジに進んでいます。卒業後は、商業アートの世界に進んだようです。兵役の記録はありません」

「真っ当な人生に思えますが」

「空白があるんですよ」コーエンが指摘した。「カレッジを卒業してから二年ぐらいは、就職した広告会社で真面目に働いていたようです。しかしその後、突然仕事を辞めて姿を消した。それが一九五〇年代半ば――一九五四年ですね。そして一九六〇年五月には、ロサンゼルスで違法な薬物取り引きの容疑で逮捕されている」

「服役したんですか？」

「いえ」コーエンが首を横に振った。「警察の逮捕手続きに違法性があったようで、裁判では無罪になりました。その後、一九六二年二月には、シカゴで窃盗容疑で逮捕されている。この時は有罪判決を受けていますが、執行猶予がついてますね。ドラッグストアで薬を盗んだところを店員に取り押さえられて――結局被害はなかったんですけどね」

「それぐらいだと、警察も呼ばない感じがしますけどね」

「どうも、態度が怪しい感じだったようですよ。当時も汚い格好をして――ビートニクの生き残りという感じだったんでしょう」

「そんな細かいところまでよく分かりますね」

「ピンカートン探偵社（アメリカの探偵社・警備会社。十九世紀半ばにシカゴで発足。探偵業務の他、スト破りなどの違法行為すれすれの業務も行ってきた。現在は警備会社になっている）の調査網は信頼できます」

「私にとっては商売敵ですが」

「あそこと個人の探偵事務所では、規模がまったく違うでしょう。仕事の内容も」コーエンが指摘した。

「それは事実です……しかし、ピンカートンが調べたなら、間違いないでしょうね」

「その後は真っ当な生活を送っているよう……ではありますね」コーエンが曖昧に言った。「一九六四年には、サンフランシスコに戻って個展を開いています。好評で、作品もかなり売れたようですね。会社勤めを辞めて以来、各地を放浪してきたようですが、その経験を抽象的な絵画として作品にしたようです」

「そういう絵画を買う人がいるわけですか」理解できない世界だ。

「私の趣味ではないですが……この個展を開いた頃から、常に何人かと行動を一緒にしているようです」

「ミスタ・クロードのところへ顔を出した時も、何人かの女性が一緒だったそうですね」

「ええ。ハーレムみたいなものかな」

「あるいは、移動するヒッピーのコミューンのような」

「そういう感じもしますね」コーエンがうなずく。「ただし、納税記録はない」

「そんなことまで分かるんですか？」

「弁護士ですから」それで説明としては十分だろうとばかりに、コーエンが素っ気なく言った。「いずれにせよ、社会の輪からは外れたところで生きているようです」

「音楽活動については……」

「それがビジネスになっているという情報はないですね。あくまで趣味ということじゃないですか？」

「それで、いきなりレコードを出してくれというのは、あまりにも常識知らずな感じがする」

「それは間違いない」

「何人ぐらいのグループなんですか」

「はっきりしないんですよ。ハーディンの過去を調べることはできたけど、現在の姿がよく分からない。逃げているわけではないでしょうが、放浪の生活を送っていたら、簡単には実態を摑めないですね」

「何人もで一緒に動いていても？」

「バスを使って移動していれば、誰もおかしいとは思わないでしょう」

「確かに……それで、ミスタ・コーエン、あなたの感触は？」

「必ずしもカルトとは言えないと思います。それなら、もっと目立った活動をしているはずだ。カルトは常に信徒を増やすために行動していて、それは必ず目立つ。目立たなければ信徒は増えない」

「金を集めるために、信徒が必要なんですね」

「カルトはそういうものでしょう。しかしハーディンがそういう活動をしている具体的な証拠はない。とはいえ、それも正確に確認できたことではありません。水面下で、我々が察知できないような動きをしている可能性もゼロではないでしょう……もっとも私は、よくあるヒッピーの集団じゃないかと思っていますが」

「そうですか……」俺はゆっくりと顎を撫でた。

「何か気になるんですか？」

「いや」俺は煙草に火を点けた。「ヒッピー絡みの事件を調べていたんです。その最中に、ハーディンの存在を知りましてね。ヒッピーの実態を知っておけば、こちらが調べていた事件の参考になるかもしれないと思って」実際には、「勘」としか言いようがない。ハーディンという男が、どうにも怪しく思えてならないのだ。もちろん人には信仰の自由があるが、それが一般的な社会規範からはみ出し、明らかに人に迷惑をかけるようなものだったら、対策が必要——カルト集団を排除するのは個人では無理だろうが、規模が小さければ何とかなるかもしれない。

直接関係ないとしても、ハーディンの罪を暴くのは、ジェーンに対する謝罪になるかもしれない、とも考えている。

「あなたも、おかしなことに引っかかるんですね」

「探偵なんて、こういうものです。今は誰かに雇われているわけじゃないですから、自分の好奇心に従って動ける」

「しかしそれでは、金にならない」

「弁護士とは違いますからね。金のためだけに仕事をするわけではない」

正義——そして好奇心。この二つが、俺を突き動かす両輪なのだ。

「ここで飯を食うということは、面倒な話があるんだろうな」リキが、嫌そうな表情を浮かべる。

「そんなことはない。ニューヨーク市警の幹部であるお前なら、電話一本で調べられることだし、溜まってる借りも返さないと」

俺たちは老舗のステーキハウス「キーンズ」に腰を落ち着けていた。若い頃から、何かあると二人で肉を食べに来る店である。昔はパイプクラブだったということで、その名残りとして、天井には無数のパイプがぶら下がっている。個別に見れば確かにパイプなのだが、遠目だと奇怪な抽象模様に見えて、少し気持ちが悪い。

食前酒として二人ともバーボンを頼み、肉の焼き上がりを待つ。今日は二人ともプライムリブ、つけ合わせはフレンチフライだ。一年ぐらい前、どういうわけかリキが「フランス人のランチは大抵ステーキとフレンチフライだそうだ。飯に関してはフランス人は常に正しい」と言い出してから、この組み合わせが定番になった。

「ミッチェル・ハーディン。知ってるか？」

「いや」リキが即答する。「何者だ？」

「芸術家を気取ったヒッピー野郎だ。若い連中を引き連れて、共同生活をしているらしい。半年ぐらい前に、ニューヨークでも何度か目撃されている」

「そいつが何か問題でも？」

「今のところは、問題はない。ただ、警察なら調査しているかもしれないと思ってさ」

「大きなグループなのか？」

「実態が分からない」

「だったら、調べてないんじゃないかな。何か問題を起こしたとか、数百人規模の大きなコミューンなら、実態調査をすることもある。でも数人とか十人ぐらいのグループだったら、熱を入れて調べるようなことはしない」

「そんなことで大丈夫なのか？」

「ヒッピーの連中が大きなトラブルを起こしたケースは稀《まれ》だよ。そもそもこういう件は、うちじゃなくてFBIの担当だ。州を跨《また》いで動いている連中も多いから」司法機関にはそれぞれ管轄があるが、複数の州に跨がる事件の場合にはFBIが捜査する。ニューヨーク市警は職員数五万人にもなる巨大組織だが、ニューヨーク市以外の事件を捜査することはできない。複数の州を跨いだ事件の捜査となると、やはり政府組織のFBIだ。

「FBIが動いている可能性は？」

「そこまではチェックしてない。奴らの動きは読みにくいし、何かと秘密主義だ」

「そうか？　制服みたいな黒スーツにサングラスの連中が揃って動いていたら、嫌でも目立つだろう」

「それはそうだけど」リキが苦笑した。「そんなに固まって一緒に動いているわけじゃないし」

「そうか……奴には二回、逮捕歴がある。ロサンゼルスとシカゴだ。詳しい情報は分かるかな」

「いつの話だ？」

俺が説明すると、リキが渋い表情を浮かべた。

「正式な記録を閲覧するのは難しいと思う。担当の刑事を捕まえて、当時の話を聞くしかないな」

「できるか？」

「お前が考えてるほど簡単じゃない。ここのステーキ一回じゃ割に合わないよ」

「何か分かれば、もう一回奢ってもいい」

「ステーキはいいかな……最近、肉を食うと胃が重くなるんだ」

「よせよ。ジイさんじゃないんだから。いつまでも元気で美味い肉を食おうぜ」

「俺は日本人だぜ？　お前らとは体の作りが違うんだ」

リキは日系二世である。両親が日本からの移民一世で、サンフランシスコで暮らしていたものの、まだ子どもだったリキを連れて日本へ一時帰国。その後に再度アメリカに戻ってきて、今度はニューヨークに居を移して日本料理店を開いた。今も健在で、夫婦二人で店を切り盛りし、リキの兄が後継ぎとして一緒に働いている。俺は日本食というものに何故か抵抗感があり、一度も行ったことがないが、店は繁盛しているようだ。日本からニューヨークに来て働いているビジネスマンも多く、そういう人たちに故郷の味を提供して人気になっているのだという。

「生まれた時からアメリカの飯を食っていたのに？」

「日本に戻っていた時に、魚ばかり食ってたからな。日本は魚が美味いんだ」

「魚か……俺は、魚はロブスターぐらいでいいよ」俺は魚はどうにも苦手だ。肉と野菜があれば生きていける。

「ロブスターは魚じゃない」

「そういう屁理屈が、お前の悪いところだ」

「正確に言ってるだけなんだが」

「ああ、悪かった」俺は謝った。考えてみれば、これはリキの方に分がある。

「まあ、年を取ってくると色々考えるよ」リキが溜息を漏らす。「最近、日本にいた時のことを思い出すんだよな」

「もう何十年も前だろう？」

「日本で十年近くも暮らしたんだし、しかも俺は、子どもじゃなかった。二十三歳になるまで向こうにいたんだから」

「じゃあ、日本のこともしっかり覚えてるわけか」

「ニューヨークとはまったく違う、海辺の静かな田舎町でね……海が綺麗だった。住んでいる人たちも温かかった。アメリカへ移民した一家が戻って来たら、何か言われそうなものだろう？　当時は日米関係も悪くなっていたし」

「ああ」

「でも、温かく迎えてくれた。それに比べてニューヨークの人たちは、何でいつもこんなにいがみ合ってるのかね」

「いがみ合ってるというか、気を張っていないと、この街では何に巻きこまれるか分かったもんじゃない」

「ああ」リキがうなずく。「俺は、そういう街で舐められたくなくて警察官になったんだ」

「そうだな」

「でも、そろそろ疲れてきたよ。年金ももらえる年になったし、今から別の人生を探してもいいかなと思う。両親の店も流行っていて、人手が足りないし」

「それでいいのか？　そんな狭い世界に入っていって」

「悪くはないと思う。警察官をやっていれば、人に嫌がられることもあるけど、美味い飯を出す店なら誰にでも喜ばれるからね」

「無理だな」俺は率直に言った。「お前はこの馬鹿でかい、暗い穴みたいな街で、二十年も警察官をやってる。その経験は、他の仕事ではできないよ。だいたい、二十年も頑張れたのは、お前が警察官に向いてるからだ。今は警部——お前を頼りにする部下もいるだろう？　そいつらを放り出して、レストランの皿洗いなんかできるのか？」

リキが、むっつりした表情で黙りこんだ。彼も悩んでいるだろう。警察官を続けるか、新しい道に足を踏み入れるか。すぐには決められない難問だろう。

「一つだけ、お前が警察官を辞めてもやっていける職業がある」

「何だ？」

「探偵」

リキが力なく首を横に振った。

「探偵と警察は、敵同士みたいなものよね」ヴィクが面白そうに言った。

キーンズを出た後で、何となくヴィクのピザレストランに立ち寄ってしまったのだった。腹は一杯だから、ビールだけ。それでもヴィクは笑顔で迎えてくれた。

「同じことをしてるんだけど、警察からすれば、探偵は邪魔に見えるんだろうな」

「探偵から見た警察は？」

「利用できる時は利用する。そうじゃない時はできるだけ見ないようにする」

ヴィクが声を上げて笑った。彼女は俺とリキの関係を知っているので——十年前、二人を引き合わせたことさえある——つい、先ほどの会話の内容を漏らしてしまったのだ。

「リキがいなくなると、警察の中のネタ元がいなくなって困る？」

「それもあるけど、警察官を辞めたら、あいつは萎んでしまうと思う。そういう姿を見たくないんだ。二十年も警察官をやっていたら、他のことはできなくなるよ」

「リキは、そんなに不器用な人なの？」

「というか、あいつは警察官に向いてるんだ。警察官の正義が何か、よく分かってる」

「それって、探偵の正義とは違うの？」

「説明するのは難しいけど」俺は頭を掻いた。ステーキを食べている間にバーボンを何杯も呑んだので、少し頭がぼうっとしている。「確かに違うと思う」

「そう……ジョー、どうかした？」

「最低だな。最低の状態だ」

「私に話していいこと？」

「いや、やめておく。でも、俺が失敗したのは間違いないんだ。それも最悪の失敗だな」

「分かってる。百回やって、百回成功するわけがないんだ。普段は何とか経験でやっていけるけど、それが通用しないこともある。今回は最低の結末になっただけだ」

「それで？　私に慰めて欲しい？」

「——いや」俺は唇を舐め、ビールを一口呑んだ。「もう慰めてもらってるよ。君と話しただけでも楽になるんだ」

「具体的なことは、何も言ってないけど」ヴィクが首を傾げる。

「とにかく、君とまた会えて嬉しいよ。素直に話せる相手は、歳を取るとどんどん少なくなる」

「分かるわ」ヴィクが頰杖をついた。「自分で店をやるようになると、愚痴を零せなくなるのよね」

「むしろ君が、スタッフの愚痴を聞く立場になる——今、何かで弱気になってるのか？」

「ううん」ヴィクが首を横に振った。豊かで艶々した髪がふわりと揺れる。「今は、全部上手く回ってるわ」

「君の経営手腕は確かみたいだね。大したものだと思うよ。俺には、人を使うなんてとても無理だ。パートナーもいらない」中には、パートナーと一緒に事務所を切り盛りしている探偵もいるが、俺の場合、誰かと組んでやることは想像もできない。若い頃は修業として、ベテランの探偵の下で仕事を覚えたが、あれはパートナーなどと言えるものではなかった。単なる下働きだ。しかしあの期間があったからこそ、俺はここまで探偵の仕事を続けてこられたと言える。

リズはどうか。彼女の場合「使っている」という感じでもない。だいたい、本気で探偵になりたいのだろうか……今のところ、俺としては様子見の状態だが、いずれ彼女に真意を問い質さないといけないだろう。本気で探偵になるつもりなら、きちんと基礎を叩きこまないと。女性の探偵は、もっとたくさんいていい。

ドアが開き、ヒッピールックの四人組が入って来た。静かに席につき、さっさと注文を済ませる。

「ああいう連中、よく来るのか？」俺は声をひそめて訊ねた。

「あの四人組は常連よ。全員、ニューヨーク大学の学生」

「へえ」

「しかも全員ベジタリアン。酒も呑まない」

「大人しい類のヒッピーか……」

「ヒッピーって、だいたい大人しいでしょう。私から見れば、害のない人たちよ。服装が変なだけで」

「俺はそれに馴染めないな。ああいう服装は苦手なんだ」毎日のようにリズを見ていても、未だに慣れない。

「何言ってるの」ヴィクが声を上げて笑った。「ファッションなんて、流行っては消えていくものでしょう。男の人の髪型だって、いつの間にかダックテールが消えて、今は誰もかれも長髪よ。次は丸刈りが流行るかもしれないわね」

「君は柔軟だ」

「あなたより年下だもの」

「そうだな……」改めて自分の年齢を意識する。四十四歳は決して年寄りではないが、長く仕事を続けてきたせいで、少しばかり身も心もすり減ってきているのは事実だ。ふと、リキの感覚も理解できないでもないと思う。彼の場合は、組織の中での締めつけもあるから、一概に同じとは言えないが、事件に対峙する度に、自分の心が削られるのを意識する。もちろん、人に感謝されれば嬉しいし、時には「犬事件」のように短時間で巨額の報酬を得られることもあるが、今回のような事件はやはりきつい。

「ねえ、今度、店が休みの日にゆっくり話す？　久しぶりに一緒に呑んで」

「君のペースで呑んだら死ぬよ」俺が知る限りで、ヴィクは一番酒が強い女である。バーボンをガブ呑みして平然としているぐらいだから、本当に底なしなのだろう。二日酔いでふらふらの状態でベッドから抜け出した時、何事もなかったかのように平然と朝食の用意をしている彼女に面食らわされたことが何度あったか。「それに、今の俺には、君と酒を呑んで楽しむ資格もないと思う」

「自分を追いこみ過ぎじゃない？」

「俺のミスで人が死んだ。どんなに反省してもし過ぎることはない」

「違うでしょう」ヴィクの表情が真剣になった。「あなたがやらなくちゃいけないのは、反省じゃない。犯人を捕まえることよ」

「ヴィク、それは――」

「難しいのは分かってる。でも、そうしない限り、あなたはすり減るだけよ」

　ヴィクの言うことは分かる。ジェーンを殺した犯人をこの手で捕まえることができれば、俺の傷は癒やされるだろう。ただし、すぐにこの事件に取りかかるわけにはいかなかった。ミッチェル・ハーディンの件で、会う約束を取りつけた人間が何人かいる。その約束は、きちんとこなしていかねばならない。

　事務所に顔を出すと、久しぶりにリズに会った。

「事務所へ来なかったけど、何かやってたの？」リズが不審気に訊ねる。

「反省してた」

「家に籠って？　消極的ね」

「籠ってたわけじゃない――何か、重要な連絡は？」

「急ぎの用件はなし」

リズが何枚かのメモをまとめて渡してくれた。確かに急ぎの用事はない。以前の依頼人からの請求の内容の問い合わせ、知り合いの弁護士からは、急ぎではない企業調査の依頼……全て電話で処理し、俺はこの日一杯目のコーヒーを口にした。

「――それで？」

「それで、とは？」

「何かやってるんでしょう」リズが勘鋭く言った。

「ちょっとした興味で動いているだけだ。それが終わったら、ジェーンの関係で調査を始める」

「捜査するの？　一人で？」

「もちろん」いい機会だから、リズには探偵業務の初めの一歩を任せてみることにした。「ジェリー・セバスチャンと連絡を取れるか？」

「電話で？」

「いや、会った方がいいと思う。電話で済むようなことじゃない」

「それはできると思うけど、どうして？」

「ジェーンの事件の捜査がどうなってるか、さりげなく聞き出してくれないかな」

「でも、ジェーンの事件を調べているのはウッドストック署でしょう」

「そうだけど、田舎では警察も保安官事務所も、情報を共有して協力し合うんだ。今回の件に関しては、FBIが絡んでいるかもしれないけど」

「FBI？」リズが目を見開く。「そんなに大変なことなの？」

「ヒッピー連中が絡んでいるとしたら、ウッドストック署も、サリバン郡の保安官事務所も対処できない。州警察でも無理かもしれない」

「州を跨いで移動しているから」

「そうだ」俺はうなずいた。「そうなると、FBIの出番になる。でも、そもそものスタートはサリバン郡の保安官事務所だし、ウッドストック署だ。今何が分かっているか、分からないのか、はっきりさせておきたいんだ」

「ちょっと足を見せたりした方がいい？」

「そこは君の判断だ」そう言えばリズの足など見たことがない。常に、足首まである長いスカートか、ベルボトムのジーンズ姿なのだ。今は、街を歩く若い女性は、だいたいこういう格好なのだが……一時は――ほんの数年前は、街中にはミニスカートの女性しかいなかったのだが、ああいう人たちはどこへ行ってしまったのだろう。

「今日からやった方がいいわね」

「ああ」

リズが受話器を取り上げる。俺は慌てて止めた。

「おいおい、まさか、約束するつもりじゃないだろうな？　そんな電話は、すぐに断られるぞ」

「何言ってるの」リズが馬鹿にしたように鼻を鳴らした。「今日、ジェリーが勤務しているかどうか、調べないと。いきなり行って無駄足になったら馬鹿みたいでしょう」

「いたらどうする？」

「すぐに電話を切って、サリバン郡の保安官事務所へ行く。それでランチタイムにもう一度電話をかけて、誘う」

「――いい流れだ」

「グルーヴィ。でもそれぐらい、誰でも思いつくわよ」

「そうだな」俺は肩をすくめるしかできなかった。

リズは一瞬で電話を切ってしまった。小さな笑みを浮かべ、「じゃあ、出かけるわ」と言ってハンドバッグを取り上げる。

「向こうは相当怪しんでるぞ」俺は警告した。「今の電話の内容だと、いたずら電話だと思うだろう」リズは本当に、「ジェリーはいますか」とだけ訊ね、その直後に電話を切ってしまったのだ。

「向こうで会ったら、正直に話すわ」

「それは……」

「ジェリーって、そんなに気が強いタイプじゃないでしょう。この前だって、家まであなたが追いかけていったら、結構話してたわよね」

「そう。話に詰まったら、野球のことを話しておけば大丈夫だ」

「私は、野球のことは何も知らないけど」

「探偵になりたいんだったら、野球とフットボールの話題には敏感になっておいた方がいい。毎日、新聞のボックススコアを読んで……男の半分は、どちらかの話題を出せば乗ってくるから」

「女性は？」

「それは君の方がよく知ってるだろう」俺はコーヒーを飲み干した。「俺も出かける。何人か会う人がいるけど、そっちの用事は今日で終わりにして、明日からは、ジエーンの件に集中するよ」

「それで、今日は何なの？」

事情を説明したが、リズは納得した様子ではなかった。

「それって、あなたは好奇心で動いているだけでしょう？　一セントの利益にもならない」

「そうだな」俺は認めた。「でも、好奇心がなくなったら、探偵はおしまいだ。頼まれたことだけ義務的にこなしていたら、三日で飽きる」

「それも、探偵マニュアルの一つとしてメモしておいた方がいい？」

本気で探偵修業をするつもりなのか？　澄ました彼女の顔を見ているだけでは、判断できなかったが。

「第三条ぐらいに」

「本当の第一条は何なの？」

「依頼人を裏切らないこと。相手がどんなワルでも」

「法律に違反するようなことでも？」

「そこを見極めるのは、条文に入る前の前文かな。いきなり依頼を受けることはないだろう？　まず話をして、相手の事情を探る。ヤバそうな話だったら、受けなければいい」

「なるほど」真剣な表情でリズがうなずいた。「やっぱりね」

「やっぱり？」

「人の本質を見抜く力って大事でしょう？」リズが何故か、少し慌てた口調で言った。「見た目だけで騙されることもあるし」

「そう考えれば、探偵というか、人づき合いの基本みたいなものだな」

「メモしておくわ」

「でも君は、その基本はできてる。実際に依頼人と話して、受けるかどうかを差配しているんだから。それは今まで一度も間違っていない……俺も出かける。夕方にでも、ここでまた会おう」

リズが無言でうなずく。何だか様子が変だ……俺も、彼女の本音を見抜けていないのではないだろうか。


まさか、またこの男に会うことになるとは思わなかった。正直気が重いのだが——十年前に、ジャックマンの悲劇が生まれたそもそもの原因は、この男なのだ。いや、もちろん悪意があったわけではなく、彼は単にジャックマンの身辺調査を頼んできただけなのだが。しかしこの男——ボブ・サイモンが依頼人にならなければ、あんなことは起きなかった。ジャックマンは第二のエルヴィスとして大成功し、事件は闇に消えていただろう。

ボブ・サイモンは十年分の年齢を重ねていた。十年前も、ブロンドの髪は半ば白くなっていたのだが、今や完全な白髪で、しかもだいぶ薄くなっている。そして肩書きはエグゼクティブ・プロデューサーから上級副社長になっていた。

サイモンは俺と会うのを嫌がったものの、最終的には面談を受け入れた。ただし、指定されたのは午前十時からわずか十分。上級副社長の肩書きを持つ人間が、そんなに時間に追われているとは思えなかったが、向こうがそう言うのだから仕方がない。さっさと追い出すための言い訳なのだろうが、会えば時間など何とでもなる。

プラネット・レコードの本社は、数年前に移転して、今はカーネギーホールに近いビルの三フロアを占めている。扱う音楽は変わっても、ビジネスとしては拡大する一方なのだろう。サイモンの部屋も、バスケットボールができるのではないかと思えるほど広かった。社長室ではフットボールができるかもしれない。

「十分」サイモンが人差し指を立てて釘を刺した。「それ以上は無理だ」

「あなたがすぐに話してくれれば、五分で終わります」

俺は、革張りのソファに腰を下ろした。まだ真新しく、座るときゅっと甲高い音を立てる。向かいに座ったサイモンが、葉巻に火を点けた。

「キューバの葉巻だ。吸うかね？」

「それは禁制品では？」

「カナダ経由で入ってきたものだ。問題ない」

キューバの葉巻はやはり美味いが、今は簡単には手に入らない。十年前は、キューバとアメリカの関係はそこまで悪化していなかったのだが……革命直後は、まだキューバからは上等な葉巻が普通に入ってきていた。今はカナダ経由などでしか手に入らず、値段も馬鹿高くなっている。

「私はこちらで」俺はラッキーストライクに素早く火を点けた。二人が葉巻と煙草をふかしているのに、部屋の中が白くならない——それだけ広い部屋だと実感する。

「ミッチェル・ハーディンという男を知ってますね？」

「おいおい」サイモンの眉間に深い皺が寄った。「嫌な名前だな」

「でしょうね。あちこちで、いろいろな人を鬱陶しがらせている」

「らしいな」サイモンがうなずく。

「ここへ訪ねて来たんですか」

「ああ。半年ほど前だったかな？　レコードを出したいから協力してくれ、と」

「いきなり来たんですか？　アポイントメントもなしで？」

「いや、最初は画家だと名乗って電話をかけてきた。あんたは知らないだろうが、私は現代絵画には大いなる興味を持っていてね。家にはささやかながらコレクションもある。それで会う気になったんだが……実際絵も見せられたが、私が金を出したくなるような作品ではなかったな。どこか不気味な感じがしたよ」

「それにしても、何の伝手《つて》もない人にいきなり会うんですか？　プラネット・レコードの上級副社長ともあろう人が」

「ああ」サイモンが認めた。「音楽の話ならいつでも聞く。私には今でも、A&R（アーティスト・アンド・レパートリー。レコード会社の職務の一つで、アーティストや楽曲の発掘・契約に関わる）としての感覚が残っているんでね。売れるアーティストがいないか、いつでもアンテナを張ってる。物になる確率は万に一つ――それでも私は、いつかは金の卵がこの部屋に売りこみに来るんじゃないかと夢想している」

「ハーディンはどうでした？」

「とんだヒッピー野郎だな。完全におかしかった」

「ドラッグですか？」やはりヒッピーと言えばドラッグがつきものだ。

「それもあるかもしれんが、あの男はドラッグをやっていなくても相当おかしい。アメリカを正しい方向に導くためには、自分の音楽が必要だ、などと言っていたからな」

「何ですか、それは」俺は顔が引き攣るような感覚を味わった。その主張は、軸がずれているどころか、夢物語だ。音楽で世界は変わらない。少なくとも「変えてやろう」という意図を持って作り出された音楽は、多くの人の心には響かないはずだ。

「ま、一種の狂信者だな。危険な感じはしなかったが、それはこの部屋で会ったときにガードマンが三人いたからかもしれない」

「ガードマンを常駐させてるんですか？」今、ここには俺たち二人きりだが。

「君は危険人物ではないだろう。愉快な人でもないが」

「最初に接触してきたのはあなたですよ」

「その話をすると、また不快になる……とにかくここには、ＮＦＬの元選手が三人いて、常に警戒している。全員六フィート三インチ（約１９０センチ）に二百四十ポンド（約１０９キロ）超えの大男だ」

「そういう人間に、黒服とサングラスという格好をさせている」

「何故分かる？」サイモンが目を見開く。

「あなたのような人の考えていることはすぐに分かります。それで、どうやって追い出したんですか」

「三十分ぐらい、好き勝手にまくしたてたら、さっさと帰っていったよ。うちのガードマンに恐れをなしたのかもしれん」

「そうですか……一人じゃなかったですよね？」

「女性を三人連れていた。まさにヒッピールックの女性をね。あれは、一種のハーレムのようなものじゃないかね」

「その三人、どんな女性でした？」

「若い――いや、二人は二十歳ぐらいだと思うが、一人だけハーディンと同年代に見える女性がいたな。四十歳ぐらいだろうか？　まあ、あの連中の年齢なんか分からないが」

そこで何かが俺のアンテナに触れた。

「その、四十歳ぐらいの女性なんですけど、どんな感じの人でした？」

「ガリガリに痩せていて、不健康そうな顔色だった。ベジタリアンなのかもしれんが、人間は肉を食わないと駄目だな」

「どんな顔でした？　服装は？」

「半年前のことを、そんなにちゃんと覚えているわけがないだろう」怒ったようにサイモンが言った。「何がそんなに気になるんだ？」

「どうも怪しい奴みたいなので」

「それは分かるが、君のような探偵が気にするようなことなのかね？」

「探偵としての好奇心です。それで、ちょっと調べ回っています」

「十年前も、それで大変なことになったのでは？」

「ジャックマンを失ったのは大きな損失だったと思いますが、仕方のないことでした」

事件——ジャックマンが殺人者だった——の真相については、彼にも話さなかった。依頼人としてサイモンには知る権利があったと思うが、知れば面倒なことになる。俺はジャックマンの事件を握り潰し、罪に問わない条件として、彼にショービジネスの世界からの引退を迫ったのだ。プラネット・レコードにしても大きな損失だったはずだが、サイモンは「ジャックマンとプラネット・レコードとどちらが大事だ」と俺が迫ると、ジャックマンを切り捨てることにあっさり同意した。俺はビジネスの世界の冷たさを知ると同時に、一人では決して処理できない罪の意識を抱えこんだ。

「ジャックマンが、どこまで金になったと思う？」一際冷たい口調でサイモンが言った。「ジャックマンのような単純なロックンロールのブームは、あっという間に去っただろう。ビートルズが出てきて、全てが変わったんだよ。エルヴィスだって、昔のようにはいかない。結局、ロックンロールは一時の流行に過ぎなかった。ジャックマンは大スターになったかもしれないが、たぶんそれは、四年か五年しか続かなかっただろう。あのまま続けていても、今はレコードが売れなくなって、ラスベガスのショーで稼ぐような身分になっていたかもしれん」

「ずいぶん悲観的な分析ですね」

「私は、何百人ものアーティストと関わって来た。どんなに才能があって時流に乗ったアーティストでも、ブームは十年は続かない。十年売れたら大変なことだ。後は、その遺産を使って生きていくしかない。若くして世に出て、若くして終わる――ポップ・ミュージックは、循環するものなんだ。ある世代に受けた曲は、その五歳下の世代には受けない。我々は常に、新しいものを提供していかないといけないんだ」

「今はサイケデリックですか」

「それもあと数年――いや、一、二年かもしれないな。七〇年代の半ばまでは持たないだろう。どうも私は、嫌な予感がするんだ」

「と言うと？」

「十年前を覚えてるか？　リッチー・ヴァレンス（一九四一年～一九五九年。メキシコ系アメリカ人で、メキシコ民謡をロックンロール調で演奏した『ラ・バンバ』の大ヒットで知られる）やバディ・ホリー（一九三六年～一九五九年。初期のロックスター。スーツに黒縁眼鏡がトレードマークで、『ザットル・ビー・ザ・デイ』など多数のヒット曲を持つ）が同時に亡くなって、エルヴィスは兵役に就き、ロックンロールは死んだ。エルヴィスに代表されるロックンロールのブームは、ほんの数年しか続かなかったんだよ」

「それはあくまで、十年前の話ですよね」

「また誰かが死ぬだろう」サイモンが重々しい口調で言った。「十年前とは状況が違う。今は、あの頃と比べてはるかにドラッグが広まっている。あれが、音楽制作にいい影響を与えてくれると信じている若いアーティストは多いんだが、肉体には確実に悪い影響を与えるからな。ローリング・ストーンズ（イギリスのバンド。一九六二年に結成され、現在も活動中。ボーカルのミック・ジャガー、ギターのキース・リチャーズを中心に史上最強のロックンロールバンドとも言われ、六〇年代にはビートルズの最大のライバルとされた。代表曲に『サティスファクション』『ジャンピン・ジャック・フラッシュ』など）のブライアン・ジョーンズ（一九四二～一九六九年。ストーンズのギタリスト。多彩な楽器を演奏し、ストーンズの音楽性を拡張した。ストーンズを脱退直後、自宅のプールの底に沈んでいるのが発見され、死亡が確認された）の死が、その先駆けになるかもしれない。これから数年のうちに、今第一線にいるアーティストのうち何人かは間違いなく死ぬ（一九七〇年から七一年にかけて、実際にジミ・ヘンドリックス、ジャニス・ジョプリン、ジム・モリソンが死亡。全員二十七歳だった）。そうしたらこのフラワームーブメント、サイケデリック、ニュー・ロック……言い方は何でもいいが、七〇年代前半の音楽シーンは、ガラリと変わるはずだ」

「プロデューサーとしての予言ですか」

「長年の経験に裏打ちされた予言、だ」サイモンが左腕を上げて時計を見た。「もう十分経過している。タイムアップだ」

ろくな手がかりもなしか……仕方ない。俺は立ち上がったが、その時サイモンが急に思い出したように言った。

「ところで、私はハーディンの顔もろくに覚えていないが、写真はあると思う」

「写真？　どういうことです？」俺は座り直した。

「ここにはいろいろな人が来る。万が一、危ない連中だった場合に備えて、隠しカメラで写真を撮るようにしてあるんだ。秘書が操作してね……慣れたもので、きちんと写真が撮れるよ。それこそ指名手配の写真として使えるような。ハーディンたちの写真もあるはずだ」

「それをもらえますか？」

「構わん」サイモンがのろのろと立ち上がり、ビリヤードができそうなほど大きいデスクについて受話器を取り上げた。低い声で一言二言話すと、ドアを押し開ける。

「秘書に言っておいた。彼女から受け取ってくれ」

「別に私は、君に好意を持っているわけではない」サイモンがピシリと言った。「ただ、君が勝手に動いていると、ろくなことにならないからな」

「感謝します」

「あなたとプラネット・レコードには迷惑をかけないようにします」俺は宣誓するように右手を上げた。しかし聖書に手を置いているわけではないから、正式な宣誓ではない。

場合によっては、プラネット・レコードとサイモンをまたもや怒らせることになるかもしれない。

写真を受け取り、俺はカーネギーホールに近いダイナーに入った。午前半ばの時間なので、朝食の客は引き、ランチにはまだ早い。コーヒーとドーナツを注文し、サイモンからもらってきた写真を確認する。

俺は初めて、ハーディンの顔を見た。やせ細った、眼光の鋭い男ではないかと想像していたのだが、実際には既に中年太りが始まっており、腹が出ているのが分かる。丸顔は髭に覆われ、長く伸ばした髪を後ろで一本に縛っている。お世辞にも清潔とは言えないタイプだった。

女性のお供が三人……個別の写真がある。俺も密かに撮影されていたのだろうかと嫌な気分になったが、すぐに気を取り直してそれぞれの写真を精査する。若い二人はいい——もう少し清潔にしてしっかり化粧をすれば二人ともかなりの美人だという確信はあった——が、問題は年配の一人だ。サイモンが言った通り、四十歳ぐらいに見える。確かに不健康に痩せていて、ブラウスの袖から突き出た手首など、骨と皮ばかりという感じだ。頬骨が高く、非常に意地悪そうな印象を受ける。化粧はまったくしておらず、そのせいで顔色も悪く見えた。ただし——こういう言い方が正しいかどうかは分からないが、有能な感じがする。ハーディンを支え、コミューンをきちんと成立させているのはこの女性ではないか、と思った。例えば、プラネット・レコードでサイモンの秘書をしていてもおかしくはない。もちろん、髪を整えて化粧をし、かっちりしたビジネススーツを着ていれば、だが。

この写真をどう使うか——やるべきことは一つだ。ニュージャージーへ行って、デレク・バックマンに見せる。

しかし、俺のマスタングはリズが使っている。仕方ない……俺は店を出るとタクシーを拾い、行き先を告げた。

バックマンは俺を覚えていた——人は、不快な思いをさせられた相手は忘れないものである。まだ昼食休憩には早い時間なので、俺と話すのを嫌がったが、強引に工場の外へ連れ出す。

「何だよ。もう、あんたと話すことなんかないぜ」

「こっちはあるんだ。この写真を見てくれ」

俺は、問題の四十歳ぐらいの女性を見せた。バックマンが目を細め、写真を凝視する。

「この女性に見覚え、ないか」

「見覚え……さあ……」

「よく見てくれ」早くも苛ついてくる。この男は、どうにも反応が鈍いのだ。かといって、証言の客観性を維持するためには、下手に誘導尋問するわけにはいかない。

「もしかしたら、ウッドストックにいた女？　ジェーンと一緒にいた？」

「間違いないか？」

「間違いないかどうかは……自信はないけど、こんな感じの女だったと思う」

「ヒッピールックの人間は、俺には全員同じに見えるんだが」

「この年齢で、こんな格好をしてる人なんかいないだろう。目立ってたよ」バックマンが鼻を鳴らす。

「間違いないか？」

「賭けたくはないけどね」バックマンが肩をすくめる。「たぶん、同じ人間だ」

「そうか……ジェーンが死んだこと、知ってるよな」

「え？」途端にバックマンが固まった。

「知らないのか？」今度は俺の顔が固まる番だった。「あんた、新聞は読まないのか？　テレビでニュースも見ないのか」

「見ないね」

「ジェーンは亡くなった。殺されたんだ」

「ああ……」バックマンは、まだ事情が呑みこめていない様子だった。

「殺されて、遺体はウッドストックの農場に捨てられた」

バックマンの顔から血の気が引いた。震える手で、写真を俺に返す。俺は受け取った写真を、丁寧に手帳に挟みこんだ。

「その女が殺したのか？」

「それは分からない。ただ、最後にジェーンが目撃されたのは、その女と一緒にいる場面だった——あんたが見たことが間違いなければ」

「そんなこと言われても」

「いいか」俺は彼に一歩詰め寄った。「事は殺人なんだ。いい加減なことは言えない。警察が話を聴きに来るかもしれない。その時は、隠し事をしないでちゃんと話してくれ」

「ジェーンが死んだ……」

「ショックか？」

「そりゃそうだよ。少しの間だけど、一緒にいたんだから」

「あんたが殺したわけじゃないよな？」

「ふざけるな！」バックマンが怒りを爆発させる。「ジェーンがどこにいるかも知らなかったんだ。殺せるわけ、ないだろう」

「警察も、そこを知りたがるかもしれない。日記をちゃんと見直して、ウッドストックの後、自分が何をしていたか、ちゃんと説明できるようにしておいた方がいい」

バックマンが、今にも吐きそうな表情を浮かべた。


事務所に戻り、近くのデリで買ってきたパストラミのサンドウィッチとコーヒーで昼食を摂っていると、電話が鳴った。

「相変わらず摑まえにくい奴だな」リキが愚痴を零す。「そこに助手がいるんじゃなかったか？」

「彼女は今、単独で調べていることがある」

「フルタイムで電話番をする人間を雇った方がいいぞ」

「大袈裟《おおげさ》だよ。たまたま電話がつながらなかっただけじゃないか」

「まあ、いい……ハーディンのことだけど」

「ああ」俺はサンドウィッチを紙に包み直してテーブルに置いた。

「奴は二ヵ月前、フロリダの警察から指名手配されている。容疑は麻薬取り引きだ」

「売人なのか？」この事実は、弁護士のコーエンも摑んでいなかった。まだ新しい情報だから仕方がないか。

「マイアミ市警はそう見ている。どうも、ＦＢＩに話を持ちこむレベルの人間みたいだな。州を跨いで、色々悪さをやっているようだ」

「そうか……何かあったか？」

「こっちにも関わりが出てくるかもしれない。ただし、ニューヨーク市警は関係ないが」

「何だよ、はっきりしないな。お前、疲れてるんじゃないのか」俺は昨夜の会話を思い出して言った。「もう、面倒な事件なんか、やりたくないんだろう」

「いや、まあ……目の前に事件があれば話は別だ」リキの歯切れは悪い。

「何かあったら——ニューヨーク市警にも関係するようなことだったら、いち早くお前に情報を上げるよ。敬愛するニューヨーク市警の役に立てるなら、こんなに嬉しいことはない」

「市警の中で、お前に対して敬愛の情を持っている人間はいないと思うが」

「お前に対する敬愛の情を持ち続けるのが、年々大変になっているのはどうしてだろう？」

「お前を除いて」

「いや、お前が粘り強さをなくしてるからじゃないか？」

「お前が強情になってきたのかもしれない」

「両方、かな……それで、マイアミ市警の事件はどんな感じなんだ？」

「薬物の売買をしている現場を押さえたんだが、間一髪で逃げられた」

「マイアミ市警もだらしない」俺は呆れて言った。「ニューヨーク市警だったら、絶対に逃さないだろう」

「マイアミ、行ったことあるか？」

「ああ」

「だったら、市街地がマンハッタンみたいに整然としてるわけじゃないことは知ってるだろう。逃げようと思えば、ここよりずっと楽じゃないかな。しかも向こうはバイクだった」

「バイク相手じゃ、パトカーも分が悪いか」

「そういうことだ。とにかくマイアミ市警としては、手配したらそれ以上のことはできないわけだ」

「しかし、よくマイアミの事件まで引っかけてきたな」俺は感心して言った。

「警察には独自のネットワークがあるんだよ。情報のやり取りは大事なんだ。今は、どこかで犯罪を犯した野郎が、州境を越えてどこへでも行くような時代だから、警戒しておかないと」

「ハーディンもそういう人間だと思うか？」

「新しいタイプかもしれない。人を殺すような人間じゃないかもしれないが」

「そうとは限らない」

俺は、ここまで調べ上げたことをリキに説明した。リキは相槌も打たず、黙って聞いている。真剣になっている時の癖だ。

「ウッドストック署には話したか？」

「まだだ。ウッドストック署とサリバン郡の保安官事務所、両方に話さないといけない」

「気をつけろよ」リキが忠告した。「田舎の警察官の方がプライドが高い」

「そうなのか？」

「ウッドストック署なんて、署員は十人ぐらいしかいないだろう。それだけの人数で街を守っていると、プライドも高くなるもんだ。変に刺激すると、目をつけられるぞ」

「ニューヨーク市警の警察官にはプライドはないのか」俺は思わず皮肉を飛ばした。

「一人一人の責任は、ウッドストック署の方が大きいかもしれないからな。とにかく、余所者の探偵は嫌われがちだ」

「それは十分承知してるよ」余所者でなくても——ニューヨーク・シティでも嫌われているぐらいだから。

探偵は、歩き回っていればいいというものではない。時にはじっくり考え、集めた証拠を吟味して、次の展開を読む——車がなく自由に動けないこの日の午後、俺は事務所での時間を思索のために費やすつもりだった。

しかしすぐに、リズから電話がかかってきて、その目論見は達せられなかった。

「上手くいかなかった」リズは明らかに落ちこんでいた。

「会えなかったのか？」

「会えた。食事もした。でも、新しい材料は手に入らなかった」リズが溜息をついた。

「ガードが堅い？」それなら、会って食事をしようともしないはずだが。

「そういうわけじゃないけど、ジェーンの事件について調べているのはウッドストック署だし……そもそもまだ動きはないみたい。ジェリーは、あまり期待しないで欲しいって言ってた。まだ事件が起きたばかりなのに——そんなものなの？」

「普通の捜査では、今回の犯人にたどり着ける可能性は極めて低い」

「警察なんて、やっぱりそんなものなんだ」リズがまた溜息をつく。「当てにしちゃいけないのね」

「地元の人間が起こした事件なら、田舎の警察は絶対に解決する。でも、今回みたいに流れ者が絡んでいる事件では、難しいんだ。ジェーンを殺した犯人が、まだその辺にいるとは思えないし」ヒッピーたちの犯行に見せかけて誰かがやったのではないか、と一瞬だが想像したこともある。しかし、少し考えればそれが合理的でないのは分かる。ああいう小さな街では、誰もが顔見知りである。殺すだけならともかく、遺体を遺棄するのに、あんな農場は選ばない。すぐにバレてしまうのは明らかだからだ。いかにも流れ者が、移動するついでに遺体を処分した、という感じがする。

「警察も、大したことはないわね」

「だからそこは、探偵の出番なんだ」

「何か手がかりでも摑んだの？」

「小さな手がかりだが」俺は写真の件を説明した。

「それって、小さくないんじゃない？　ハーディンっていう人間は指名手配されてるんでしょう？　ということは、警察にもある程度はデータが揃っているはず」

「完全に情報共有できているわけじゃないだろうけどな。管轄を越えると、簡単にはそういうことはできないんだ」

「どうする？　その写真、警察に提供すべき？」

「提供というか、それを餌に警察を動かしたいな。ただ情報を投げてそれで終わり、にはしたくない。俺には、ジェーンを殺した犯人を見つける義務がある」

「賛成」リズがあっさり言った。「言わなかったけど、私もジェーンには申し訳ないと思ってる。もっとできることがあったんじゃないかしら」

「そうだな」俺も同意せざるを得ない。四十万人の観客の中で消えた一人の女性を見つけ出すのが大変なのは当然だが、もっと知恵を絞るべきだったのではないだろうか。自分たちの努力が足りなかったから、ジェーンは殺された――。

「今日、家に帰る必要はあるか？」

「別に大丈夫だけど」

「ママの許可が必要なら、俺が電話してもいい」

「私、未成年じゃないよ？　一々許可なんて必要ない」

「分かった。俺はこれから、メトロノースで終点のポキプシーまで行く」ニューヨーク州北部の地図を頭の中で描きながら、俺は言った。「その辺で落ち合って、ウッドストック署に行こう」

「分かった。今からだと夕方になるよ？　ハドソン線は一時間に一本ぐらいじゃない？」

「……そうだな」

「しかも、ポキプシーまで二時間近くかかるはず」

「それだともう、ウッドストック署にも人はいないか」

緊急だと言えば、イングランド警部を署に引き止めておけるか、呼び出せるだろう。そうだ、のんびり泊まって田舎風のディナーを楽しんでいる場合ではない。すぐに連絡して、今夜の面会を取りつけよう。

「急ごう。俺の方で、ウッドストック署に連絡は取っておく。今晩担当者に面会して、写真を見せる。それからどうするかは、その後考えよう」

「ジョー……調子が上がってきたんじゃない？」

「いや、最悪だ」俺は認めた。「最悪だから、ここから這い上がっていくしかないんだ」

何ヵ所かに電話をかけ、リズから一度電話をもらい、俺は事務所を出た。グランド・セントラル駅までは歩いてもいけるが、時間がもったいない。タクシーを呼び止め、先を急いだ。

メトロノースで、途中乗り換えし、五時過ぎにポキプシー駅着。駅を出てすぐのところにある駐車場でリズと落ち合った。マスタングの助手席のドアを乱暴に引き開けて乗りこむと、リズが車を急発進させる。

「車が常に二台ないと、困るね」リズが軽い愚痴を零した。

「でも、こんな遠くに来ることは、滅多にないぞ」

「ジョーはＭＴＡ（一般的にはニューヨーク州都市交通局のことを指す）が動いてる範囲内でしか仕事をしないんだ」

「実際、それでほとんど済んでいる」ＭＴＡの地下鉄網は、スタテン島を除くニューヨーク市を幅広くカバーしている。スタテン島に行くにも、マンハッタンからフェリーで二十五分だし、島内にはＭＴＡ傘下のスタテンアイランド鉄道が南北に走っている。それ以外にもバス網は充実しているし、タクシーが見つからない場所はない。

「ウッドストック署に話をつけた。待っていてくれると思う」

「問題の人の写真、私にも見せてくれる？」

「運転中は駄目だ」実際、リズは四十五マイル（約72キロ）の制限速度を大幅に超過してマスタングを走らせている。夕方、マンハッタン方面から帰宅する人たちの車が増えてきていて、頻繁にレーンチェンジを繰り返しているような状態で、写真をきちんと確認できるわけがない。「信号で止まったら、にしよう」

「ここ、ハイウェイだよ？　信号なんかあるわけないでしょう」

「だったら、もう少し田舎道に入ってからだ」

しかしリズは、写真を確認するのではなく、先を急ぐ方を選んだ。飛ばしに飛ばして、駅で落ち合ってからわずか三十五分後、ウッドストック署の前でマスタングを急停止させる。既に六時近いが、イングランドは約束通り待っていてくれるだろうか……。

急ブレーキの音に気づいたのか、イングランドがすぐに小さな庁舎から出て来る。彼は怪訝そうな表情を浮かべてはいたが、俺、リズと順番に握手を交わした。

「もうエレンがいないから、コーヒーも出ないが」

「事務の女性？」

「ああ。彼女が本当の署長と言われている。ここに三十年以上も勤めているんだ」

「この前は、会わなかったと思う」

「あの事件があった日か？　お孫さんが生まれて、休暇を取っていた」

「何と、おばあちゃんか」

「まだ五十一歳だが」

軽口を叩きながら警察署に入って行く。この前と同じように、彼の部屋に通された。

「改めて紹介します――うちの助手のリズ・ギブソン」

「あなたは、こんな若い人を雇うのか」イングランドが目を見開く。本当は「こんなヒッピー娘を」と言いたいのではないだろうか。

「若いけど、彼女は有能です」このところ、それを実感している。少なくともリズは、一度もミスを犯していない――俺と違って。

「そうか……かけたまえ」

勧められるまま、椅子に腰を下ろす――その前に俺は、彼に問題の写真を渡した。

「これが、ミス・アトウォーターと一緒にいた女性か」

「そういう証言があります。百パーセント信用できるとは言えないけど、手がかりにはなるんじゃないでしょうか」

「ありがたく受け取っておくよ」そう言ったが、イングランドはそれほど感謝している様子ではなかった。わざわざ残業して待つだけの価値はなかった、とがっかりしたのだろう。

「それと、もう少し情報が」俺はそのタイミングで椅子に腰かけた。

「聞こう」イングランドも自分の椅子に座り、巨大な手を組み合わせてデスクに置いた。

「そいつは、ミッチェル・ハーディンという人間と行動を共にしています」

「ミッチェル・ハーディン？　聞き覚えのない名前だな」

「薬物関係で、マイアミの警察から指名手配されているそうです」

「うちには、その手配は回ってきていないな」

「あちこちを放浪している人間なんです。元々はサンフランシスコ郊外の生まれで」

俺は彼の半生——穴だらけだが——を語った。話が進むに連れて、イングランドの表情が険しくなる。

「カルト集団にも聞こえるが」

「ええ。でも今分かっている限りでは、それほど大きなグループじゃない。数人の女性がいつも一緒にいるようですが」

「だったらハーレムか」

「あるいは」俺はうなずいた。ハーディンに、女性を惹きつける性的な魅力があるとは思えなかったが。「いずれにせよ、危ない主張を唱えたり、宗教的なカルト集団だという情報はない。少しイカれてる——としか言いようがないです」音楽関係者に迷惑をかけている話をした。

「それは確かに、かなり変わった人間だ」イングランドが渋い表情でうなずく。

「今、どこにいるかは？」

「まったく分かりません。半年ぐらい前に、ニューヨークの音楽関係者が立て続けに被害を受けたけど、その後の動向は、マイアミにいたこと以外は不明です」

「そうか……悪くない手がかりだが、探し出すのはかなり難しいだろうな」イングランドが、頭の後ろで手を組んだ。「こういう連中は、あちこちに流れていって、一ヵ所に定住しないものじゃないか」

「捜すのは警察——あるいはFBIじゃないと無理です」

「あなたが自分で調べているわけではない？」

「今のところは」俺は肩をすくめた。

「それで、何が言いたい？」

「私は、殺されたミス・アトウォーターの捜索を依頼されていて、失敗した。彼女の死に責任を感じている。だから自分の手で犯人を捕まえたいと思っている——同時に、限界も分かってますよ。探偵にできることなんか、限られてますからね」

「それが分かっているなら結構なんだが」イングランドがまじまじと俺の目を見た。「昔、ニューヨーク・シティの探偵がここへ来て、散々引っ掻き回していったことがある。もう十五年ぐらい前で、私は駆け出しに毛が生えたぐらいだったが」

「ほう——どんな事件？」

「やはり行方不明者の捜索だった。あの頃は、ヒッピーじゃなくて、ビートニクの連中がこの辺にもいてね。そいつらについていってしまった若い女の子を捜しに来たんだよ」

「それでどうなったんですか――いや、無事に連れ戻したはずです」

「何で知ってる」イングランドが目を見開く。

「その探偵は、多分私の先輩です。サム・ライダー」

「そんな名前だったかもしれない」

サム・ライダーは、伝説的な名探偵である。俺も探偵仕事の基礎を彼から学んだし、友人のウィリー・〝ザ・ライトニング〟・ネイマスが探偵になる時は、彼の下で厳しい修業を積んだ。ミドル級のボクサーとして素晴らしい戦績を挙げたウィリーは、引退後に「長年応援してくれたハーレムの人の役に立ちたい」と探偵を志し、弟子入りした相手がサム・ライダーである。ベテランのサムは、その年代の白人男性としては珍しく、有色人種に対する偏見がまったくなく、ウィリーを基礎から鍛え上げた。ウィリーがある日、ふと言ったことがある。「あの人は優秀なトレーナーだ。黒だろうが白だろうが、強くなりそうな人間には徹底して教えこむ」。そしてウィリーも優秀な探偵になったのだが、彼には俺も知らなかった裏の顔があり、それがジャックマンの悲劇につながっていった――。

「しつこい人だったな」

「彼は、食らいついたら離さないタイプでした」十五年前には、サムはとうに六十歳を超えていた。膝も悪くしていたはずで、昔のように歩き回るのも難しかっただろうが、精神力が体力の衰えをカバーしたのだろう。「結局、無事に奪還したんですか？」

「ああ。ビートニクの連中も、今のヒッピーみたいに農場を借りて生活していたんだ。何も問題を起こしたわけじゃないから、こっちは不干渉でいたんだが、ミスタ・ライダーの感覚では、警察は頼りなかったようだ」

「その節は、先輩がご面倒をおかけして」

「まあ……最終的には和解したけどね。無事に娘さんを説得して連れ戻してしばらくしてから、手作りのクッキーが大量に届いた」

「奥さんです」俺は、口中にそのクッキーの味が蘇るのを感じた。「サムの奥さんは、クッキー作りの名人です」

「あんな美味いクッキーをもらったら、迷惑を受けても水に流さざるを得ないよ……とにかく、この写真は預かる。ご協力に感謝するよ。でも、余計なことはしてくれるな。あなたを馬鹿にするわけじゃないけど、これは探偵さんでは手に負えない事件だ」

「分かってます」俺はニコリと微笑んだ。この笑顔には大した力はない、とヴィクには馬鹿にされていたものだが。

「これでいいの？」署を出て車に乗りこんだ瞬間、リズが訊ねる。

「何が？」

「これで手を引く――後は警察に任せる？　これで終わり？」

「まさか」俺はウッドストック署の庁舎をさっと見やった。警官が十人ぐらいしかいない、こんな小さな警察署ができることは少ないはずだ。ＦＢＩに話が通って、あの連中が実際に動き出すまでには、かなりの時間がかかるだろう。そして時間が経てば経つほど、事件の解決は難しくなる。やはり、警察だけに任せてはおけない。「どこか泊まるところを探しておいてくれたか？」

「ウッドストックに、何軒かモーテルがあるよ」

「よし、今夜は泊まりだ。明日の朝から動く」

「聞き込み？」

「ああ。ハーディンがやったとすれば、この近辺に絶対に証拠を残しているはずだ。それと、サリバン郡の事件も気になる」

「それって、農場の強盗事件のこと？」

「そうだ。あの犯人はバイクを使っていた」

「マイアミの事件で、ハーディンたちは逃げる時にバイクを使っていた――ということ？」

「その通り」彼女の記憶力と勘の良さに驚く。「もちろん、アメリカ国内にバイクは何十万台もあるから、合致する保証はないけど」

「可能性としてはないではない、そういうことよね」

「バイクを使って移動している連中が、車に乗り換えることはない。その逆も真なり、だ」

「もしかしたら、ヒッピーというよりヘルズ・エンジェルス（アメリカのバイカーギャング。一九四八年にカリフォルニア州で結成され、世界中に支部を持っている。様々な非合法活動に関わったとされる）みたいなもの？」

「服装は、完全にヒッピーだけどな。ヘルズ・エンジェルスの連中が、偽装するためにヒッピーの格好をするとは思えない。バイクに乗る連中は、常に革のジャケットだよ」ヒッピー風のひらひらした服装では、危なくてバイクの運転はできないだろう。

「もしかしたらだけど、私たちが探しているのは、ヒッピーでもヘルズ・エンジェルスでもない新しい連中かもしれない」

「だとすると厄介だ」

「さすがにちょっと心配なんだけど」

「心配は後でいい。とにかく、何か美味いものでも食べてから作戦会議をしよう」

「心配で、料理の味も分からないかもしれないけど」

「そういうのは、君らしくないんじゃないか？」

「怖がって用心するのが、いい探偵なんじゃないかしら」

それも一理ある。探偵マニュアルに新しい条項をつけ加えよう、と俺は思った。

翌朝、俺たちはモーテルの向かいにあるダイナーに集合した。リズは当然昨日と同じ服――と思いきや、着替えている。襟ぐりが大きく開いたTシャツに、原色の幾何学模様のベスト。髪も同じような柄のヘアバンドで抑えていた。ヒッピーというより、ネイティブアメリカンの娘という感じである。

「泊まる準備をしてきたのか？」俺は着替えのシャツと下着は持ってきていたのだが、スーツとネクタイは昨日のままである。

「違うわよ。モーテルの近くに、小さなお店があったの、気づかなかった？」

「いや」探偵としては「目」がよくないのかと俺は反省した。「しかし、よくそんなヒッピー風の服を売ってたな」

「今はどこでも売ってるわよ。特にこの街は……ジミ・ヘンドリックスも住んでるし」

「そうなのか？」元々ウッドストックは、ニューヨークの避暑地として知られる町である。真夏には猛烈な暑さになるマンハッタンを逃れた金持ちたちが、一夏を過ごす。

「昔からアートの町だし、お洒落な店も多いから。ジョーには関係ないかもしれないけどね」

「ああ、無縁だな。とにかく飯を食おう」

最近は朝飯を抜いてしまうこともあるが、俺は長年ずっと馴染んでいたメニューにした。卵二個をオーバーイージーで。それにカリカリに焼いたベーコンとポテトという定番の組み合わせ。リズはパンケーキで、卵も肉もなし。栄養バランスが悪いのではと思ったが、気にする様子もない。そしてコーヒーではなくハーブティーを頼んだ。

「それで……今日からはどんな捜査をするの？」食事の途中で、リズが切り出してきた。

「今までの捜査をやり直すんだ。友好的なヒッピーのグループがいただろう？　そういう連中のところへ行って、問題の女性の写真を見せる」

「その人の正体が分かれば――」

「ジェーンとハーディンの関係も分かるかもしれない。ただし、それだけってわけにはいかないだろうな」

「どうして？」

「警察も同じような捜査をすると思う。ぶつかると面倒だし、向こうの方が人数が多いから、こっちはどうしても不利だ」

「サリバン郡の保安官事務所も動くかも」

「あそこだけじゃなくて、近隣の警察組織が一斉に動き出すかもしれない。でも、ジェーンが死んだ責任は俺にもあるんだ。だから俺が、犯人を捕まえなくちゃいけない。警察に負けるわけにはいかないんだ」

「だったら、あの写真を渡さない手もあったでしょう？　相手にわざわざ手がかりを与えなくても」

「もちろん警察には勝ちたい。でも究極の目的は、犯人を捕まえることだ。警察に負けても、犯人が捕まればよしとしよう――警察がやりそうにないことをやろうか」

「例えば？」

「午前中、この辺で聞き込みをしたら、マンハッタンに戻る。外側から、ハーディンの正体に迫ってみるつもりだ」

「方法は？」

「ある」俺は人差し指を立てた。「後で電話を一本かけるよ。午前中は聞き込みに専念しよう」

「私も話を聴いていい？」リズが申し出た。「運転手だけじゃ……」

「もちろん。君が聴いた方が警戒されないかもしれない。午前中は、俺が運転手役をやろう」

「グルーヴィ」リズの顔が輝いた。

第四章　その正体

リズは聞き込みを上手くやったと思う。ヒッピー連中にも自然に馴染み、相手に警戒心を抱かせずに話を聞き出していた。しかし手がかりはなし——結果的には失敗だったな、と俺は後悔した。写真を複製して大量に用意し、ヒッピー連中にばらまけばよかったのだ。今まで見たことがなくても、これから見かけるかもしれない。写真が手元にあれば、何かのきっかけで気づく可能性もある。

それはまた、改めてやってみよう。昼過ぎ、俺たちはウッドストックを離れてマンハッタンへ向かった。途中、マクドナルドで遅い昼食を済ませ、先を急ぐ。電話をかけた相手との約束は四時……間に合うとは思うが、何しろウッドストックからマンハッタンまでは遠い。

「それで、相手は誰なの？」ハンドルを握るリズが訊ねる。

「カルト問題に詳しい弁護士だ」

「そういう人、いるのね」

「ああ。弁護士はいけすかないけど、俺たちの仕事に関係が深い人も少なくない。専門分野ごとに弁護士のリストを作っておくのも大事だ。たまには仕事を振ってくれる奴もいるし」

「それも探偵マニュアルの条項？」

「二十条ぐらいに入れておいてくれ……ちなみに弁護士じゃなくて『クソ弁護士』にしてくれないかな。悪魔みたいな奴もいるから」

「悪魔って言ってる時点で、カルトみたいな感じよ」

「確かに」

無駄話をしているうちにマンハッタンに戻った。その時点で既に、午後三時半。マンハッタンの慢性的な渋滞のせいで、約束の時間に少し遅れそうだった。南北を貫くヘンリー・ハドソン・パークウェイも、のろのろ運転の車で埋まっている。リズは途中でブロードウェイに入った。さらに右左折を繰り返し、空いている道を探していく。

「どうしてマンハッタンの道路をこんなに詳しく知ってるんだ？」

「この街で生まれ育って、十七歳から運転していれば、嫌でも覚えるわ」

「マンハッタンに住んでいて、車を運転する気になるのが不思議だ。家族は――」

「急ぐわよ」会話を拒否するように、リズがぐっとアクセルを踏みこんだ。乱暴に車線を変更し、前をのろのろ走るセダンをパスする。

やはりリズは、自分のことを話すのを嫌がっている。会話の合間に家族の話題を挟みこむのはよくあることだし、俺も少しでも彼女のことを知りたいと思うのだが、いつも適当に誤魔化されてしまう。そんなに秘密にしておきたいのだろうか……「給料はいらないから探偵修業をさせて欲しい」という申し出に乗ったのだが、その判断が正しかったかどうかは自分でも分からない。彼女は、仕事の助手としては有能なのだが、身元がはっきりしないので、未だにどこか危うい感じがしている。そのうち、俺が昼寝している間に殺して、事務所の金を奪うつもりでは——いや、その気があったらとうにそうしていただろう。あるいは敵が送りこんだ刺客か……仕事柄、俺は人の恨みを買うことも多い。ギャング絡みの仕事は慎重に避けているのだが、どこでどんな人の恨みを買っているかは分からないものだ。そういう人が、隙を突いて俺を殺すために彼女を送りこんできたとしたら。

それは考え過ぎだろう。それなら、俺が家族のことを聴いた時に、彼女は嘘の説明——徹底的に練ったシナリオに基づく——を澱《よど》みなく披露するはずだ。こんな風に、適当に話を誤魔化したりしない。まあ、今のところは大きなトラブルがないからいいのだが。それに彼女は、次第に欠かせない戦力になってきている。

南北に長いマンハッタンをずっと南下し、コロンバス・サークルの近くにある弁護士の事務所へ。車を停めておける場所が見つからなかったので、俺は事務所へ戻って待機しているようにリズに命じた。

「弁護士の話なら、私も聞きたい」リズが不平を漏らす。

「君には別の仕事がある」

「何？」

「ジェリー・セバスチャンを今度は電話で摑まえて、捜査状況を聞き出してくれ。当然、サリバン郡の保安官事務所も動いているはずだから」

「上手くいくとは思えないけど……それに、昨日会ったばかりなのよ」

「そこを何とか頑張ってくれ。定期的に接触するのが大事なんだ。しかも相手に嫌がられずに。君ならやれると思う」

「イングランド警部は？」

「彼の方が、敵としては難物だな」セバスチャンは保安官補で、本人にはあまり責任も権限もない。一方イングランドは、小さいながらも一つの警察署のナンバーツーである。こちらが情報を提供しても、さほど恩義も感じていないだろうし、捜査の秘密を漏らしてくれるとも思えない。ただ、俺は普通に話ができるから、今後のネタ元としてキープしておきたかった。彼女が介入して、変に関係がこじれたら困る。

「そうね……じゃあ、イングランド警部には、何か美味しいものでも送っておくわ」

「昨日のクッキーの話か？　あれは、手作りクッキーだから効いたんじゃないかな。実際、サムの奥さんのクッキーは絶品だったから」

「じゃあ、私がクッキーを焼いておくわ」

「君、料理なんかするのか」俺は目を見開いた。コーヒーは用意してくれるが、料理をするようなイメージはまるでない。ましてやクッキーなど……。

「『ボストン・クッキングスクール・クックブック』を見れば、何でも作れるわよ」

「それは……」

「知らないの？」リズが本気で驚いた声を出した。「ファニー・ファーマー（一八五七～一九一五年。アメリカの料理研究家。『ボストン・クッキングスクール・クックブック』は一八九六年に初版が出版された後、料理書の定番になり、ファニー・ファーマーの死後も改訂版が出版され続けている）を知らない人がいるなんて、信じられない」

「どこかのレストランの有名シェフなのか？」

「この話、ここまで」リズが溜息をついた。「ジョーとこういう話をしようと思ったのが間違いだった。でも、イングランドには何か送っておくわ」

「賄賂は有効に使ってくれ」

俺はマスタングから降りると、コロンバス・アベニューを走って横断した。ビルに駆けこみ、空調の冷気を浴びてほっとする。六月から九月にかけてのマンハッタンは、二つの気候帯に分断されているようなものだ。猛暑の街路と、冷房がきつく効いた高層ビルの中。

このビルには、小さな会社や弁護士、会計士の事務所が入っている。そこそこ古く、豪華なビルでもないのだが、中では金が唸っているわけだ。警備員に話をし、そのままエレベーターに飛びこむ。呼吸が整う前に、エレベーターは十二階に到着した。一応ネクタイを締め直し、目当ての法律事務所のドアをノックする。ここには何度か来たことがあり、事務員も顔見知りなので、笑顔で迎えられた。すぐに、エヴァ・クラークの部屋に通される。

「ジョー」エヴァが立ち上がり、笑顔で俺を迎えてくれた。鋭く高い鼻、大きな目――いかにもギリシャ人らしい、彫りの深い顔立ちだ。肩までの長さのブロンドヘアは、カールさせている。この前会った時はストレートのボブカットだったのだが、彼女は髪型を変えるのが趣味で、会う度に別人のようになっている。

「久しぶりだ」俺たちは握手を交わした。彼女の握手はいつでも力強い。

「元気だった？　相変わらず儲けてる？」

「そういう仕事は滅多にないよ」俺は革張りのソファに腰を下ろした。エヴァが「コーヒーは？」と訊ねる。

「ありがたいね。マクドナルドでお湯みたいなコーヒーを飲んだだけなんだ」

「だったら、濃いのがいいわね。ギリシャコーヒーでも」

「ああ」本当は苦手なのだが——上澄みだけを飲むのが下手なのだ——ありがたくもらうことにした。非常にコクがあるのは間違いなく、集中力を高めたい時には最高である。

エヴァが電話でコーヒーを用意するよう、事務員に命じた。その後で俺の向かいのソファに腰かけ、煙草に火を点ける。

「ボブはどうしてる？」

「元気よ。相変わらずニューヨークの街を守ってる。子どもたちも元気」

「それは何よりだ」

エヴァの夫、ボブ・クラークはＦＤＮＹ《ニューヨーク市消防局》に勤務する消防士で、今は第一方面隊の隊長だ。彼女自身はギリシャ移民の二世で、結婚前の姓はパパンドレウ。俺としては、発音しにくいパパンドレウよりもクラークの方がありがたい。

俺たちはしばらく近況を語り合った。ギリシャコーヒーは、用意するのに時間がかかる。コーヒーが来てから、じっくり本題に入りたかった。そもそもエヴァは、余計なお喋りが好きなタイプなのだが……弁護士は忙しいはずなのに、会えば必ず長い雑談が始まる。

やっとコーヒーが用意されて、俺は一口啜った。水にコーヒー粉と砂糖を直接入れて煮込むので、コーヒー粉はカップの底に沈んだまま、しっかり存在している。口に入らないように上手く啜るのは苦手だが、味わいは深く、俺は精神が急に研ぎ澄まされていくのを感じた。

煙草に火を点け、本題に入る。

「最近、カルト系の相談は受けてるか？」

「カルトというより、ヒッピーね。子どもがヒッピーのグループに入ってしまって、家に帰って来ない――そういう話、案外多いのよ」

「それで、共同生活を送っているとか」

「そう」エヴァが認める。「基本的にヒッピーの人たちは平和主義だから、危ないことはないんだけど、親からすれば、子どもが見ず知らずの人たちと暮らすなんて、我慢できないんでしょうね」

「そういうコミューン、意外に多いみたいだな」

「私もここ一年で、三件ほど相談を受けた」エヴァがうなずく。「結局、本人に会って説得するしかないのよね。二人は何とか折れて家に戻って来たけど、もう一人は絶対に帰らないと……コミューンで暮らしているうちに妊娠したのね」

「大きな家族の一員になったわけだ」誰が父親なのか分からないかもしれないが。

「そう。どうしてもそのコミューンの中で産んで育てるって言い張って。せっかくハーバードに入ったのに、キャリアはおしまいね」

「抜けて戻れば、やり直せるのでは？」

「妊娠が分かって、父親が激怒しちゃったのよ」

エヴァが煙草を灰皿に押しつけ、二本目の煙草に火を点けた。彼女は極端なチェーン・スモーカーである。そういう人の煙草の吸い方を見ていると、俺は何故か吸う気がなくなってしまうので、指先で煙草の灰が長くなるに任せた。

「それで？」

「もう家には戻って来なくていいって……でも、この件ではまだ一悶着あると思うわ」

「というと？」

「そこのコミューン、結構いい加減な感じなのよ。ちゃんとしたリーダーがいて、メンバー全員がきちんと暮らしているところもあるけど、そこのコミューンのリーダーは無責任な感じだった。人が増えていろいろ面倒になったら、一人でふらりと消えちゃうようなタイプ……まあ、何事にも自由なのがヒッピーという人たちだけど」

「じゃあ、そのうち幼い子どもと一緒に居場所をなくすかもしれない」

「ここに電話がかかってくるかも」エヴァが振り返って、自分のデスクを見た。「何だか心配になったから、私の名刺を渡してきたの。何かあったら電話してって……一年以内にここの電話が鳴る確率は、八〇パーセントはあるわね」

「そんなに？」

「こういう勘はよく当たるのよ」エヴァが人差し指で耳の上を突いた。「やだ、また余計なことを話してる。あなたと会うと、本当は話しちゃいけないことまで話しちゃうのよね」

「今の話には、具体的な部分はまったくなかった」ハーバードというところを除いては。「だから、弁護士の倫理的には問題ないよ」

「それで……あなたの方の本題は？」

「ミッチェル・ハーディン」

エヴァのこめかみが、一瞬痙攣したように見えた。

「もう目をつけてるの？」

「目をつけ始めたばかりなんだ。ヒッピーのコミューンのボス……というわけではないけど、似たようなものだろう」

「説明するのが難しいタイプね」エヴァがうなずく。「それであなたは、どうしてハーディンと関わってるの？」

「まだ関わっているわけじゃない。俺が捜している女性が、ハーディンと関わっていた可能性があるんだ――捜しているというか、その女性は殺されて、遺体で見つかった」

エヴァの眉がぐっと釣り上がる。どんな仕事をしているかは、関係ない第三者に話してはいけないのが探偵のルールだが、今は違う——ジェーンは殺され、最初の依頼は失敗に終わった。もはや秘密はない。

「困った話だけど、まさか、ハーディンが殺したと思ってる？」

「ハーディンか、ハーディンに関連した人間が、何らかの事情を知っているかもしれない」曖昧な言い方しかできないのが悔しかったが、これは仕方がない。

「私も、現在進行中の事件についてはあまり話せないんだけど……ハーディンに関しては、何件か相談を受けてる」

「誘拐——というか、彼のコミューンに入ってしまった？」

「そういう感じ。でも、ハーディンの居場所はなかなか摑めないのよ」

「一ヵ所に定住してるわけじゃないのかな？　農場とか」

「あちこちを放浪しているのは間違いないみたいね。私は、非常に危険な人物だと思う」

「どうして？　俺は、単に変な人間じゃないかと思っている」音楽関係者を悩ませていることを話した。

「ああ——」エヴァが厳しい表情になる。「訳の分からない音楽を売りこみにいっただけなら『おかしな人』で済むけど、彼の場合、その裏の目的が危ないと思う」

「というと？」

エヴァがまだ長い煙草を灰皿に押しつけ、立ち上がった。デスクの背後にあるファイリングキャビネットからファイルフォルダを抜いてソファに座ると、また煙草に火を点ける。彼女のチェーン・スモーキングには慣れているが、いくら何でも吸い過ぎ——それだけ苛立っている証拠かもしれないが。

「彼らは氏族《クラン》、と名乗っているわ」

「クラン？」

「自分たちは一つの新しい氏族、みたいな感じかしら」

「カルトっぽい匂いがするな」

「その教えもね……アメリカは滅亡するっていうのが、彼らの主張」

「まさか」

「あなた、ベトナムをどう思う？」

「戦争のやり方を間違った」共産主義の拡大を抑える、という狙いは俺にも分からないではない。しかしアメリカは、ベトナムで行われているようなゲリラ戦に慣れていないのだ。ひたすら人と兵器を投下して相手を圧するという、これまでの戦い方が通用していない。

「私はそもそも、介入すべきじゃなかったと思う——まあ、今はそんな話をしても仕方ないわね」

「ハーディンも、ベトナム戦争反対なのか？」

「彼は、ベトナム戦争は悪魔がアメリカにしかけた罠だ、と言っている。勝てない戦争にアメリカを引きずりこみ、その結果アメリカは滅びる。自分たちはその破滅に巻きこまれるわけにはいかないから、アメリカを脱出してアフリカに渡り、新しい神の王国を作る」

「勘弁してくれ」頭痛がしてきた。「ハーディンは白人だよな？」

「そう」

「白人がアフリカに乗りこんで王国を作る？　王様にでもなるつもりか？」

「王様というより、神の言葉を伝える神官みたいなイメージかもしれないわね」

「それを信じて、ついていくような連中がいるのか？　信じられないな」俺はすっかり灰が長くなった煙草をもみ消した。ギリシャコーヒーを一口……案の定、粉が口の中に入ってしまう。吐き出したくなったがそうするわけにもいかず、何とか飲みこんだ。

「今は、価値観が揺らいでいる時代だから。ベトナム戦争に対する考え方も、一人一人違う。だからこそ、自分にフィットした教えを話している人がいれば、ついていきたくなるんじゃない？　若者はいつでも導師《グル》を求めているから」

「それで、あちこちを放浪しているわけか……しかし、ハーディンの一団は、犯罪者集団でもあるんだぞ」

「知ってる」エヴァがうなずく。「あちこちで問題を起こしてる。実際にクランを組織する前にも、ハーディン個人が逮捕されたりして」

「今、マイアミの警察からは、薬物の不法取引で指名手配されているんだ」

「本当に？　だとしたら、私が捜すように頼まれている子たちも、危ないわね」エヴァが忙しなく煙草を吸った。

「差し支えなければ、君の依頼人を教えてくれないか？」

「それは無理」エヴァがあっさり言った。「弁護士の守秘義務があるから」

「協力すれば、行方不明の子を見つけ出せるかもしれない。何だったら、俺を雇ってもいい」臨時に弁護士と契約を交わすことはよくある。調査員の肩書きで、彼らの仕事に協力するのだ。弁護士は、知恵と経験はあるが、それだけでは事件は解決しない場合も多い。手足となって、多少乱暴な方法を使って調査を進める探偵も必要なのだ。

「今はまだ、それはやらない方がいいと思う」

「それが君の判断なら」俺は肩をすくめた。「――どうなると思う？　ハーディンは本当に危険だろうか？」

「今のところ、断片的な情報があるだけで、実態が分からないのよ。司法当局とも非公式に話したけど、彼らもどうやって手をつけていいか、迷っている。行方不明者が大量に出れば、ＦＢＩが動き出す可能性もある」

「俺の事件――依頼人の姉が殺された事件を警察が本格的に捜査すれば、ハーディンの所業が明らかになるかもしれない」

「警察にはもう、情報提供したの？」

「ああ」俺はうなずいた。「しかし、田舎警察がハーディンを追い詰められるとは思えないんだ。だから俺が動く」

「責任、感じてるんでしょう」

「捜索を依頼された人が殺された――探偵としては、最悪の結末だよ。だから俺は、ハーディンを捕まえて真相を吐かせる」

「敵が大き過ぎる――曖昧過ぎるのでは？」エヴァが指摘した。

「それはこれから調べる。だから君の協力が必要なんだ」

「弁護士としてできることとできないことがあるのは分かって。あなただって、探偵としての守秘義務があるでしょう？」

「目的が君と同じだとしても？」

「もちろん」

エヴァがファイルフォルダから書類を取り出し、目を通し始めた。そこにどんな秘密の情報があるのか――俺は腰を浮かして覗きこみたい欲望と戦った。

「五分ほど待っててくれる？　ちょっと別の用事があるから」エヴァが書類をテーブルに置いたまま、立ち上がった。

彼女が部屋を出た瞬間、俺は書類を取り上げた。顔写真が貼られた書類。名前はナオミ・ハリス。素早く読み取り、この若い黒人女性がハーディンと一緒にいるらしいことが分かった。両親から相談を受けて、調査を始めたばかりらしい。受けつけた日付は八月三十日――ついこの間だ。そして、エヴァがこの件を俺に話したくない理由も分かった。話が広まるとまずい。大きなスキャンダルになりかねないのだ。

俺が必要な情報を書き取った直後、エヴァが戻って来た。しばらく俺と書類を交互に見ていたが、「余計なこと、してないでしょうね」と小声で確認する。

「余計なこと、とは？」

「私の社会的信頼を失墜させるようなこと」

「まさか」俺は大袈裟に腕を広げた。「そんなことをしたら、ボブに放水攻撃を受ける」

「何、それ」エヴァが吹き出した。

「消火栓に縛りつけられて、最新の消防車の放水を浴びるのさ。陸で溺死《できし》するわけだ」

「それより、ボブが優秀なアマチュアボクサーだったって知ってる？　今は体重過多だけど、動きは昔と変わらないわよ」

「その方が怖いな――それじゃ、何か分かったらまた連絡する。やっぱり、情報共有しておいた方がいいと思うんだ」

「大事にならないうちに、何とかしたいわね」

「時間との勝負だな」俺は立ち上がってうなずいた。「これ以上、犠牲者は出したくない。ナオミ・ハリスとか」

エヴァがうなずき返す。彼女がわざと、依頼に関連する書類を俺に見せたのは明らかである。自分から喋ったわけではないということにしておけば、彼女の良心も痛まないだろう。

そういうことにしておこう。

世の中には、暗黙の了解の下に破られるルールがいくつもある。

簡単に会えない相手はいる。政治家がそうだし、俳優やミュージシャンなどの有名人もそうだ。同じように、大物スポーツ選手も……俺は長いこと探偵をやっているが、スポーツ選手が依頼人になったことは一度もない。そういう経験があったら、その伝手で話を通すこともできるかもしれないが。

しかし今回は、取り敢えず連絡先が分かっている。俺は電話をかけず、そのままエヴァの依頼人の自宅へ向かった。

グラマシー・パークにあるタウンハウス。この辺は静かな住宅街で、マンハッタンらしい喧騒はあまり感じられない。いかにも金持ちが住む街、という感じだ。

道路に面したドアをノックすると、すぐに俺より頭一つ大きな男が顔を出した。険しい表情――というより、疲れている。

「ミスタ・ハリス？」

「そうだが」

「ジョー・スナイダーと言います。私立探偵です」

「探偵？　探偵が何の用だ」さらに表情が厳しくなる。

「娘さんのナオミ・ハリスのことでお話があります」

「ナオミが――いや、帰ってくれ。何のことか分からない」

ハリスがドアを閉めかけたので、俺は慌てて抑えた。

「ちょっと待って下さい。大事な話です。娘さんの行方につながるかもしれない話です」

「新手の脅迫か？」

「まさか」

「そもそも、この話はどこにも漏れていないはずだ」

「情報は、完全に隠すことはできません」やはりスポーツ選手の知り合いがいれば、と俺は悔いた。俺が信用できる人間だと保証してくれる人物がいれば、話は早いのに。今のところ、彼と俺の共通の知り合いはエヴァだけだが、彼女が話すわけがない。情報を漏らしたことを自ら明かすような真似ができるはずもないのだ。「心配なら、ニューヨーク市警のリキ・タケダ警部に問い合わせて下さい。私が違法行為をしない、信頼できる探偵だと保証してくれます」

「――入ってくれ」

第一関門突破。俺は警察の威信を意識しながら彼の家に入った。

リビングルームに通され、椅子を勧められる。いい場所にあるが、家自体はそれほど豪華ではない――元プロバスケットボール選手の家とは、こんなものだろうか。

アール・ハリスは、ＮＢＡの初期の黒人選手である。大リーグと同じように、ＮＢＡにもカラーライン（有色人種の選手を採用しないという暗黙の了解。大リーグの場合、ジャッキー・ロビンソンがドジャースに入団して、このラインが破られた。ＮＢＡでは、キャピトルズに入団したアール・ロイドが黒人選手の第一号）があったのだが、それを突破してプロのプレーヤーとして活躍していた。既に引退して、現役時代にプレーしていたニックスでコーチをしている。今はオフシーズンだが、心と体が休まる暇もないだろう。何しろ娘が、カルトの集団に合流しているのだ。

「内密に願います」俺は先に切り出した。「ウッドストックで、若い女性の遺体が見つかった事件、ご存じですか？　撃たれて、農場に遺棄されていた」

「いや」否定したハリスの顔から一気に血の気が引く。「それがいったい――」

「娘さんのナオミが、ミッチェル・ハーディンという男と行動を共にしている可能性があるそうですね。実は、殺された女性も行方不明になっていて、家族の依頼で私が捜していました。しかし間に合わず……」俺は力なく首を横に振った。この件を話すと、魂が少しずつ削られる感じがする。「調べていくうちに、この女性がハーディンたちと一緒にいた可能性が高いことが分かりました。他にも、ハーディンのグループに加わっている若者たちがいることも。私は、彼らを救いたいんです。もちろん、娘さんも」

「そんなに大変なことになっているのか？」

「本当にどれほど大変かは分かりません。しかし、私が今想像しているよりもまずい状況になっている可能性がある。放っておくわけにはいかないんです」

「しかし、娘のことは、弁護士に任せている。カルト問題に詳しい弁護士だ」

「警察には……」

「警察には相談したが、何もしてくれない。黒人の娘がカルト集団に巻きこまれても関係ない、とでも言いたげだったからな。しかし、それで正解だったんだよ。警察が動けば、話が大事になってしまう。それでは困るんだ。私は、チームに迷惑をかけるわけにはいかない。何とか、密かに解決したいんだ」

想像していた通りだ。しかしここは、何とか押さなければならない。彼の協力がないと、調査は進まないのだ。

ハリスは長い足を組み、落ち着かなげに椅子の肘かけを指で叩いていた。座っていても大きさは分かる――たぶん、六フィート七インチ（約2メートル）はあるだろう。髪には白いものが混じっているが、体は締まっていて、現役当時の面影がある――そう言えば、一度だけ彼のプレーを生で見たことがあった。マジソン・スクエア・ガーデンの試合で、彼は再三豪快なダンクシュートを決め、対戦相手のセルティックスを粉砕した。あの時の彼は、世界を支配したような表情を浮かべていた。しかし今、その顔には苦悩の皺が刻まれ、悩める父親そのものである。

「娘さんがいなくなったのは、いつですか」それもエヴァの書類を見て摑んでいたが、俺は敢えて聞いてみた。全て自分の口から言ったこと、と彼に納得させねばならない。

「八月の終わりだ。二十二日――朝起きたら、いなくなっていた」

「ハーディンのグループに入ったことは、どうして分かったんですか」

「置き手紙があった。アメリカから逃げ出すために、これからはクランに参加すると」

「ハーディンには、アフリカへ行く計画があるようです」

「ああ」ハリスが険しい表情でうなずく。「馬鹿な話だ。ナオミは『自分のルーツに帰る』と言っていたが、我々のルーツはこの国だ。遡ればアフリカにたどり着くかもしれないが、私もナオミもこの国で生まれ育ったんだ。どうしてアメリカを捨てなければならないのか……」

「ベトナム戦争に反対する立場から、のようです。私もその理屈はよく分かりませんが」

「国が威信を賭けて戦ってるんだぞ？　それに反対するのは、私には理解できない」

「娘さんは、いつからハーディンの考えに染まっていたんですか」

「私が気づいたのは、半年ぐらい前だ。娘の部屋から奇妙な音楽が聴こえてきて……非常に不快な感じだった」

「それがハーディンの音楽だったんですね？」

「ああ。私にはまったく分からない。しかしナオミはどっぷりハマっていて、ベトナム戦争はやめさせなければいけないとか、早くアフリカに渡らないとアメリカの破滅に巻きこまれるとか、訳の分からないことを言うようになった」

「娘さんは、今、何歳ですか」

「十七。今月からハイスクールの最終学年に入る。いいバスケットボールの選手なんだ。男だったら、間違いなくNBAで活躍できる」

「バスケットボールも学校も捨てて、ということですか」

「今はまだ夏休みだ。帰って来れば、学校へも戻れるだろう。しかし弁護士も、なかなか手がかりを摑めないようだ」

「ハーディンは、各地を放浪しているようです。足取りを摑むのは難しい……しかし、何とかします」

「私は、あんたに依頼するつもりはないぞ」

「私が勝手にやっていることです。これ以上、犠牲者を出したくない」

ハリスの喉仏が大きく上下した。「犠牲者」という言葉が、彼を不快に刺激してしまったのは間違いない。

「お嬢さんの部屋を見せていただけますか？」

「断る」ハリスが即座に拒否した。

「何か、ハーディンにつながる証拠があるはずです」

「ない」ハリスが怒ったように言って、すぐに力無く首を横に振る。「実は、密かに娘の部屋を見てみた。見たことのないカセットテープや奇妙な本があった。本というか、手作りのパンフレットのようなものだ。実に忌まわしい内容だった」

「パンフレットというのは、ハーディンの本ということですか」

「ああ。アメリカはベトナム戦争をきっかけに滅びる。その前に、選ばれた者だけがアフリカへ渡って神の王国を作る、という馬鹿げた内容だ」

「それは、印刷物でしたか?」

「ちゃんとした本ではない。手作りという感じだった」

自作のパンフレットで、信奉者を集めていたのだろうか。となるとまさにカルト――狂信的な集団の匂いがする。アメリカは滅びはしないし、アフリカへ渡る意味も感じられない。要するに、自分の手足のように動く人間を引き連れてアフリカへ渡り、ハーレムを作るのがハーディンの目的なのだろう。

もちろん、国内でそういうことを目指している人間もいるはずだ。ただし、何かあって当局にばれたら面倒なことになる。アフリカなら、アメリカの司法当局の目は届かないだろうし、その国の警察なども手を出せないはずだ。ほんのわずかな金で買収し、見て見ぬふりをさせることも簡単だろう。しかし、本当に文明生活を捨てて、アフリカの大自然の中で生きられると思っているのか。

危険だ。ハーディンを止めることはできないかもしれないが、一緒にいる若い連中を何とか引き剝がさないと。

「あなたは、ハーディンの教えのことで、娘さんと話しましたか？」

「話した。大喧嘩になった。娘があれほど口汚く罵ったことはない」ハリスがこめかみを揉んだ。

「あなたのことを？」

「いや、アメリカを。アメリカに暮らす人間として、アメリカを貶《けな》すことは許されないと注意したんだが、ナオミは、自分たち黒人には、この国に未来を見出せないと……」

公民権運動があれだけ盛んに行われ、そのパワーは六〇年代が終わろうとしている今に至るまで続いているのに、ナオミは未来を見出せないというのだろうか。

「あなたたちが戦ってきたのを、私は見ている」俺は一瞬、話の本筋からずれることにした。彼の心を開かせたい。「あなたの試合も見た。ジャッキー・ロビンソンの活躍も最初から見ている。あなたたちが時代を切り拓いた」

ハリスが一瞬目を閉じた後、静かな声で話し始める。

「チームは、私たちを受け入れてくれた。もちろん、屈辱もあったよ。南部ではチームメートと同じホテルに泊まれないこともあったし、試合でひどい罵詈雑言も浴びた。しかし私は我慢して、シュートを打ち続けた。厳しいディフェンスで相手を止めた。やがて、とにかく試合の時には、ファンも普通の選手として扱ってくれるようになった。辞めるわけにはいかなかったんだ。私が、ニックスに入った時には、もうナオミが産まれていたから……ナオミのためにも、屈辱は我慢してプレーを続けなければならなかった。ありがたかったのは、年俸の面では一切差別を受けなかったことだね。同じ頃にＮＢＡ入りした他の黒人選手とも励まし合った。私はビル・ラッセル（一九三四〜二〇二二年。ＮＢＡのスター選手。メルボルン五輪金メダルの実績をひっさげ、ボストン・セルティックスに入団。ディフェンスの名手として知られ、十一回のＮＢＡチャンピオンに輝き、セルティックスの黄金時代を築く。ＭＶＰ五回。一九六六年、黒人で初のＮＢＡのヘッドコーチになる。一九六八—一九六九シーズンを最後に引退。公民権活動家としても知られる）のような強硬派ではないが」

「私にも、黒人の友人が何人もいます。そのうち一人のために、私は法を捻じ曲げた」

「それは……」

「彼との間の秘密です。その件の責任を取って探偵を辞めるべきだったかもしれませんが、今でも続けているのは、彼の魂の平穏を願っているからです」

「詳しいことは聞かない方がいいようだな」ハリスが真剣な表情で言った。

「ええ」

「娘の部屋を見たいか？」

「できれば」

「ついて来たまえ」

彼の後に続き、ナオミの部屋に入る。ハイティーンの女性の部屋というと、少女から女性に変わる途中の、どこか中途半端な感じがするのだが、彼女はまだ、多少は少女らしく部屋を飾りつけていた。壁にはウィルト・チェンバレン（一九三六〜一九九九年。NBA選手でフィラデルフィア・ウォリアーズなどで活躍。六〇〜七〇年代としては規格外の216センチの長身を誇り、得点王七回、リバウンド王十一回など数々の記録を保持する）とローリング・ストーンズ、マーサ&ザ・ヴァンデラス（アメリカの女性コーラス・グループ。マーサ・リーブスのパンチのあるボーカルで人気を博した。代表曲に『ヒート・ウェイヴ』『ダンシング・イン・ザ・ストリート』など）のポスター。なかなか趣味がいい。

ベッドにデスク、本棚、そして高価そうなステレオセット。このステレオを見るだけで、ハリスが娘を甘やかしていたのが分かる。ハイティーンの娘には贅沢過ぎる代物だ。

俺はデスクの引き出しを上から順番に開けて中を調べた。特におかしなものはない。勉強道具、手紙が大量——明らかに女友だちやボーイフレンドからのものだ——にあったが、怪しいものは見当たらない。

本棚には教科書や子ども向けの小説が並んでおり、ニューエイジ向けの怪しげな本はない。これだけ見ると、本当に普通の高校生の部屋という感じだった。

念の為、クローゼットもチェックする。服も大量——ハリスが、娘が欲しがるだけ買い与えていたのは間違いない——にあり、そこに俺はようやくヒッピーの気配を見た。いかにもそれらしい花柄のブラウスやワンピース、ベルボトムのジーンズなどで埋まっている。それでも空いているスペースはあった。

「娘さんは、服をたくさん持ち出したんじゃないんですか」俺は、ドアのところで腕組みをしたまま立っているハリスに話しかけた。

「ああ。妻の話だと、かなりの服がなくなっている——ナオミのお気に入りのものばかりだ」

「必要なものは持っていったんでしょうね。ハーディン関係のものもなさそうだ」言いながら、俺はステレオシステムのチェックに取りかかった。最近流行りのアーティストのレコードが並んでいる。ドアーズが何枚か、ビートルズの『サージェント・ペパーズ・ロンリー・ハーツ・クラブ・バンド』（一九六七年発表。「架空のバンドのショー」というコンセプトアルバムであり、後の音楽界に大きな影響を与えた）、ザ・ビーチ・ボーイズ（アメリカのロックバンド。サーフィンや改造車をテーマにしたひたすら明るい西海岸サウンド＝サーフロックで人気を誇った。コーラスワークに定評がある）の『ペット・サウンズ』（一九六六年。それまでの明るい曲調から一転して内省的な内容になると同時に、さまざまな新しい楽器を使って、サーフロックのイメージから脱却したアルバム。アメリカでは受け入れられなかったが、後にはビーチ・ボーイズの最高傑作と認知されるようになる）など、最近のヒットアルバムばかりだ。最先端の音楽を追いかける中、どこかでハーディンの存在を知り、その教えに惹かれていったのか……。

部屋の中には手がかりなし、と判断する。先ほどの部屋へ戻って、もう一度ハリスから話を聴く。

「娘さんは、これまでデモに参加したりしたことはなかったんですか」

「ない。ああいう連中とは一線を画していると思っていた」

「聴いていた音楽などを考えると、ヒッピー的な考えや行動に惹かれていたようにも思えますが」

「そういう音楽を聴いているからと言って、ヒッピーになるわけではないだろう。私は、単なるファッションだと思っていた。若い頃は、ああいう汚い服装に惹かれることもある」

「そうですね……ハーディンの教えにはまるきっかけは、何かあったんでしょうか」

「まったく分からない」ハリスが首を横に振った。「娘はバスケットボールばかりやっていたんだ。しかしいつの間にかチームからも離れてしまって……正直、私は娘とあまり話してこなかった」

「そうなんですか？」

「現役時代からずっと、この街にいたり離れたり——ＮＢＡの選手は遠征も多い」

「分かります」

「子育ては妻に任せきりだった。現役を引退しても、すぐにコーチになったから、状況に変わりはない」

「奥さんは、今日は……」

「出かけている。家にいると、心配で仕方がないというんだ。私は何もできていない……」

「娘さんの手紙、持っていますか」

「ああ」

「見せてもらっても？」

ハリスがノロノロと立ち上がり、部屋の片隅にあった書き物机の引き出しから、一枚のメモを持って来た。短い別れの言葉。

クランに参加します。私はアフリカに行きます。今までありがとう。

これでは何の手がかりにもならない。俺は首を横に振って、メモをハリスに返した。

「その後、娘さんから連絡は？」

「一切ない。私はずっと、この家で電話を待っている」ハリスが振り返り、書き物机に載った電話を見遣った。

「この件、私も調べます」

「私はもう、弁護士に頼んでいる」

「私の方でも、一人の女性の命に責任があるんです。一刻も早く娘さんを捜し出します」

「探偵を雇うつもりはない」ハリスが改めて言った。

「私の一存でやっていることです。何か分かったら、すぐに連絡します──警察には相談したんですよね？」そして彼は、警察に不信感を抱いた。

「ああ。弁護士に相談する前に。近くの分署に知り合いの刑事がいたから、話をした。しかし、自分の意思で家を出たことになるから、捜すのは難しいと言われた。警察というのは、そういうものなのか？　市民の安全を守ることが仕事なのでは？」

「忙し過ぎて、全てには手が回らないのも事実です。しかし探偵は違う。自分の信念に従って、金にならなくても仕事をします」

そんなことをする人間がいることが信じられない様子で、ハリスが首を横に振った。いるのだ──傷を負った人間は、それを癒やすために全力で走り始めなければならない。

「遅かったね」リズが不満そうに言った。

「一件、予定していない聞き込みがあった。君の方は？」俺は自分のデスクについて、煙草に火を点けた。

「サリバン郡の保安官事務所と、ウッドストック署、それに周辺の他の保安官事務所と警察署が協力して動いている。一斉に近くの農場の捜査を始めたようだけど、まだ成果は上がっていないみたい──基本的に、昨日と状況は変わってないわ」

「そうか……」

「手が足りないみたいで、州警察にも協力を依頼してるって」

「FBIは？」

「正式には、まだ話をしていない。でも、FBIはもう、独自に動いているかもしれない。それはジェリーたちでも分からないことだって」

「そうだな……ありがとう。よく情報を引き出してくれた」

「こんなの、情報とは言えないわ」リズが顔をしかめる。

「警察も、まだ混乱していると思う。俺たちが写真を渡したのは昨日だし、動き始めたばかりだよ」こういう時、州警察にネタ元がいるといいのだが、なかなかそこまでは手が回らない。そもそもニューヨーク州警察の人員は五千人程度で、ニューヨーク市警よりもはるかに少ないのだ。一気に多くの場所を捜索するには、戦力としていささか心もとない。

「それで？　ジョーは何か情報を聞き出してきた？」

「ハーディンの罠にはまったのは、ジェーンだけじゃないようだ。他にもクランに参加して、家を出た人がいる」

「クラン？」

「ハーディンのグループは、自分たちをクランと呼んでいる。一つの氏族、という考え方だろう」

「神の宮殿、みたいな名前じゃなくて？」

「今のところ、特定の宗教色は薄い感じがする。ベトナム戦争に反対していて、このまま続ければアメリカは滅びる、そこから逃げるために、選ばれた人間たちでアフリカに渡って神の国を作る、というような主張だ」

「十分金を貢いだ人間だけが、アフリカで救われるっていうことでしょう？　でも、アフリカって……」リズの鼻に皺が寄った。「どうするつもりかしら？　アフリカのサバンナの中に、アメリカ風のコミューンを作る？　そんなこと、できるの？」

「もちろん、無理だと思う。金を集めるための手段か、自分に心酔する人間に囲まれる快感を味わっていたいだけじゃないかな」

「それでも十分危険だと思うけど」

「ああ」俺はうなずいて、煙草を深く吸った。そこで、帰途ずっと考えていたことを口にする。「ジェーンの部屋、調べられないだろうか」

「それは……難しいと思うわよ。家族はすっかり落ちこんでしまって、パパも会社を休んでいるし」

「――という情報を、君はメアリから聞いたんだろう」

「ええ」

「ということは、家族とはまだつながっている。三十分でいいから、家族が——ジェーンの両親がいない時に、部屋に入れないだろうか。ハーディンは、自分たちの教えをまとめたパンフレットのようなものを作っている。それが手に入れば、何か分かるかもしれない」

「分かった。メアリと話してみる」

「今、できるか？」急に心配になって俺は訊ねた。「君は、ジェーンの遺体が見つかった後、家族と会っている。その後、関係は悪くなってないか？　彼女の両親にすれば、君は、勝手にジェーンを探していた人ということになる」

「事情は話したよ」

「いつの間に？」俺は目を見開いた。

「家まで行って、メアリと一緒に謝った。勝手なことをして申し訳なかったと……ご両親は納得してくれたわ」

「君はすごいよ。俺は絶対に許してもらえないと思う」

「ジョーのことは、何も弁解しなかったけどね」

「何だよ……ついでに俺のことも、ちゃんと説明してくれればよかったのに」

「メアリは家族。私は昔からの近所の知り合い。あなたは家族とはまったく面識がなかった探偵。ご両親にすれば、あなたは異分子でしかない」

「きついな」苦笑するしかなかった。

「本音ではご両親は、あなたがジェーンを見つけだしていれば、こんなことにはならなかったと思っている」

「ああ」あんなにジェーンに関心がなかったのに……身勝手な理屈に思えたが、子どもを失ったばかりの親を批判はできない。どんなに滅茶苦茶な理屈でも、こちらは黙って受け止めるしかないのだ。

「メアリと話してみるわ。でも、夜中に忍びこむのはやめた方がいいわね」

「泥棒扱いされたら、さらに話が面倒になるからな」

リズがメアリと電話で話し始めたので、俺は煙草を揉み消して二本目に火を点けた。何もこの事務所で小声で話す必要はないのに、リズは声をひそめ、俺に聞こえないように背中を向けている。

俺が二本目の煙草を吸い終えた時、リズも受話器を置いた。一つ溜息をつき、「これからすぐ」と短く言った。

「大丈夫なのか？」

「パパが、どうしても会社に行かなければならない用事ができたみたい。メアリが、ママを誘って買い物に行く。その隙に家に入って、という話」

本当は、メアリが一人でいる時に家に入りたかった。家の人間がいれば、勝手に忍びこんだことにはならない。とはいえ、今は非常時だ。短い時間で素早く、必要なものを探し出そう。

探偵の基本能力が問われる調査だ。

午後六時、俺とリズは、メアリの家を見張っていた。瀟洒なタウンハウスで、付近を歩いている人たちもどこか上品な感じがする。

「どうしてこのタイミングで買い物に？」

「冷蔵庫の中が空っぽになったみたい。ママはとても料理できる状態じゃないけど、家族が飢えちゃうからって、メアリが強引にママを誘った」

「メアリはタフだ」俺は心底感心した。

「自分が親を支えていかないといけないと思ったのよ」

「なかなか、そんな風にはできないよ。彼女自身が誰かに支えてもらいたいと思うのが普通だ――来たぞ」

ドアが開き、メアリが母親と腕を組んで――メアリが母親を支えているように見えた――姿を見せた。一瞬周囲を見回して、道路の反対側にいる俺たちを見つけると、すばやくうなずきかける。母親の方はうつむいたままで、俺たちに気づく様子もない。

二人の姿が見えなくなると、俺たちは駆け足で道路を渡り、メアリの家の玄関前に立った。リズが、ドアの脇にある植木鉢をどかし、下から鍵を取り出す。

「いつもそんなところに鍵を置いてあるのか?」俺は目を見開いた。「田舎ならともかく、ここはマンハッタンだぞ」

「今回だけよ。マンハッタンでこんな不用心な人がいたら、引っ越してきた翌日に、全財産を持っていかれる」

「確かに」

リズが鍵を開ける。家に入って改めて施錠すると「タイムリミットは三十分」と告げた。

「それで十分だ」

「スーパーマーケットは、歩いて五分のところにある。メアリが、できるだけ買い物を引き延ばしてくれる予定だけど」

「分かった。君も手伝ってくれ」

「了解」

ジェーンの部屋は二階にあった。こちらはナオミの部屋よりも、フラワームーブメントの影響を強く受けている。壁のポスターは、見ていると頭がくらくらしてきそうな、原色のサイケデリックな抽象画。レコードプレーヤーの横には、ＬＰが無造作に積み重ねられている。デスク、ベッド、一人がけのソファ……この辺は普通のティーンネイジャーの部屋のそれだ。

「どこから手をつける？」

「デスク――ちょっと待った」かすかに物音が聞こえる。その直後、ドアが開く音。人の声も聞こえた。「帰って来たみたいだ」

「え？」さすがにリズも慌てている。いくら何でも早過ぎる……。

俺はリズの手を引いて、クローゼットの中に入った。扉を閉めると完全な暗闇で、ジェーンの靴を蹴飛ばしてしまう。大量の服の間で、リズと抱き合う奇妙な時間……彼女の香りが鼻を刺激した。

俺は扉をほんの少し開けた。部屋のドアは開け放してあるから、階下の物音はかすかに聞こえてくる。

「財布忘れるなんて、どうかしてるよ、ママ」メアリが甲高い声を上げる。母親は何か答えているようだが、声は低くて聞こえない。メアリが、わざと大きな声を上げて状況を知らせてくれているのだと分かった。「ほら、行くよ。今日は買い物がたくさんあって大変なんだから」

もう少し扉を広く開ける。目が合うと、リズも困ったような表情を浮かべた。すぐに玄関のドアが大きな音を立てて閉まり、その後で「カチリ」と小さな音がするのが聞こえてくる。ホッと息を吐き、クローゼットの外に出た。

「戻って来るとは思わなかった」リズが小声で言って胸に手を当てる。額には薄く汗が滲んでいた。

「もう大丈夫だろう」

「でも」リズがもう一度クローゼットを開けた。「ジェーン、すごい服持ちだよね。私が彼女ぐらいの時は、クローゼットの中はガラガラだった」

「服に興味なかったのか？」今は、会う度に違う服を着ているのだが。

「そういうわけじゃないけど、使える額は決まってたし」

「今は自由に好きな服を買ってる」

「まあね」

それもおかしな話だが。リズは「無給でいいから」ということで俺のところで働いている。しかもほぼフルタイム勤務だ。それなのに、金に困っている様子はまったくない。まったく別のところから収入があるのか……聞いても答えてくれない気もするが、いつかははっきりさせよう。

俺はすぐに、デスクの捜索に取りかかった。リズは小さな本棚。すぐに、何本ものカセットテープを見つける。いずれも市販品ではなく、手作りのようだ。『ソウル・サバイバー』というタイトルには覚えがある。そう、プロデューサーのジャック・クロードがもらったというカセットが、同じものだった。俺はそれを、持って来た紙袋に入れた。立派な窃盗だが、今やこのカセットも重要な証拠である。

「ジョー、これ」声をかけられ、振り向く。リズが、ごく薄いパンフレットを広げていた。「本棚にあったわ」

手を伸ばして受け取る。こちらのタイトルは『神の国の主』。いかにもカルトっぽい感じだ。パラパラとめくってみると、冒頭からいきなり扇動的な文句が並んでいる。

アメリカは悪の道に進み始めた。これはサタンの陰謀によるもので、もはや引き返すことができない。アメリカの若者がベトナムで苦しんでいるのは、まさにサタンの企みである。アメリカはサタンの巧妙な策略によって滅びる。その日は近い。我々は自由の大地・アフリカに渡って、神に祝福された新しいアメリカを作る。この本は、そのための第一歩を示すものである。

「他にも、こういうテキストがあるかもしれないな」俺は溜息をつきながら言った。

「探してみる」

リズが次々に本のページをめくり、中に何か隠されていないか、チェックしていく。それを見て、俺も引き出しの捜索を再開した。

二十五分ほどで、必要な場所の捜索を終えた。見つかったのは一本のカセットテープ、一冊の冊子だけ——それでも、ジェーンがクランに興味を持っていたことは明らかになった。もしかしたら、ウッドストックへ行く前にも、何らかの形でクランに接触していたのかもしれない。「家出」はまさに、クランに参加するためだったのか……俺は念の為に、ノートを一冊持ち出していた。ざっと見た時に、書いたページを一枚破り取った跡があるのが妙に気になったのだ。手紙を書いた形跡かもしれない。

「引き上げるぞ」

俺たちは急いで家を出た。ドアに施錠して、鍵を植木鉢の下に戻し、道路を横断したところで、メアリと母親が大きな紙袋を抱えて戻って来るのが見えた。

「ギリギリだったわね」リズが胸を撫で下ろす。

「ギリギリでもセーフはセーフだ。事務所へ戻ろう」

「カセットデッキを用意しておいたけど」

「いつの間に?」

「家から持って来たの。あなた、最近事務所に来ないから、気づかなかったでしょう」

「君の好みの音楽を聴かされたら、俺は結構困るけどな」

「やっぱり、最近の音楽にもついていかないと。流行に乗り遅れたら、探偵は駄目じゃない？　常に最新の情報を持っていないと」

「それは、探偵マニュアルの十五条ぐらいに書いておこう」

　事務所へ戻ると、すぐに『ソウル・サバイバー』をデッキにセットする。流れ出してきたのは、アコースティックギターとボンゴか何かの打楽器に乗せた、呪いというか呻きのような歌声だった。いや、歌声とも言えない……メロディさえないのだ。ボブ・ディラン（一九四一年〜。アメリカのミュージシャン。六〇年代フォークブームの旗手として、ロックンロール全盛期のアメリカ音楽界に衝撃を与えた。二〇一六年には歌手として初めてノーベル文学賞を受賞）が出てきた時には、語りかけるようなその歌い方に衝撃を受けたものだが、基本にはしっかりしたメロディがあった。それを崩すように歌っていただけなのだが、ハーディンの場合は違う——この歌声がハーディンなら。眠気を誘うような囁き声は少ししわがれていて、宗教家として、大勢の人をトランス状態に誘うような力強さはない。

「ひどいね、これ」リズが漏らした。彼女は普段、どんな曲を聴いても文句は言わないのだが——必ずプラス面を見つけるようにしているの、と以前言っていた——ハーディンの曲に対しては容赦なかった。「これ、音楽って言える？」

「言いたいことは分かるよ。音楽の三大要素は、メロディ、リズム、和音じゃなかったかな」

「さあ……私はジュリアード（ジュリアード音楽院。ニューヨーク市に本部を置く、世界で最も優秀な音楽大学とも言われる。音楽、舞踊、演劇の三部門からなる）を出たわけじゃないから、そういう理論は分からないけど」

「俺もそうだけど、とにかく、この曲にはメロディもリズムも和音もない」

辛うじてリズムはあるか……ボンゴの低い音が一定のリズムを刻み、バンドならドラムの役目を果たしている。ただし、そこに乗るアコースティックギターのリズムは崩れがちで、素人が演奏しているとしか思えなかった。これでは、プロの目に適うわけがない。

しかし、奇妙な陶酔感は感じる……呪いの言葉のような歌を聴いているうちに眠くなってきて、曲が不思議と頭に染みこんでくる。単調なボンゴの響き、同じコードを延々と繰り返すギターの演奏、それに乗る歌というか語り。ハッと気づいて、俺はテープを止めた。

「何だか危ない。変に引きこまれた」

「催眠術？　そんな感じしない？」

「確かに。ハーディンが、催眠術のノウハウを持っているかどうかは分からないけど、こういうのでクランの信者を集めていてもおかしくないな。これがレコードとして出回ったら、ハーディンに興味を持つ人が増えてしまうかもしれない。実際、そうしようとしていたんだろう。だからレコードを出したがっていた」

「キャプテン・ビーフハート（一九四一〜二〇一〇年。アメリカのミュージシャン。ブルース・シンガーとして頭角を現すも、六〇年代後半には、不協和音、ポリリズムなどを多用したサイケデリックな雰囲気のアルバムを発表。西海岸のサイケデリック・ミュージック・シーンの重鎮となった。代表作にアルバム『トラウト・マスク・レプリカ』）やフランク・ザッパ（一九四〇〜一九九三年。アメリカのミュージシャン。ドゥーワップから現代音楽まで、幅広いジャンルを横断して活躍した、ロック史上最も重要なミュージシャンの一人。また、バンドメンバーはいずれも後年有名になり、彼のバンドは「ザッパ・スクール」の様相を呈していた。徹底的に検閲に反対する姿勢を貫いた硬骨漢でもある。代表作にアルバム『フリーク・アウト！』『ワン・サイズ・フィッツ・オール』など）みたいな感じよね」

「そうかな。俺は、仏教の何か……お祈りみたいに感じた」

「それ、何？」

「知り合いに日系人がいるんだ。彼の親戚が亡くなった時に葬式に出たんだけど、キリスト教式の葬式と違って、お祈りみたいなものを、ずっと歌う感じで続けるんだ。そうそう、『オキョウ』と言ってたな」

「オキョウ？」

「仏教の専門用語だから、英語ではぴったりする言葉がない。とにかく、それを聴いている時の感じに似てるよ」

「ということは、仏教的なものとも何かつながりがあるのかしら」リズが首を傾げる。

「今、『ゼン』とか流行ってるじゃないか」

「ああ、聞いたことあるわ」リズがうなずく。「そういうところから影響を受けたのかな。でも、この小冊子の内容は、いかにもキリスト教っぽいけど。黙示録みたい」

「そうだな……」俺は腕組みをして、椅子に背中を預けた。「ハーディンの絵も気になるんだよな。アートと音楽、いかにも若者を惹きつける材料として使えそうだ」

「確かに」

「ハーディンのことを調べてみる必要はあるけど、そこまでやってる時間がないな」

「さっき、ジェーンのノートを持ってきたわよね？」

「ああ」

「あれに何か書いてない？」

改めて開いてみたが、まだ新しいノートで、最初の一ページが破り取られていた
——いや、正確には、ナイフで綺麗に切り取られている。デスクライトの角度を変えてノートを見てみると、強い筆圧で書かれた跡が残っている。ただし、文面までは判読できない。

「このページを、ちょっと鉛筆でなぞってくれないか？　できるだけ濃い鉛筆で、軽く」

「浮き上がらせるのね」

「分かってるな」

リズが、顔をノートに近づけて、鉛筆を動かし始めた。まるで熱心な画家がデッサンをするように。それを横目で見ながら、俺は問題の小冊子を頭から読み始めた。

実に頭が痛い……はっきり言って、邪教としか言いようがない。ベトナムでアメリ

カが負けると言っているのだが、その根拠は希薄だ。そしてベトナム戦争の後にはアメリカ国内で暴動が起き、白人と黒人の戦いが勃発する――ハーディンはこれを「第二の南北戦争」と呼んでいる。実際の南北戦争当時よりも兵器が発達しているので、核が使われ、アメリカ全土が死の灰で覆われる。

本当に頭が痛くなってきた。俺はアスピリンを二錠、水なしで飲み下し、小冊子の最後のページを開いた。

そこに重大な――今のところ唯一の手がかりがあった。

「クランのことをもっと詳しく知りたい方、滅びゆくアメリカをアフリカで再建することに興味がある方」への連絡先として、電話番号が書いてある。しかもマンハッタンの電話番号だ。ハーディンたちは、全米各地を放浪しているのかと思っていたのだが、ここマンハッタンにアジトがある？　何となくイメージが違うのだが……。

俺は、AT&Tにいるネタ元に電話を入れた。彼女にはずっと、ヤンキース戦のチケットを送っていたのだが、このところ急に趣味が変わった――ヤンキースが弱いので野球に興味を失ったらしい――ので、時々ブロードウェイのミュージカルのチケットを融通することで、関係をつないでいる。

「ハイ、ジョー」彼女の声は明るかった。「新しいミュージカルのチケット、手に入った？」

「すぐに手配するよ。ちょっとお願いがあるんだ」

「番号の調査？」

「ご名答」

「番号を教えて。三十分後にかけ直す」彼女が急に事務的な口調になった。

「頼む」

電話を切って、俺は少しだけ慌てた。そう言えば今年は、まだ彼女にミュージカルのチケットを送っていない。今、ブロードウェイではどんなミュージカルが上演中か、しばらくチェックしていなかったことを悔いた。これは早急に何とかしないと。

「ジョー、もしかしたらだけど、ジェーンは、クランに手紙を出していたかもしれない。クランというか、ハーディンに」リズが唐突に言い出した。

「読めたか？」

「五〇パーセントぐらいかな」

俺は立ち上がって、彼女のデスクに向かった。デスクの端に尻をひっかけて座り、ノートを受け取る。リズは綺麗に鉛筆でページをなぞって、全体を薄い灰色に染め上げていた。その中で、特別筆圧が強く書かれたところが、かすかに浮き上がって見えている。最初の「ハーディン」という名前は分かった。後はリズが言うように、半分ほど——しかも単語全体が判別できるところは少ない。それでも、「クラン」「参加」

「場所」「ウッドストック」などの単語は何とか読み取れるし、全体の文意も辛うじて分かる。

「確かに、クランに参加したいと希望する手紙に見える」

「手紙を出したということは、どこかにクランの本部があるのよね」

「マンハッタンかもしれない」俺は指摘して、小冊子の最後のページに掲載された電話番号のことを告げた。

「私たちの足元で？」リズが自分の足元を指差した。

「ああ。今、調べてもらってる。そのお礼として、ブロードウェイのミュージカルのチケットを渡さないといけないんだけど、今、何をやってるかな」

「『ラ・マンチャの男』（『ドン・キホーテ』をもとにしたミュージカル作品で、ブロードウェイでは一九六五年に初演、その後五年半続くロングラン公演となった。日本でも、松本白鸚の当たり舞台として、公演数は千三百回を突破している）はずっとやってるわよ」

「そのチケットを二枚、すぐに入手してくれないか？　もしも俺のネタ元がもう観ていたら、君が観に行けばいい」

「何だか、社長秘書みたい」少し呆れたようにリズが言った。「クリーニングは？　奥さんの買い物のお手伝いは？」

「クリーニング屋は俺の家の隣だし、奥さんはいない」俺はぴしりと言った。「今は冗談を言っている余裕はないんだ」

実際ジェーンは殺され、ナオミも行方不明……クランの実態は分かっていないが、逃げようとした相手を殺してしまうような、とんでもない集団の可能性がある。ナオミが殺されるのも、誰かを殺すのも嫌だ。これ以上被害が広がるのは、どうしても避けたい。

リズが無事にチケットを二枚、確保する。その直後、AT&Tのネタ元から電話がかかってきた。

「電話応答サービスね」彼女はあっさり言った。

「そうか」自分で事務所を持たずにビジネスをやっている人が利用するサービスだ。電話の対応をする人が何人かいて、郵便物も預かってくれる。中で簡単に仕事をすることも可能で、俺の探偵仲間でも、利用している人間がいた。俺はどうしても自分だけの本拠地が欲しかったので、この事務所を借りているのだが。「場所は分かるか？」

「分かるけど、そういうところで話を聴くのって、大変じゃない？」

「何とかするよ」

住所を教えてもらい、俺は「『ラ・マンチャの男』のチケットが二枚、手に入った」と告げた。

「それなら大歓迎。去年観たけど、もう一回観たいと思ってたの」

「じゃあ、これから早速届けるよ」

「あなたが？」

「いや、うちの助手が」

「あなた、いつの間に助手を使うようになったの？」彼女が呆れたように言った。

「事業拡大中なんだ。そのうち、会社組織にするかもしれない」

「またまた」

電話を切って、俺はすぐにチケットを手に入れてネタ元に届けるよう、リズに指示した。

「会社組織？」リズは、俺が電話で話したことに引っかかっているようだった。「本気？」

「ジョークだ」

「冗談言ってるような余裕はないんでしょう？」

「ああ」俺はうなずいた。「とにかく、借りは早く返しておかないと。頼んだぞ」

「ジョーは？」

「クランの窓口に当たってみる。遅くなると思うから、君はチケットを渡したら、そのまま引き上げてくれ」

「一人で大丈夫？」

「危険はないと思う」そこが、本当に単なる電話応答サービスならば。

電話応答サービスは、午後八時までの営業だった。かなり遅くまでやっているが、ニューヨークでは時間に関係なく仕事をしている人もいる。二十四時間営業にしても、ニーズがあるだろう。

俺は、これから契約しようとする客を装った。電話番をしている女性は、この時間は一人。彼女が部屋の入り口で控えていて、後ろにデスクが十ほど並んでいる。客は、このデスクを使って電話をかけたり、書類を作ったりするのだろう。それぞれのデスクには電話機とタイプライターが載っていた。

基本的な契約条件を教えてもらい、俺は丁寧に礼を言った。女性――アン・リーと名乗った――は三十歳ぐらい、妙に疲れて見える。電話を取り次ぐだけで、大した労力は必要ないように思えるが、それは単に俺の想像かもしれない。

「遅くまで大変だ」

「給料がいいことだけが救いね」アンが疲れた笑みを浮かべる。「契約用の書類、お持ちになりますか？　予め書いてきていただければ、契約は早く済みますよ」

「いただいていくよ。また、後ほど」その「後ほど」は、彼女が想像しているよりも早いのだが。

八時を数分過ぎたところで、アンがもう一人の男性スタッフと一緒に出て来た。男性スタッフの方は、長身でがっしりした体型。事務担当ではなく、ガードマン的な立場なのかもしれない。確かに、女性一人であの事務所に詰めていたら、少し危険だろう。

タクシーでも拾われたら面倒だが、アンは男性スタッフと別れて歩き出した。そのまま地下鉄の駅に向かい、乗り継いでブルックリンに向かう。最近、この辺りはすっかりご無沙汰だ。マンハッタン限定で仕事をしているわけではないが、昔に比べれば……ドジャースがニューヨークにいた頃は、頻繁に通っていたのだ。ヤンキースとドジャース、それにジャイアンツ。思えば、ニューヨークに三球団があった時代は幸せだった。今年は、もしかしたらメッツが俺たちを幸せにしてくれるかもしれないが。

どことなく見覚えのある光景を眺めながら、アンの尾行を続ける。彼女の方では、気づいている様子はない。彼女が立ち止まってバッグから鍵を取り出したタイミングで、俺は声をかけた。

「ミス・リー」

びくりと身を震わせて、アンが振り返る。先ほどまで話していた客だとはすぐには分からなかったようで、怪訝そうな視線を向けてきた。

「ジョー・スナイダー。さっきまで、電話応答サービスにいました」

「何ですか」気味が悪い、とでも言いたげだった。

「事務所では話しにくいことです。俺の調査に協力してもらえませんか？」

「後をつけてきたんですか」アンの顔が凍りつく。

「それについては申し訳ない」俺は謝罪した。「しかし、あなたに個人的に聴かなければならない話があるんだ。それも非公式に」

「意味が分からない……」

「家の前で立ち話をするのが嫌だったら、どこかで食事でも奢ります」

「結構です。帰って下さい。警察を呼びますよ」

「構いません。警察にもちゃんと説明できることです」

「何なんですか」アンが周囲を見回した。近くに人影はない。助けを求めようにもどうにもならない感じだろう。

「あなたが勤めている、電話応答サービスのことなんです」

「もしかしたら、うちが契約している人のことですか？　そういう情報は話せません。信用問題です」

「分かります」俺はうなずいた。「でも、人の命がかかっているとしたらどうですか」

「人の命……そんな話が信用できますか」

「信じてもらわないと、一人の若い女性の命が危険に晒される。いや、一人だけじゃないかもしれない」

「何のことか、さっぱり分からないわ」

「あなたは深く知らない方がいいと思います。知れば、あなたにも危険が迫ってくるかもしれない」

「そんなことで脅そうとしても無駄ですよ」

「脅してはいません。忠告です。あなたのように若い女性が、何人も危ない目に遭っている。俺は、そういうことをしている連中を何とかしたいんです。一緒に行動している女性たちを助けたい。彼女たちは騙されているんだ」

「何の話？」アンはわずかに興味を惹かれたようだった。

「カルトです。奇妙な教えで若い連中を惹きつけて、アメリカを脱出しようとしている。どこへ行こうがその連中の勝手ですが、このグループの中で犠牲者が出ているんです」

「誰か死んだ、ということ？」

「俺が捜していた若い女性が。間に合いませんでした」

「それは残念だけど……私には何も言えないわ」

「いや、あなたの協力が絶対必要なんだ。それに、俺に話をしなくても、いずれ警察はあなたの居場所を嗅ぎつけて、話を聴きにきますよ。そうなったら、厄介なことになる」脅しはあまりしたくないのだが、ここは時間との勝負でもある。アンの顔が、街灯の下で青くなるのが分かった。

「うちは、カルトなんかと関係ありません！」アンが叫ぶように言った。

「もちろん」俺はうなずいた。「顧客のプライバシーを大事にする――パンフレットにもそう書いてあった。でも、それを悪用する人間がいたんです」

「それがカルト？」

「ミッチェル・ハーディンという人間に心当たりは？」

「ハーディン……そういう人向けの郵便が来ることはあるわ」

アンが認めた。一歩前進……俺は少しだけ彼女との距離を詰めた。彼女は下がらない。まだ迷っているかもしれないが、気持ちは話す方に傾いているようだった。

「ハーディン宛の電話もかかってくる？」

アンが無言でうなずいた。手紙が来る、電話もかかってくる――ハーディンが、このサービスを自分の連絡先として使っていることは間違いない。

「電話の内容は――ハーディンとの面会を求めるものでは？」

「そういう感じだけど、具体的な内容は言えないわ。誰からかかってきたかも」アンは譲らなかった。

「あなたは、どういう対応をするんだ？」

「折り返し電話する、と。それで相手の連絡先を聞き出す――ねえ、これ、何なの？

私、カルトの勧誘を手伝ってたわけ？」

「あなたは事情を知らずに、通常の仕事をしていただけだ。何の罪もない」当然、警察はきっちり調べるだろうが。「その後の連絡は？　ハーディンへの電話を取り次いだその後は？」

「週に一回、決まった日に人が来るの」

「ハーディン？」

「女性。四十歳ぐらいで、ヒッピールックだから目立つのよ」

「もしかしたら、この女性か？」俺は手帳から、ハーディンと行動を共にしている女性の写真を取り出し、示した。

「そう、この人」アンがすぐに確認する。

「間違いない？」

「この歳で、ヒッピーみたいな格好をしてる人なんて、珍しいでしょう。かなり変わってるな、と思って」

「名前は？」

「ジェシカ。苗字は分からない」

「何か、個人情報が分かるような手がかりは？」

アンが無言で首を横に振った。必死で考えている様子ではあったが、何も出てこなのだろうと俺は諦めた。ハーディン——ジェシカという女性も、彼女にとっては何十人もいる顧客の一人に過ぎないはずだ。四十歳でヒッピールックは、見た目が目立つのので覚えていたのだろうが。ジェシカが簡単に自分自身の情報を喋るとは思えない。彼女だって、自分の正体は隠しておきたいだろう——当然、違法行為をやっている自覚もあるはずだ。

「その人は、必ず週に一回来る？」

「ええ」

「来る日は決まっている？」

「毎週金曜日。だいたい昼ごろ」

俺は、急にツキが回ってきたのを意識した。明日がまさに金曜日なのだ。

「あなたには絶対に迷惑がかからないようにする」

「絶対って、確実に言えるの？」挑みかかるようにアンが言った。「私、ハイスクールを出てから、散々だったのよ。父親が交通事故で亡くなって、私自身もあちこちの仕事を転々として、何とか母親と弟を支えてきた。二年前からあそこの仕事について、ようやく安定した生活ができるようになったのよ。この生活は、絶対に手放したくない」

「安心してくれ。無事に事件が解決したら、あなたにニューヨーク市警から感謝状が届くように手配しておく」

「それが余計なの」アンが厳しい表情を浮かべる。「いいことでも悪いことでも、警察と関わり合いになったと分かったら、私の信用はなくなってしまう」

「だったら、俺とは会わなかった、何の話も聞かなかったことにしておいてくれ」

俺の提案に、アンが無言でうなずく。顔は引き攣ったままだったが、これで終わりだと考えて、少しは安心しているのだろう。

「あなたには感謝する。あなたのおかげで、一人の——いや、多くの人の命が救われるかもしれない」

「その感謝、受け入れられない」アンが首を横に振った。「あなたは、悪魔みたいなものよ。知らなくていいことを、私は知ってしまった」

俺は完全な無神論者だが「悪魔」と言われるとさすがに応える。こういう時は、肉だ——実際、リキにまたステーキを奢って情報を交換し、できれば警察を上手く動かしたい。時間が遅いので、自宅へ戻って彼の家へ電話をかけた。

「カルト？　こっちにはそういう情報は入っていない」リキがいきなり否定した。

「お前の担当じゃないだろう。カルトや共産主義の捜査はしないよな？」

「ありがたいことに」

「ありがたいか？」

「アメリカが共産主義になるわけがないんだ。これだけ自由に慣れ切った俺たちが、何かに縛られるような生活に我慢できるわけがない。だから、国内の共産主義者を監視したり、共産主義の広がりを防ぐためにベトナムに介入したりするのは、無駄なんだ」

「お前がベトナム戦争反対派だとは思わなかった」

「合理的反対主義と言ってくれ」

「警官仲間にそういうことを言うと、白い目で見られないか？」

「だから、言わない」リキがあっさり言った。「余計な軋轢《あつれき》を生むのは馬鹿馬鹿しい。警察官は政治と宗教の話をしないのが、上手く生き抜く方法なんだよ……で、何なんだ？　俺と、ベトナム戦争について論争したいわけじゃないだろう」

「それは時間の無駄だ……そのカルト、クランのことなんだけど、ニューヨーク市内に本拠地がある可能性がある」可能性というか、俺の頭の中の推測に過ぎないのだが。

「本当か？」

「いや、まだ確証はない。クランの本部がマンハッタンにあったら、市警として手を出せるか？」

「何とも言えないな。例の、ウッドストックの殺人事件のことを気にしてるのか？」

「あの辺の警察や保安官事務所が共同で動いているけど、まだ手がかりは見つかっていないはずだ。クランの本部が分かって叩ければ、何か情報が出て来る可能性がある」

「本当にクランのコミューンがマンハッタンにあるのか？」リキは疑わし気だった。

「まだ分からない。もしもそうだったら、どうなる？」俺は質問を繰り返した。

「今のところ、ニューヨーク市警はクランの犯罪事実を把握していない」急にリキの口調が固くなった。まるで上司に報告するような感じだった。「しかし、ウッドストック署と連絡を取り合って、向こうの捜査に協力することはできる」

「正直言って、俺はウッドストック署には期待していない」

「おいおい……」

「警察官が十人ぐらいしかいないんだ。近くの警察署や保安官事務所が協力しても、大した戦力にはならない。クランの実態が分かっていない以上、こちらは圧倒的な戦力で対決した方がいい」

「こちら、と言うな」リキが釘を刺した。「お前は探偵だ。警察官じゃない」

「俺たちは同じ側に立っていると思うけど」

「それはお前の思いこみだ……とにかく、もっと情報を入れてくれ。この程度の情報じゃ、俺も動けない」

「分かった」

「危険だぞ。一人で無茶をするなよ」

「危険なことには慣れてるよ」

「カルトの連中を相手にしたことがあるか？　お前が今まで経験したことのない戦いになるぞ」

結局、ステーキに誘うことを忘れていた。リキの忠告をじっくり考えながら、俺は冷蔵庫を漁った。パンとハム、チーズがある。それでサンドウィッチを作って、ビールで流しこみながら、ステレオにLPをセットした。ローリング・ストーンズのアルバム『ビトゥイーン・ザ・バトンズ』。今のところ、俺が最後に買ったLPである。俺が好きだったロックンロールは既に過去のものになり、昔のレコードを聴くしかなくなった中で、ストーンズだけは別格だった。ブルースなど黒人音楽の影響を色濃く受けながら、イギリスらしいウィットも効かせ、独特のロックンロールを生み出し続けている。

『ビトゥイーン・ザ・バトンズ』の一曲目は、『夜をぶっとばせ』。こいつは文句なしの、疾走感溢れるロックンロールナンバーだ。しかしいつものようには乗れない。不安と疑念で、心は深く沈みこんでいた。

ビールを飲み干し、サンドウィッチも食べ終え、バーボンに切り替える。ふと、ヴィクと話したいと思った。別れて何年経っても、彼女は俺がいつでも逃げこめる場所だと分かった。何故か彼女の前では、平気で弱音を吐けるのだ。店の電話番号は分かっているから、かけてみるか——しかしこの時間だと、もう店は営業を終えている。俺はヴィクに、名刺を渡しておいた。事務所と自宅、両方の電話番号が書いてあるもの。彼女の方で電話する気になれば、いつでもかけてこられるはずだ。しかしかけてくる様子はない……彼女にとって俺は、とうに過去に捨ててきた存在なのかもしれない。では俺の方はどうだ？　いつでも話ができて頼れる存在という意味で、ヴィクとの関係を復活させたいのか？

自分でも分からなかった。自分の人生に女性が必要かどうかという根本的な問題にも、答えが出せない。

ちらりと電話を見た瞬間、呼び出し音が鳴り出す。あまりのタイミングの良さに、驚いて固まってしまったが、かかってきた電話を無視するわけにはいかない。

リズだった。

「どうした？」

「『ラ・マンチャの男』のチケット、無事に渡してきたよ。感じのいい人だね」

「ありがとう」

「明日の仕事の指示を聞いておこうと思って」

「昼前から張り込みだ」俺は今夜の動きを説明した。「相手が車か徒歩かは分からない。だから車で出かけて、相手が車なら二人一緒に尾行する。歩きだったら、俺が徒歩で追いかける――そういう感じでいこう」

「了解。でも、そんなに簡単に、クランの人間が捕まるわけ？」

「連中にすれば、十分用心しているんだと思う。本隊は常に移動していて正体を掴ませないようにして、外部との連絡に使うのは電話応答サービス、さらに小さな部屋を借りて、普段は無人の本拠地を作っておけば、ばれにくい」

「それは分かるけど、どうしてそこまで姿を隠さないといけないのかな。自分たちの主義主張が正しいと思っているなら、もっと堂々としてるべきじゃない？　クランのメンバーだって、もっと増やしたいだろうし」

「やってるのが、正しいことならな」

「アメリカを捨ててアフリカへ移住するのは、悪いこと？」

「もしもアフリカのどこかの国に、新しいアメリカを作るとしたら、それは当該の国に対する主権の侵害になる。俺は、その計画は嘘じゃないかと思うけど……」

「今までのハーディンの行動を考えると？」

「薬物で逮捕されたり、ろくなことをしていない。俺は、ハーディンという男は、ハーレムを作りたいだけじゃないかと思うんだ」

「そんなことをするために、わざわざこんなに手間をかける？」

「ハーディンに直接会う機会があったら聞いてみる」

「私は遠慮しておくわ。話が合いそうにないもの」

リズの反応を聞いて、俺は声を上げて笑ってしまった。リズの場合は、やはりファッション、そして音楽としてのヒッピーなのだ。ハーディンの考えにまったく賛成できなくても、おかしくはない。

「でも、それも私の偏見かもね」

「そうか？」

「だって、ハーディンに会ったこともないし、ハーディンを直接知っている人と話をしたこともない。私たちの空想の中だけの存在みたい」

「それを聞いて、明日の午前中にやることができたよ」

「何？」

「ハーディンの過去を探るんだ。奴はアートカレッジを出て、仕事をしていた時期もあるから、何か動きは分かると思う。直接知っている人が見つかるかもしれない」

「それは午後の仕事ね」リズが訂正した。

「ああ？」

「ジョー、サンフランシスコとニューヨークだと、三時間時差があるのを忘れてるよ。こっちの朝九時は、向こうの午前六時。私たちが普通に仕事を始める時間には、西海岸の人たちはまだ寝てる」

「おっと、そうだった——じゃあ、明日の午前中はじっくり作戦を考えよう。それで昼前から張り込みだ」

「分かった。長い週末になりそうね」

「その予感は当たると思うよ」

翌日の金曜日、俺たちは事務所で大量のコーヒーを消費しながら、作戦を練った。ハーディンが卒業したアートカレッジは分かっていたが、どうやって個人情報を引き出すかが難しい。卒業したのはかなり前だし、学校としては、在籍していた人間の情報は教えたがらないだろう。そして、アートカレッジに、彼のその後の悪行が伝わっているかどうかも分からない。それによって、向こうの対応はかなり違ってくると思うのだが。

「正面から行ってみたら？　探偵だって名乗って、事件の関係でハーディンのことを調べている、東海岸で誰か、彼のことを知っている人はいないかって聴いてみる」

「できれば、こっちが探偵だとは知られたくないな。警戒されてしまう」

「そうだね……じゃあ、軽く演技でいく？」

「例えば？」

「マンハッタンのアートギャラリーの人間ということでどう？　彼の作品を購入したいけど、連絡先が分からない。ついては、連絡先を教えてもらえないだろうか？　分からなければ、連絡先を知っていそうな人を紹介してもらえないか」

「いいな」俺はうなずいた。「大儲けしているアートギャラリーのオーナー秘書、みたいな口調でやれるか？」

「もちろんでございます」リズがニヤリと笑う。「電話で話すだけなら、いくらでも演技できるよ」

「だったらこの件は、君に任せる。せいぜい、君の魅力で相手を翻弄してやれ」

「かしこまりました」

「俺の方で、念のために手を打っておく」俺は受話器を取り上げた。

「何か、手があるの？」

「知り合いのアートギャラリーに話を通しておく。そこの名前を使わせてもらおう」

「大丈夫？」

「恩は売ってあるよ」

俺はローロデックス（回転式の名刺ホルダー）を回して、電話すべき相手の名刺を見つけ出した。

「M&Rギャラリーです」

「カーラ？　ジョー・スナイダーだ」カーラはM&Rギャラリーの受付兼オーナーの秘書兼愛人だ。

「ジョー、久しぶり」彼女が大きな口を開けて笑う様が容易に想像できた。何かと開けっぴろげな人なのだ。

「アランはいるかい？」

「ええ、ちょっと待って——たまには顔を見せてね」

「君のところで扱うアートは、俺にはとても手が出せないよ」

「買え、なんて言わないわ。目の保養ということで」

M&Rで扱っている現代絵画は、俺には目の保養にもならないのだが。アランから説明を聞くと、ますます面倒臭くなる。

電話が切り替わり、オーナーのアラン・ヘイリーが電話口に出た。

「これはこれは、シャーロック」

「よせよ。俺は書斎派の名探偵じゃない」

「いやいや、あんたの能力は私が一番よく分かってる。あんたは、百万ドルの損害を防いでくれた」

ヘイリーとのつき合いは、三年ほど前に遡る。彼の元に、ジャクソン・ポロック

（一九一二～一九五六年。アメリカの画家。床に広げたキャンバスに塗料を滴らせる手法で、抽象表現主義の第一人者として活躍した）の「未発表作品」を持ちこんできた人間がいた。疑り深いヘイリーは、舞い上がるよりも先に疑念を抱き、俺に調査を依頼してきた。俺はアート関係は疎いのだが、人間観察の大家であり、ポロックの絵を持ちこんできた人間が、贋作を生業としているとすぐに突き止めた。それまで西海岸で活動してきたのだが、向こうであくどいやり口が発覚して追放され、今度はニューヨークの人間を騙そうと、東進してきたのである。

　結果、ヘイリーはこの絵を買い取らずに済み、問題の男はニューヨークのアート界に入りこむこともなく追い返された。聞くところによると、その後生まれ故郷のノースカロライナへ引っこんで、観光客向けにハガキサイズの風景画を売って糊口をしのいでいるという。

「ちょっと手を貸して欲しいんだ。そちらに迷惑をかけることはまずないと思うけど、万が一の時には、こっちの芝居に乗って欲しい」

　事情を説明すると、ヘイリーはあっさり乗ってきた。

「面白いじゃないか。何だったら、あんたはうちの優秀なバイヤーだということにしておこうか？」

「いや、俺には無理だ……この件をやるのは、うちの助手だ。リズ・ギブソン。彼女の名前を覚えておいてくれ」

「あんた、助手を雇えるような身分になったのか」

「あんたがたっぷり払ってくれたおかげでね」リズには給料を払っているわけではないが……ヘイリーの仕事を引き受けた時期は、経済的に我が人生最良の時だったと思う。あれと犬事件で、俺はマンハッタンの真ん中に自宅を構えられるようになった。

「まあ、お安い御用だ。調査の秘密もあると思うが、問題の画家の名前を教えてもらえるか？　そこを知らないと、話が通じないかもしれない」

「ミッチェル・ハーディンだ」

「ミッチェル・ハーディン？　本当か？」

「知ってるのか？」

「噂は聞いたことがある。胡散臭いヒッピーのような奴だろう？」

「ああ」

「うちには来なかったが、そいつの絵を買ったギャラリーの噂は聞いてるよ」

「ニューヨークのギャラリーで扱っていいような絵なのか？」

「今はニューアートと言えば、それだけで手を出す人もいるから……ブームになってさえいれば、何でも手を出す馬鹿な金持ちがいる」

「ハーディンの絵を買った人、分かるか？」

「分かると思うよ」

「調べておいてくれ。午後、また電話するよ。これから探偵仕事なんだ」

「探偵仕事とは？」

「張り込みと尾行。一番手間がかかって面倒で、逆に一番効果が少ない仕事だ」

とはいえ、今はツキが回ってきている感じがする。ここは一気に攻めないと――週末を前に、できるだけ情報を集めておきたい。

リズに事情を説明する。彼女も興奮した様子で話を聞いていたが、すぐに冷静に――疑わし気な表情に変わった。

「ハーディンがその絵を売ったの、いつ頃かしら」

「そこまでは聞いていない」

「でも半年前には、音楽関係者と接触していた。それも何度も。いつかは分からないけど、自分の絵も売っている。そう考えると、ハーディンはずっとニューヨークにいるみたいな感じ、しない？　あるいはすぐ近くに」

「確かに」

「アジトというか、コミューンがマンハッタンにある可能性は？」

「あるな。マンハッタンだと、数人で共同生活を送るのに適したアパートはいくらでもあるだろう。でも、目立つんじゃないかな――そういう、ハーレムみたいな生活を送っていたら」

「だったらやっぱり、北の方の農場？」

「俺はそっちに賭けるけどね——さて、忙しくなってきた。予定を確認しておこう」

「どうぞ」

「これから、電話応答サービスが入っているビルの前で張り込みに入る。問題の女を見つけたら、車か歩きで尾行。歩きの場合は俺一人が担当するから、君はすぐに事務所に戻って、サンフランシスコのアートカレッジに連絡してくれ」

「ハーディンの絵を買った人が分かったら？」

「後で会いに行こう。俺も、ハーディンの絵は見ておきたいし」

「わざわざ不愉快な思いをしなくても」

「案外俺の好みに合うかもしれない——出かけよう」

「早くない？」

リズが腕時計を見た。確かに、まだ十一時前である。問題の女、ジェシカが来るのは昼ごろのはずだ。ただし、きっちり時間が決まっているわけではないから、時間に余裕を持って張り込みを始めなければいけない——と事情を説明して、さらにつけ加えた。

「ついでに、カッツ（カッツ・デリカテッセン。マンハッタンのローワーイーストサイドにあるデリカテッセン。巨大なサンドウィッチで有名）でパストラミのサンドウィッチを仕入れていこう。昼飯は車の中だ」

「それは、探偵マニュアルのできるだけ前の方に書いておきたいわね。張り込み用にはサンドウィッチを忘れるべからず」

彼女が探偵に向いているかどうかはまだ分からない。しかし、ジョークを解する人間というのは、それだけでいいものだ。

第五章　救出

カッツ・デリカテッセンのサンドウィッチは張り込みに向かない、と俺は痛感した。マンハッタンで最高のパストラミサンドウィッチなのは間違いないが、車の中では食べづらいことこの上ない。パストラミはジューシーな上に分厚く重ねられていて、嚙み切るのが大変だし、パンが薄いので、手がすぐに汚れてしまう。それでもリズは嬉々として食べ続け、巨大なサンドウィッチをすぐに平らげてしまった。さらにコーラを飲みながらポテトチップスを齧る。俺は……今の俺の胃では、もう何も入らない。

食後の煙草に火を点け、窓を巻き下ろす。その瞬間、サイドミラーに問題の女性——ジェシカが映った。俺が手に入れた写真の通りの感じ。襟元が大きく開いたブラウスは、尻を覆う長さがある。ジーンズは例によってベルボトム。そして厚底のサンダルを合わせていた。長く伸ばした髪には緩くウェーブがかかり、耳の上に花を一輪飾っている。若い子なら普通の格好、と言えるぐらい俺は慣れてしまったが、やはりこの年齢の女性の格好としては違和感がある。

窓を巻き上げ、ジェシカが通り過ぎるのをやり過ごす。それでリズも、ターゲットに気づいたようだった。

「間違いない？」

「ああ。でも、出て来る時にもう一度確認しよう」

大して時間はかからないはずだ。伝言を確認し、郵便物を受け取るだけ――アンと雑談をするわけでもないはずだから、十分あれば充分だろう。俺は体を捻って、後部座席に置いたカメラを取り上げた。ダッシュボードにカメラを載せ、ビルの出入り口にピントを合わせておいてから、体を低く沈みこませる。

「それ、かなり不自然だよ」リズが指摘する。

「外から見えなければ、おかしいとは思われないさ」

「だったら、私がやった方がいいんじゃない？　私だったら、完全に隠れる」

「……そうだな」自分が長時間この姿勢に耐えられるとも思えなかった。

一度外に出て、座る場所を交代する。リズにもう一度、カメラのピントを合わせるように指示してから、俺は新しい煙草に火を点けた。リズはファインダーを覗きこんでレンズを微調整した後、体をシートの前方に潜りこませた。長い右手を伸ばして、指先をシャッターに置く。

「結構苦しい」リズが呻く。

「少し我慢してくれ。その姿勢で、フィルムを巻き上げられるか？」

「頑張ってみる」

「よし、俺が合図したら――来た。まだ押すなよ」

俺は伏し目がちにして、ジェシカに顔を見られないようにした。彼女の歩くスピードを想定してカウントする。

「今だ」

かしゃり、と軽いシャッター音が響く。見ていると、リズは体を沈みこませた不自由な姿勢のまま器用に指先を動かして、フィルムを巻き上げていた。もう一度シャッター音。

「OK」顔を上げて、ジェシカの姿を捜す。元来た方――俺たちが乗るマスタングの方に向かっては来ず、ビルの前に立っていた。間違いなく、タクシーを探している。

「リズ、しばらくそのままにしておいてくれ」

「苦しいんだけど……」リズが呻き声を上げる。

「ジェシカはタクシーを摑まえようとしている。俺がこのまま運転するから、尾行を始めよう」

「運転、大丈夫？」

「俺は君の年齢よりも長く、車を運転してるよ」とは言え今では、リズの方が運転が上手いことは分かっている。

ジェシカがタクシーを拾った。さて、ここは気合いを入れていかないと。ニューヨークのタクシー運転手はとにかく運転が乱暴で、他の車より一秒でも早く前に出ないと逮捕されてしまうとでもいうように飛ばし、車線を変更する。しかしジェシカが乗りこんだタクシーの運転手は珍しく紳士的で、追跡は楽だった。間に一台車を挟んで尾行を続けたが、どうやら見失う心配はなさそうだった。

「行き先を突き止めたら、どうするの？」

「監視だな。向こうの動きを待つ。もしも長時間家を空けるようなら、中に忍びこんでもいい」

「それは……さすがに、警察に任せた方がいいんじゃない？」

「昨日、ニューヨーク市警の知り合いと話した。そう簡単には動いてくれそうにない。優秀だし、仕事が早い人間なんだぜ？　そいつが時間がかかるって言うんだから、かなり難しいと思っておかないと。マンハッタンのど真ん中で何か大騒ぎでも起きない限り、警察は動かないと思う」

「まあ、それはジョーの判断だけど」リズはさすがに不安そうだった。ここまで、この件に関して俺たちは一切違法行為をしていない。ジェーンの家に忍びこんだのも、メアリの許可があったからだと主張できる。しかし、勝手に鍵を開けて入ったことがばれたら問題だ。大事にはならないと思うが、少なくともしばらくは、警察に身柄を拘束されてしまうだろう。今は、自由に動ける時間が何より大切だった。

タクシーは、ブロードウェイから西三丁目に入る。この辺り——グリニッジ・ヴィレッジはニューヨーク大学の校舎が散らばったところで、ワシントン・スクエアにもほど近い静かな街である。その一方で、ニューヨークで一番多くヒッピーたちが集まっている場所でもあった。

六番街にぶつかる直前で、タクシーが停まる。俺はタクシーを追い越してマスタングを路肩に停止させると、「後から来てくれ」とリズに声をかけて車から出た。バスケットボールコートなどがある小さな公園の手前で、道路の両側にはサイケデリックな看板を掲げた飲食店が建ち並んでいる。ジェシカは、壁一面が紫のペイズリー柄に塗られたビルの前でタクシーを降りた。ペイズリー柄はどうにも苦手……ジュニアハイスクールの時、顕微鏡で見た微生物によく似ている。それが大量に集まっている光景は、俺の感覚では美しいものではないが、最近は服のデザインでもよく見かける。俺を近寄らせたくなかったら、全身ペイズリー柄の服を着ればいい。

ジェシカは、元来た道を少し引き返し、古びた茶色いレンガ張りのビルに入っていった。入り口のドアには鍵がなく、それぞれの部屋のドアをロックする方式のビル……これは楽だ。ドアマンがいるようなビルや、集中ロック式の出入り口があるビルの場合、まずそこを突破する工夫が必要になる。

ビルの周辺の路上には、派手なヒッピールックの若者たちがたむろしていた。しかし危険な雰囲気はない。煙草――マリファナかもしれない――を回し飲みしていたり、歩道に座りこんで酒を酌み交わしていたり。ギターを抱えて歌っている女性もいる。彼女の周辺にはちょっとした人だかりができていた。ベトナムでは、毎日残虐な殺し合いが続いているというのに、この周辺は別次元の世界のような穏やかさだった。

リズが近づいて来た。

「そこのビルに入って行ったわね」

「普通の家みたいだな。ここに何人も暮らしているとは思えない」

「どうする？」

「まず、どの部屋か割り出さないといけないけど……窓でも開けてくれないかな」

「そんな不用心なことは、しないでしょう」

俺たちは薄汚れた狭い道路を渡って、反対側からジェシカが消えたビルを見守った。彼女がここに住んでいるとしても、これから出かけるかどうか分からない。

「二人で見ていてもしょうがない。君は午前中の計画通りに、電話で調査をしてくれないか？」

「車は？　またタクシーで移動されたら、ついていけないかもしれないわよ」

「そうだな……」一瞬考えたが、マスタングはリズに託すことにした。タクシーを拾われても、こちらもすぐに尾行用のタクシーを摑まえられるだろう。マンハッタンでは、タクシーの数とネズミの数は同等、と言われているのだ。「君は車で事務所に戻ってくれ。調査を進めて、夕方まで待機。俺は状況を見極めてから事務所に戻る」

「何をやるにしても、一人で動かないでね」

「それは状況次第だ。その前に、何とか彼女の部屋を割り出そう」

「どうやって？」

「郵便受けを見る」

「そんなに簡単に分かる？」リズが皮肉っぽく言った。

簡単に分かった。郵便受けに、「ジェシカ・パーマー」の名前があったのだ。二階の一室。他に「ジェシカ」の名前はないから、まず間違いないだろう。

「取り敢えず、俺は待機。君は動く」

「分かった」リズが手の中で車の鍵をかちゃりと鳴らし、大股で道路を渡った。俺は建物の向かいにあるダイナーに入った。道路に向かって窓が広く開いており、窓際に座っていれば外の動きを見逃すことはない。俺は希望通り窓際の席に陣取り、コーヒーだけを注文した。この店はパイが売り物のようで、カウンターのショーケースには美味そうなパイが並んでいたが、カッツのパストラミサンドを完食した後では、さすがに食指は動かない。

コーヒーを飲んでいると、ふと妙な居心地の悪さを感じた。ちらりと店内を見ると、スーツ姿の人間は俺一人……ヒッピー風の服を着た若者がほとんどで、あとはいかにもニューヨーク大学の学生らしい、Tシャツにジーンズ姿のカップルが一組だけだった。俺は咳払いをして、窓の方に体全体を向ける格好で座り直した。

三十分、待機。コーヒーを一回お代わりし、煙草を二本灰にしたところで、ジェシカが出て来た。先ほどと同じ服装……ただし今度は、大きなバッグと一緒だ。大事そうに抱えて建物から出て来ると、慎重に左右を見回す。俺は予め用意しておいたコーヒー代――チップをたっぷり弾んだ――をテーブルに置き、すぐに飛び出した。その目の前で、ジェシカがタクシーに乗りこむ。慌てて左右を見回したが、こういう時に限ってタクシーがこない。やはりリズと一緒に待機しておくべきだったと悔いたが、もはやどうしようもない。タクシーは六番街へ右折して、すぐに消えてしまった。失敗だ……となると、取り敢えずやることはジェシカの部屋の捜索だ。しかし今すぐは取りかからない方がいいだろう。昼間にドアの鍵をいじっていると、誰かに見つかる恐れが高くなる。

ジェシカはあそこには住んでいないはずだ。やはり、たまに立ち寄るアジトのようなものに過ぎないのだろう——そう自分に言い聞かせ、夜に出直すことにした。

事務所に戻ると、リズは電話で話していた。空いている右手でボールペンを器用にくるくると回していたかと思うと、素早くメモを取っている。俺はコーヒーを用意し、自分のデスクについて煙草に火を点けた。

リズが電話を終え、ゆっくりと受話器を置いた。

「会えそうな人がいるわよ」

「誰だ？」

「アーネスト・ミラー」

「知らないな」

「本当に？」リズが目を見開く。「アンディ・ウォーホル（一九二八〜一九八七年。アメリカの画家。ポップアートの第一人者として知られ、映画制作やミュージシャンのプロデュースなど、多彩な活動を展開した。代表作に『キャンベルスープ缶』『撃ち抜かれたマリリン』など）は知ってるでしょう？」

「もちろん」

「ウォーホルと同世代で、今すごく注目されてるのよ。去年、ニューヨークで初めて個展を開いた」

「その人が、サンフランシスコのアートカレッジの出身？」

「そう。ニューヨークへ移ってきたのは去年で、それまではサンフランシスコに住んで、自分が出た学校でも教えていた。ハーディンとはずっと交流があるみたいね」

「その人には是非会いたい。その方法は……」

「代理人を教えてもらったけど」リズがメモをひらひらさせた。「この人を通しても、すぐにつないでもらえるかどうかは分からないわね」

「だったら、手元にあるコネを使ってみるか。アラン・ヘイリーとすぐに連絡を取ろう」

「さっき話していたギャラリーの人？」

「ああ。午後、電話する予定なんだ。君は、その代理人に連絡を取って探りを入れてくれ」

「探偵だって名乗る？」

「……いや」今はまだ、ハーディンに疑惑の目が向いていることは知らせない方がいいだろう。「アート関係の取材をしているライターということにしようか。ただし、媒体の名前は出さずに」

「取材して、実際にどこに売りこむかはこれから決める、ということね？　それなら不自然じゃないわね。売れっ子のミラーなら、取材も多いでしょうし」

「騙すことになるけど、本人に会えたら事情を説明しよう」真相が分かった瞬間、激怒される可能性もあるが。

「分かった――ところでジェシカは？」

「逃げられた。タクシーに乗ったけど、摑まえられなかった」

「やっぱり私が一緒にいた方がよかったわね」リズが鼻を鳴らす。

「でも、家は分かったんだから、手の打ちようはある。それに君は、重要な証人を見つけた。少しずつだけど調査は進んでるよ」

「お褒めいただいてどうも」リズが受話器を手に取った。

俺も受話器を持ち上げ、ヘイリーのギャラリーに電話をかけた。いつものようにカーラと軽口を交わした後、ヘイリーと話す。

「ご依頼の件、分かったよ」

「ありがとう」

「リンダ・アーサー」

「女性か？」

「知らないのか？　ニューヨーク美術界の女帝だよ。戦前からずっと、ギャラリーを経営している」

何だか急に、異世界に放りこまれたような感じがする。ヘイリーは、リンダのギャラリーの住所と電話番号を教えてくれた。

「会えるかな」

「会えるさ。彼女はもう七十歳……朝から晩まで、自分のギャラリーに座っている。もしかしたら、そこに住んでいるのかもしれないな」ヘイリーが豪快に笑った。彼は、自分のジョークに自分で大笑いしてしまうタイプである。いつも大して面白くないのだが。

「――ところで、アーネスト・ミラー、知ってるか？」タイミングを見て訊ねてみた。

「もちろん。今やアンディ・ウォーホルに次ぐポップアートの旗手だ」

「つながってないか？」

「連絡先は分かるよ。一度、パーティで会って、彼の名刺をもらった」

「代理人の連絡先ではなく？」

「彼のアトリエ兼自宅だ。会いたいのか？」

「ああ」

「おいおい、あんた、アーティスト専門の探偵にでもなるつもりか？　それとも、自分のギャラリーでも始める？」

「ギャラリーはないな。俺は野球とロックンロールだけで手一杯だ」

ヘイリーがまた豪快に笑って、一時電話から離れた。すぐに戻って来て、住所と電話番号を告げる。礼を言って電話を切ると、ちょうどリズも電話を終えたところだった。

「ちょっと厳しい」リズが残念そうに言った。「ミラーを取材したい人は多いみたいで、調整が難しいって」

「ミラーの自宅の住所と電話番号が分かった」

「本当に？」リズが目を見開く。

「こういう世界も、伝手とコネでつながってるんだな」そしてアートの世界は、意外に狭いものだろう。「出かけるぞ。連絡なしで、いきなり訪ねよう。相手に心の準備をさせない方がいい」

マスタングのハンドルを握るリズは、本当にミラーに会えるかどうか、心配しているようだった。

「彼、今やニューヨークの社交界の花形なんでしょう？　どこかのパーティに出かけてるんじゃないかしら」

「まだ午後三時だよ。こんな時間にパーティをやってる奴はいない」

「だったら、仕事中かも。そういうところを邪魔すると、撃ち殺されるんじゃない？」

「俺も銃は持ってる」

「アトリエで撃ち合いは勘弁して」

「探偵が銃を撃つ機会なんて、十年に一度しかない」

嫌なことを言ってしまった。確かに十年前、俺は撃っている。十年に一度だったら、まさに今、撃つ機会が来たとか……。

リズは、問題の建物の前、グリーン・ストリートで車を停めた。この辺——ソーホーも、この十年でだいぶ雰囲気が変わっている。昔は——それこそ戦前は工場や倉庫が建ち並んでいたのだが、十年ほど前から空き家が目立つようになり、マンハッタンで最も治安が悪い一角になってしまった。しかその後、六〇年代に入ってからは、家賃の安さに目をつけた若いアーティストが移り住むようになっていた。広い倉庫などは、そのままアトリエに使うのに適しているのだという。昔はグリニッジ・ヴィレッジがアーティストの街と言われていたのだが、今は多くの芸術家がソーホーに拠点を移し、グリニッジ・ヴィレッジはヒッピーの街になっている。

ニューヨークは、人の流れでどんどん変わる街なのだ。

この建物も、元は倉庫だったらしい。ミラーは最上階の広いフロア全体を借り切っているというので、俺たちは階段で五階まで上がって、ドアをノックした。

すぐにドアが開き、俺が想像もしていなかったタイプの人物が顔を見せる。Tシャツにジーンズはごく普通の格好だが、上半身の筋肉が異様に盛り上がり、ジーンズの腿の辺りもきつそうだ。しかも髪を綺麗に剃り上げている……アーティストというより、元海兵隊員という感じだ。もしかしたらミラーではなく、彼の助手、あるいは友人、あるいは愛人かもしれない。

「ミスタ・ミラー？」

「そうだが」

俺は一瞬、言葉を失ってしまった。このマッチョが、ポップアートの旗手とは……先入観を持つのはいけないと分かっているが、どうしてもイメージが結びつかない。

「ジョー・スナイダーと言います。私立探偵です」

「デューク・スナイダーと同じ苗字の？」

「綴りが違います」この話が一発で通じる相手は少ない——年々少なくなっているので、少しだけ嬉しくなる。

「スナイダーは、ドジャー・スタジアムで何度も見た。ニューヨークにいた頃の勢いはなかったが」

「あなたは、サンフランシスコにいたと聞いていますが」

「一九五九年から六〇年にかけて、ロスに住んでいたんだ——私立探偵が、どうしてそんなことを知りたがる？」

そっちが勝手に話したのだと思いながら、俺は事情を説明した。ある事件に関連して、ミッチェル・ハーディンのことを調べている。あなたはサンフランシスコのアートカレッジで一緒だったから、彼のことを知っているはずだ——。

「ミッチのことなら、話す材料には事欠かないよ」ミラーが皮肉っぽく言った。「ちょっと時間をもらっても？　仕事の邪魔にならなければ」

「ああ、問題ない」

ミラーが大きくドアを引き開けた。入った場所は、普通に人が住む部屋——ソファやベッドが置いてあり、広めのスタジオ（日本で言えばワンルームマンションのような部屋）のようだった。大きな棚の奥にもまだスペースがあるようだ。元倉庫の広いスペースを区切って、アトリエと居住スペースに分けているのだろう。

ミラーはソファを勧めてくれた。俺とリズは並んで座り、ミラーは向かいにある座り心地の良さそうな椅子に腰を下ろす。傍のデスクに手を伸ばし、小さなグラスを取り上げた。彼の大きな手の中では、グラスは指抜きのようにしか見えない。

「いかが？」ミラーはグラスを掲げた。中には透明な液体が入っている。

「それは？」

「ウォッカ」言って、ミラーがグラスを一気に干す。おそらくアルコール度数が五十度のウォッカをそんな風に呑んでも、まったく影響を受けている様子がない。

「遠慮しておきます。仕事中なので」

「そちらのお嬢さんは？」リズに向ける視線は少しだけ優しくなる。

「私もやめておきます」

「未成年じゃないだろう？」

「バーボン派なので」

「それは頼もしい」ミラーが大声を上げて笑った。「こっちは勝手にやらせてもらう」

立ち上がり、デスクからボトルを取り上げてグラスに注ぐ。椅子に座ると、そのままボトルは腿の上に載せた。あまりよくない呑み方——このままボトルが空になるまで手放さないタイプかもしれない。

「それで……ミッチがどうした」

「彼を捜しています」

「どこにいるかは知らないな。毎年、サンフランシスコの実家にクリスマスカードが届くけど、住所が書いてあった例《ため》しがない」

ということは、彼も「今の」ハーディンを知らないわけだ。失敗かもしれないと思ったが、話を進める。

「彼は、どういう人なんですか？」

「若い頃は、気が弱い奴でね」ミラーが静かな口調で話し出した。「アートカレッジに来るような奴は、基本的に癖が強い。自分の才能を信じて、俺が俺がと前に出る自己主張の塊のような連中ばかりだ。そういう押しの強さがないと、自分の作品を売りこめないからな。しかしミッチは違った。自分に自信がなくて、友だちも少なかったな」

「あなたは数少ない友人、ということですか」

「ああ。妙に気が合った。変人同士だからかもしれないが」豪快に声を上げて笑う。

「二人でよく遊び回ったよ。ユニオン・スクエア（サンフランシスコの中心部にある広場。商業・観光の中心地でもある）周辺のバーは、どこも一度は入ったことがあるね」

ということは、ミラーの酒好きは若い頃から筋金入りなわけだ。またもやグラスを一気に空にしてしまう。次の一杯は……取り敢えず手が止まったのでほっとした。このままアルコール度数の高いウォッカを何杯も呑み続けたら、いかに酒が強くとも、いずれは酔い潰れる。

「その頃は、どんな人だったんですか？　気が弱いという以外に」

「まだ、自分の作風を掴みかねていた。アートカレッジに入ってきた時には、単に絵が上手い奴、というだけで個性がなかった。でも抽象画を描くようになって、少しずつ自分のスタイルを作り始めたんだ。ポーリングでは、ポロックのようにメジャーにはなれなかったが……もしもサンフランシスコじゃなくてニューヨークに住んでいたら、状況は変わっていたかもしれない。あいつの作風は、ニューヨーク派の流れに合ってたよ。一方で、俺たちが学生だった頃のサンフランシスコは、ビートニクが盛り上がっていた時期だ。それには、彼の作風は合わなかったな」

「卒業後は、商業アートの道に進んだとか。広告会社にいたそうですね」ハーディンの「真っ当な仕事」については、まだよく分かっていない。

「商業アートと言えば聞こえはいいけど、要するに看板屋だよ」ミラーが笑う。「描きたくもない絵を描いて、店先の看板を作る。そういうことがやりたくてアートカレッジに入ってくる連中もいるけど、ミッチは違った」

「あなたは、自分の描きたい絵で成功している」

「アートの世界では、何を以て成功と言うか、難しいけどね」ミラーが皮肉っぽく言った。「売れればいいかというと、それは違う。誰かに頼まれて描くようじゃ、自分のペースで仕事はできない。好きな題材を好きなように描いて、それがギャラリーに高額で買い取られていくのが理想だけど、そういう画家は同世代に一人か二人だ」

「そんなに少ないんですか？」

「我々が、どれだけ金に汲々としているか、知ったら驚くよ。俺も、金の心配をしなくて済むようになったのは、この五年ぐらいだ」

「ハーディンは……」

「奴も、看板描きでそこそこ飯は食えていたんだけど、それは本意ではなかった。だから、二年ぐらいで辞めたんだ」

「その後、逮捕されています」

「あれはね……」ミラーが溜息をついた。「金に困って仕方なく、だよ。奴がドラッグを使っていたわけじゃない。売人の真似事をしていただけさ。しかも、叩きのめされた」

「警察に？」

「違う。奴がドラッグを売った相手が、サンフランシスコ大学のフットボール選手だった。混ぜ物がしてあった粗悪品だったみたいで、そいつの友だちが酷い目に遭ったらしい。それに怒って」ミラーが右の拳で空を打った。「奴は路地裏で、ゴミ容器の間に倒れているのを発見された。酷い怪我をしていたから警察も来て、ドラッグをたっぷり持ってるのを見つかったんだ」それはハーディンの自己責任だ。しかしミラーは、今でも彼に同情している感じだった。「だいたい、逮捕手続きが違法で、裁判では無罪になったんだから」

「それは聞いています」

「釈放された後でミッチに会ったんだけど、すっかり変わってしまっていて、驚いた」

「どんな風に？」

「急に『神に会った』と言い出した。殴られて気を失っている間に、間違いなく神と会話を交わしていたと言っていた」

そういうことなら、まさしくカルトだ。カルトの指導者は、どこかで神と出会う。それがどんな経験かは、俺には想像できない——そもそも単なる妄想だと思う——が、当人にすれば鮮烈な体験なのだろう。問題は、その経験を他人に広め始め、時には犯罪行為に巻きこんでしまうことだ。

「その後の彼は、全米各地を放浪しているようです」

「確かに、クリスマスカードも、あちこちから届いていたな」ミラーがうなずく。

「今は、この近辺にいるかもしれません」

「一月ほど前、電話がかかってきた。ここの電話番号をどこで知ったか、分からないが」

俺はにわかに緊張するのを感じた。今、俺はハーディンのすぐ近くにまで迫っている。

「どんな会話を？」

「他愛もない昔話だよ。ニューヨークで俺の個展を見たと言っていた。つまり、奴もここにいたわけだ」

「相変わらず神がかってましたか？」

「ああ」ミラーが苦笑する。「アメリカはもうおしまいだ、自分は近々アフリカに行くと言っていた」

「今は何をしているんでしょう」

「神の教えを広めている、と。賛同者は千人ぐらいいると言っていたが、それが本当かどうか分からない」

「どこにいるかは？」

「電話で話した時は、ニューヨークに滞在していると言っていたが、一ヵ所に長く留まっているわけではないようだった」

「一つ、忠告していいですか？」

「何だ？」

「彼から今後連絡があっても、絶対に話に乗らないで下さい」

「何か危険でも？」

「その可能性もあります」

「確かに、そんな感じはした」ミラーが真顔で言って認めた。「アメリカを出るに際しては、トラブルも想定していると言ってたよ。政府と一戦交える覚悟もある、と。ベトナムで間違った戦いを続けている政府には、力で思い知らせてやる必要がある

――この話は、かなり危ないと思ったね」

「ダイ・インやデモではなく、力による制裁ということですか？」

「俺にはそう聞こえた。もちろん、冗談だろうけど」

冗談だろうか？　俺にはそうは思えない。ハーディンの本当の狙いも、アフリカで神の国を作ることだとは考えられなかった。もしかしたら、アメリカで一悶着起こして――政府を転覆させようとしているのかもしれない。そんなことが簡単にできるとは思えなかったが、今まで想像もできなかったことが実際に起きているのが、六〇年代後半というこの時代である。ハーディンが、本当に千人の「信者」を抱え、武器を調達できたら、それなりの騒ぎを起こす可能性もある。

「あいつは、いったい何をしようとしてるんだ？」ミラーが、居心地悪そうに体を揺らした。

「今、それを調べています。もしも彼から電話があったら、適当に話を合わせておいて、すぐに私に連絡して下さい」

「あんた、一人で戦ってるのか？」

「色々な人が、ハーディンを追っています。私もその一人です」

「俺は、ミッチには同情してるんだよ。フットボール選手にぶちのめされたのは、あいつにも責任があるかもしれないが、実際、死にかけたんだと思う。臨死体験みたいなものじゃないかな。それで変わってしまった――」

「そういうことはあるかもしれません」俺はうなずいた。「しかし、それで全ての行為が許されるものではないと思います」

　特に人を殺したりすることは――どんな事情があっても、絶対に許されない行為だ。


　リンダ・アーサーは、上品な白髪の女性だった。髪は綺麗に白くなっているのに、顔にはまったく皺がないので、バランスが崩れている感じもする。上等な薄い紫のパンツスーツがよく似合っていた。ギャラリーのバックヤードにある事務スペースでソファに腰かけ、足を組んで優雅に煙草を吸っている。長いシガレットホルダーが、部屋の照明を受けて金色に輝いた。

「私のことを、アリゲーター《ワニ》って呼ぶ人もいるのよ」リンダが唐突に打ち明けた。

「そんな風には見えませんが」

　リンダが、顔を背けて笑った。皮肉っぽい目で俺を見て「何でも食べちゃう、という意味で」とつけ加える。

「よく分かりませんが」

「ギャラリーのオーナーには、アートを見る目が要求される。その作品が本物か偽物かを見抜く力も。私も昔は、徹底的に作品を吟味して、買い取るか拒否するか、時間をかけて決めていた。でも最近は、よほどひどいものでない限り、買い取ることにしているの」

「そのメリットは？」

「今は、誰でも気軽にアートに親しむ時代になったでしょう。私にとっては価値がないように見えるものにも、高い金を出す人はいるのよ。だからできるだけたくさんの作品を揃えて、お客さまに判断してもらう。そのための倉庫の維持が大変だわ。絵画は、温度も湿度もきちんと管理しておかないといけないから」

「それで……ミッチェル・ハーディンの作品は？」

「見なかった？　一応、ギャラリーに飾っているけど」

「気がつきませんでした」

「見てみる？」

「お願いします」

　リンダが、煙草をホルダーから外して揉み消し、丁寧に立ち上がった。その際に、杖をしっかり握る。年齢不詳……杖を使っている割に、顔は若々しい。もっとも、膝の痛みは治療できなくても、顔は整形で若く保つことができるのだろうが。ニューヨークでは、金さえ払えば若さも買える。

表のギャラリーに戻る。マンハッタンのギャラリーではかなり広い部類で、客は余裕を持って、展示されている絵画作品を見て回れるようになっている。さながら美術館だ。

リンダが、一枚の絵の前で立ち止まる。かなり大きな作品で、横七フィート（約2・1メートル）、縦三フィート（約90センチ）ほどもある。しかしこれを絵画と呼べるのか……一面が深い緑色なのだ。いや、近くでよく見ると、さまざまな色を内包しているのが分かるのだが、少し離れると緑一色の壁のようにしか見えない。

「これが……絵なんですか」俺は思わず訊ねた。

「カラーフィールド・ペインティング」

「それは、どういう……」

「あなた、絵画には詳しくないようね」リンダが同情をこめて言った。まるで絵画を知らない人は、呼吸の仕方を知らない、とでも言うように。

「残念ですが、芸術には縁のない人生を送ってきました」

「キャンバス全体を、色数の少ない面で塗りこめる作品よ。この平面全体が主役になる感じ……今はちょっと下火になっているけど、六〇年代の頭ぐらいまでは、結構人気があったのよ」

「抽象画の極北みたいな感じですね」

「そんな感じね」

もう一度じっくり眺めてみたが、ハーディンがこの絵にこめた想いは、さっぱり想像がつかなかった。

「今は下火——それでも、あなたは買ったんですね」

「ええ。カラーフィールド・ペインティングとしては、よくできていると思うわ」

「いくらで買い取ったんですか？」

「それは言えないわね」リンダが笑う。「商売の秘密」

見れば、作者名と作品名「緑＃1」と書いた小さな札はあるが、値段はついていない。

「いくらで売れるんですか？」

「それは交渉次第。うちでは、値段はつけないの」

「それにしても、いくらぐらいになるんですか」俺は食い下がった。

「そうねえ……あなたみたいにアートが分からない人だったら、五千ドルぐらいかしら」

「そんなに？」

「一万ドル出す人がいてもおかしくない」

「やはり、理解できない世界です」

「誰もがアートを理解できるわけじゃないから」リンダが壁に背中を預けた。「それで？　知りたいのは、この絵のことじゃないでしょう」

「ええ。この絵を持ちこんだ、ミッチェル・ハーディンという人物についてです」

「ああ……最初は、彼本人が来たわけじゃないのよ」

「誰が来たんですか？」ジェシカ、と見当がついた。おそらく彼女は、ハーディンの秘書、というか右腕のような存在なのだろう。

「名前は忘れたけど、四十歳ぐらいの女性ね。この辺には場違い――ヒッピールックの女性だったから驚いたけど、手順はきちんと踏んでいた」

「ギャラリーで絵を売買するのに、決まった手順があるんですか」

「彼の作品のように大きな絵の場合は、最初に写真を見せてもらうことにしているの。実物と写真はまったく違うけど、写真である程度の感じは分かるでしょう。そこで私がOKを出せば、実物を持ってきてもらう」

「即OKというわけにはいかないんですね」

「前からつき合いがある人だったら、そういう手順は省略するけど、ミスタ・ハーディンはうちでは初めてのアーティストだから」

「とにかく写真を見て、OKを出した……その女性は、どんな感じでしたか」

「格好はヒッピーだったけど、実際に話してみると、ちゃんとしていたわ。ギャラリーでの売買の経験もあるみたいだった。それで私がＯＫを出したら、二日後にミスタ・ハーディン本人がやってきた」

「彼はどんな感じでしたか？」

「暗い――ほとんど喋らない人で、その時も最初に来た女性が主に私と話した。でも、お金を渡した瞬間、急に喋り始めたのよ。パトロンになってくれないか、と」

「ギャラリーが画家のパトロン――そういうのはよくある話なんですか」

「昔はね。売れてなくても、才能があると見込んだ作家がいれば、金銭的に援助をしたことはあるわ。でも今は、そういうことはないわね。もっとビジネスライクになってるわ」

「ミスタ・ハーディンは、金に困っている様子でしたか」

「生活できないっていう困り方じゃなかったわね」リンダが苦笑した。「でっぷり太っていて、少なくとも人よりたくさん食べているタイプだと思う」

「では、何のために金が必要だったんでしょうか」

「アフリカに渡りたいって。自分を信じて一緒にいてくれる仲間とアメリカを脱出するんだって言ってたわ」

「神の王国、ですか？」

「何ですって？」

「いや……彼は、アフリカに作るコミューンを、自分で神の王国と呼んでいたみたいです」

「ふうん」リンダが鼻を鳴らす。「私は、そういうのは苦手だわ」

「あまり関わらない方がいいと思います」

「カルト的な感じよね。私はこの街に住んで、美味しいワインと煙草があれば満足だわ。アメリカが滅びるなら、いいワインを呑みながら、それをゆっくり眺めているのもいいでしょう」

「この作品は、かなり大きなものですね」俺は話題を変えた。

「ええ」

「搬入してきた時は、ミスタ・ハーディンと秘書らしい女性と、二人だけですか？」

「いいえ。丸刈りの若者が二人、絵を運びこんできたわ」

「丸刈り？」ヒッピーといえば長髪——少なくとも俺は、髪を刈り上げたヒッピーを見たことはない。

「そう。その二人は、全然ヒッピーという感じじゃなかった。筋骨隆々で、Tシャツの袖が破れそうになるほど腕が太かったぐらい。どちらかというと、ベトナム帰還兵という感じね。ズボンもブーツも、戦場で使うみたいなものだった。このギャラリーには、まったく合わないスタイルね」

　俺は思わずリズと顔を見合わせた。ヒッピーとベトナム帰還兵は結びつくのか？　もちろん、ヒッピーの最大の政治的主張は、ベトナム戦争反対である。そこから様々な運動が派生していったのだが……ベトナムで深い精神的傷を負って、除隊後にベトナム戦争反対の声を上げる若者もいるだろう。しかし、戦場の埃をまとっているような格好の若者がハーディンと一緒にいたというのは、どこか不自然な感じがしてならない。

「その若者たちは、何か話してましたか」

「いえ、一言も。目つきも悪かったし。何だかロボットみたいだったけど、運送屋の人たちかしら」

　それならもう少し愛想がいいはずだ。やはり、クランの人間だろう。

　それから俺たちは、問題の女性が残していった名刺を確認した。予想通り、ジェシカの名前がある。記された電話番号と住所は、電話応答サービスのそれだった。

「その後、ミスタ・ハーディンか、このミズ・ジェシカ・パーマーから連絡はありませんか」

「一度もないわね。お金は受け取ったし、こっちがパトロンになる気がないと分かったから、もう用無しになったんじゃないかしら」リンダが皮肉っぽく言った。

「それで、ミスタ・ハーディンの絵は売れそうですか」

「どうかしらねえ。今のところ、お客さまに興味を持たれている感じではないけど」

「でも、しばらくは持っていた方がいいと思いますよ」

「あら、あなた、アート関係は素人じゃなかったの？」馬鹿にしたようにリンダが言った。

俺は微笑むだけで何も言わなかった。しかし今後、ハーディンが何か罪を犯したら――いや、既に彼は怪しいカルトのリーダーであり、殺人事件にかかわっていた可能性があるのだが――彼の「緑＃1」には、天井知らずの価格がつく可能性がある。悪人の作品を、怖いもの見たさのような感覚で欲しがる人間は、一定数いるはずだ。

それをビジネスにするのが、プロとしてのリンダの矜持ではないだろうか。

その日の夜遅く――午後十一時に、俺は再びグリニッジ・ヴィレッジに来ていた。この時間でも人出は多い。むしろ昼より賑わっている感じだった。飲食店などはさほど多くないのだが、酒瓶片手にぶらぶらしている若いヒッピーたちの姿が目立つ。歩道に座りこんで歌っている人も多い。多くは、六〇年代前半に流行ったプロテストソングである。あの時代のメッセージ性は、今でも生きているわけか。
人が多いということは、ぶらぶら歩き回っている分には目立たないということだ。しかし人の家に忍びこもうとする際には、逆に障害になる。明け方に出直そうかとも考えたが、街路を偵察しているうちに思い直した。

　ブリーカー・ストリートに停めたマスタングに戻ると、リズが心配そうに訊ねた。

「どうだった？」

「マルディグラ（ルイジアナ州ニューオーリンズで行われる、有名な謝肉祭の一つ）みたいに人出が多いよ」

「じゃあ、危ないんじゃない？　明け方ならどう？　それならさすがに、人はいないと思うけど」

「それも考えたけど、とにかく早い方がいい。こうしているうちにも、ナオミに危険が迫っているかもしれない」

「分かった」リズがうなずく。

「君は少しここで待機」

「何で？　今夜もただの運転手役？」リズが不満げに唇を尖らせる。

「違う。ドアの前に二人いてあれこれやってたら、おかしいと思われるだろう。俺一人なら、そんなに怪しまれない」

「でも……」

「無用な危険を冒す必要はない。君は、これから五分だけ待ってくれ。五分後にこの車を離れて、ジェシカの部屋まで来る。ＯＫ？」ここからジェシカが住む建物までは、急いで歩けば三分だ。

「──分かった。でも、何かあったら？」

「悲鳴を上げるから」

「聞こえるわけないでしょう」リズが呆れたように言った。

「一度、部屋まで来てくれ。それで怪しい気配があったら、すぐに逃げろ」

「怪しいって？」

「俺がぶちのめされてるとか」

「ジョー……」

「冗談になる──といいな」俺はドアを押し開けた。「くれぐれも無理はしないでくれ。俺に何かあったら、ナオミを助けられるのは君だけだ」

「それって、私を探偵として認めてくれてるっていう意味？」

「事情をよく知る人間として認めているっていうことだ。あとは頼むぞ」

歩き出し、すぐに煙草に火を点ける。ラッキーストライクは残り一本。部屋で何か手がかりを見つけて、その後に今夜最後の美味い一本を吸いたいものだ。

俺は普通に歩いて建物の中に入った。ここまでは問題なし。二階に上がり、ジェシカの部屋のドアをそっとノックする。反応はなかった。ドアに耳を押し当ててみたが、何も聞こえない。不在か、あるいは既に寝ているのか……ここは賭けだ。ベッドで寝ているジェシカを見つけ出したら、即座に逃げ出すしかない。

俺は、薄い金属片を取り出した。特別に作ったもので、これで開く鍵は多い。この部屋の鍵が、まさにそういうものだということは、昼間ちらりと見て分かっていた。

ドアの前で屈みこみ、隙間に金属片を差し入れて小刻みに上下させる。何度かやっているうちに、かちりと音がして鍵が開いた。ゆっくり、音を立てないようにドアを開ける。室内は暗闇……手探りでドアを探ると、ドアガードがついているのが分かった。この辺はあまり治安がよくないから、家にいる時は鍵をかけると同時にドアガードもセットするのが普通だろう。それがかかっていないということは、室内には誰もいない可能性が高い。

ドアの隙間から身を滑りこませ、ゆっくりとドアを閉めて、暗闇に目が慣れるのを待った。カーテンは開いており、かすかに街の灯りが室内に入りこんでいる。

ワンベッドルームの部屋のようだ。こぢんまりとしたリビングルームには人気がない。問題はもう一つの部屋……足音を忍ばせながらそちらに足を運ぶ。ベッドは綺麗にメーキングされている。一安心してベッドを触ってみる。完全に冷えていて、ここでしばらく誰も寝ていないのは明らかだった。

俺は二つの部屋のカーテンを完全に閉めた。これで、外からは部屋の様子が見えなくなる。路上にいる人からは、二階にあるこの部屋の中で誰かが動き回っていても見えないのだが、懐中電灯を使うと、不規則に揺れる光が、どうしても怪しさを増幅させるのだ。安全のためにカーテンは必須である。

念のためにバスルームを調べる——ここも無人。俺はドアのところに戻り、細く開けてリズを待った。腕時計の針は蓄光式なので、薄暗い中でも時刻は読み取れる。俺がマスタングを出てから七分後、足音を忍ばせて階段を上がって来る音が聞こえた。他の住人か……リズだった。

「早かったな」計算では、八分はかかるはずなのに。

「走って来た」実際、リズの声は乱れていた。

「そこまで急ぐ必要はなかった。中には誰もいない」

「じゃあ——」

「すぐ始めよう。できるだけ手短かに済ませる」

俺たちは、懐中電灯を手に部屋の捜索を始めた。できるだけ窓の方に光がいかないよう気をつけながら、とにかく大急ぎで調べていく。

生活の匂いはしない……家具は全て、元々この部屋に置いてあるものだろう。借主の個性を感じさせるものは一切なかった。キッチンの冷蔵庫を開けてみたが、何も入っていない。リビングルームにはソファが一脚、ローテーブルと書き物机が一つずつあるだけだった。問題はベッドルームか……しかしこちらにもキングサイズのベッドが置いてあるだけ。クランはハーディンのハーレムではないかと思っているのだが、少なくともここはその舞台ではないようだ。

クローゼットの中にも服は少ない。冬のコートが二枚、それにワンピースが三着かかっているだけで、最低限という感じだった。靴はなし。

「何もなさそうだけど」リズが不安げに言った。

「まだ分からない」俺は反論した。「どこかに何かが隠してあると思う」

「ドラッグとか?」

「ドラッグとか」

しかしドラッグは見つからなかった。危ないものを隠しておくための定番スペース、トイレのタンクの中では水が揺れているだけ。結局空振りか……俺は最後に残しておいた、リビングルームの書き物机の捜索に取りかかった。

「上から照らしておいてくれないか」リズが、天板にぐっと懐中電灯を近づけた。少し眩し過ぎるが、距離があると光が拡散して、外から見えてしまう恐れがある。彼女は、こういうことをどこで学んだのだろう? まあ、ちょっと考えれば分かることではあるが。

引き出しは二つ。しかし、右側には何も入っていなかった。この書き物机も部屋備えつけのもので、ジェシカは使っていなかったのかもしれない。

しかし、左の引き出しを開けた時に、捜していたものが見つかった。大き目の封筒。俺は中身を天板の上に出した。

写真が数枚。すぐに、ジェーンの姿を見つけた。ウッドストックに参加した時と同じ服装のようである。数人——五人の男女と一緒に写っている。いずれも彼女と同年配で、服装も似たようなものだ。記念写真という感じで、ジェーンの表情は緩んでいた。場所は……たぶん、農場。彼女が立っているのは牧草地の上で、背後には大きな納屋がある。サリバン郡ではこれに似た建物を何回も見かけたが、実際にこの建物だったかどうか、自信はない。

別の写真を見ると、ナオミが写っている。

「これ、ハーディンじゃない？」リズが、ナオミの隣に立つ男性を指差した。

「そうだな」他に四人の男女が写っているのだが、全員がナオミやジェーンと同年代である。しかし、リズが「ハーディン」と判断した男性は年齢がかなり離れており——ナオミたちの父親と言ってもいい——しかも腹が突き出ていた。太鼓腹のヒッピーというのはおかしな感じがするが、これはリンダの印象と一致する。

俺は、二枚の写真を天板に並べた。同じ場所で撮られたようだが、懐中電灯の光では、はっきりしたことは分からない。

「帰ろう」

「いいの？　これでもう終わり？」リズは疑わし気だった。

「ああ。長居はしたくない。これ以外には何も手がかりはなさそうだ」

「じゃあ……」

「懐中電灯を消して、俺の後から家を出てくれ」

「了解」

小声でリズが言った瞬間、部屋の中が真っ暗になる。視界が完全に消え、俺は勘でドアの方へ向かった。手探りでドアノブを掴み、ゆっくりと引き開け――ようとした瞬間、誰かの足音が聞こえた。慌ててドアを閉めて鍵をかけ、その場にしゃがみこむ。ジェシカが帰って来たら――最悪だ。リズも緊張しているようで、やはりしゃがみこみ、俺の背中にぴたりとくっついている。

足音は近づき、やがて去っていった。上階の住人か……俺はそれからさらに十数えて立ち上がり、もう一度ドアを開けた。もう、人の気配はない。

無言で外へ出ると、リズもすぐ後に続く。部屋から出てしまえば後は安心――リズも同じ気持ちだったようで、階段を降りながら軽い調子で訊ねてきた。

「事務所？」

「ああ」

歩道に出た。後は帰るだけ――しかしそこで、俺は障壁にぶつかった。正確に言うと、人間障壁に。身長七フィートはありそうな大男が、ゆっくりと俺の方へ近づいて来る。目は虚ろだが、確実に俺を見ている——間違いなく薬物中毒者《ジャンキー》だ。

「あんた、泥棒か」男がしわがれ声で言った。

「何の話だ」俺はとぼけた。

「あんた、この建物の住人じゃないだろう。何を盗んできた？」

「この顔が泥棒に見えるか？」俺は肩をすくめた。

「俺も一枚嚙ませてもらうか」男がニヤリと笑った。黄色く変色した歯が覗く。

「馬鹿な」

「馬鹿？　何が馬鹿だ？　警察に突き出してもいいんだぜ」

「俺は何もしていない」

「ふざけるな——」

男がいきなりパンチを繰り出してきた。右ストレート——のつもりかもしれないが、動きは鈍く、俺は簡単に見切った。パンチが肩の上を通過するように、一瞬で体を沈みこませる。男がバランスを崩したので、俺は「走れ！」とリズに向かって叫んだ。

リズが即座に走り出し、俺は自分の肩を相手の胸に思い切りぶつけた。う、と短い呻き声を上げて、男が体を折り曲げる。顎が下がってきたので、伸び上がるようにして肘を叩きこんだ。これは、師匠のサムの教えだ。もしも殴り合いになったら、下手に綺麗な右ストレートを入れようとするな。一気に近づいて相手の懐に飛びこみ、顎かこめかみを肘で狙え。その方がこちらは怪我せず、相手にダメージを与えられる――今回、今までにないほど正確に肘が顎にヒットした。男が、尻から歩道にストンと落ち、埃が舞い上がる。目はさらに虚ろになり、俺が見えているかどうかも分からなくなった。

時間は稼げると判断し、俺は西三丁目の歩道を走り出した。途端に、たむろしているヒッピーたちから、歓声と拍手が上がる。もしかしたら今の男は、この辺の嫌われ者かもしれない。何かと因縁をつけて、通行人から金を巻き上げるならず者とか。

角を曲がる時に、一瞬振り返る。男は追いかけて来ていなかった。しかし念のため、俺はスピードを落とさず走り続けた。

ブリーカー・ストリートに入ると、マスタングのマフラーから白い煙が上がっているのが見えた。その直後、猛スピードでバックしてくる。俺は慌てて歩道の端により、車の中を覗きこんだ。リズが必死の表情で手招きしている。急いでドアを引き開けて助手席に身を滑りこませると、ドアが閉まらないうちにリズが車を発進させた。リアタイヤが滑ってテールが流れるほどの急発進だった。

「誰も追って来てない。スピード、落として大丈夫だ」

リズが溜息をつき、アクセルを緩める。ラファイエット・ストリートに入るとまたスピードを上げ、事務所を目指した。

「何だったの？」リズの声はかすかに震えていた。

「ただのチンピラだろう。気にすることはない」

「もう一つ、気になることがあるんだけど……」

「何だ？」

「部屋の鍵は開けっぱなしだったでしょう？　誰かが家探ししたことは、いずれジェシカにはバレるわよね」

「分かってる」

「どうするの？　私たちがやったって分かったら――」

「向こうが気づく前に動けばいいんだ。あそこはアジトというか連絡所みたいなもので、普段は人はいないと思う。もしかしたら、一週間後まで、誰も気づかないかも」

「楽天的過ぎない？」

「否定はしないけど、あまり心配ばかりしていても疲れるだけだぜ」

「そう……分かった」

十五分後、俺たちは事務所へ戻って一息ついた。ビール、あるいはバーボンが欲しいところだったが、今日はまだ頭をはっきりさせておかねばならない。

俺は、デスクの上に写真を置いて、もう一度じっくりと見た。ジェーンは屈託のない表情で、この後悲劇が待っていることなど、想像もしていなかっただろう。ジェシカが写っていないことに気づいた。彼女は撮影係で、カメラを操作していたのだろうか。それにしても、彼らが記念写真のようなものを残しておいたのがどうにも理解できない。今は、自分たちの存在を必死に隠しておきたい段階ではないだろうか。

一枚を——ハーディンが写っている方をリズに渡して確認してもらう。こういう時は、クロスチェックが何より大事だ。

リズはデスクライトもつけて、写真を凝視した。さらにルーペを取り出し、顔をくっつけんばかりにして調べていく。小さな写真に、そこまでの情報が詰まっているとは思えなかったが。

俺の方は、納屋の屋根に注目した。風見鶏がある……鉄色の風見鶏で、ごく普通のデザインである。農家の納屋には、よくこういう風見鶏がついているので、目立った特徴とは言えない。この風見鶏がついた農家を探して走り回っても、果たして見つけられるかどうか。ここは警察に情報提供すべきかもしれない。彼らにはそれなりに人手があるし、地元の情報にも通じているから、この写真を見ただけで、どこの農場か割り出すかもしれない。

いや、それはできない。この写真の出どころが絶対に問題になる。ナオミを捜すのは喫緊の課題だが、警察は必ず細かい「枝」に引っかかるものだ。そして重大な

「幹」を見逃してしまう。

「ジョー、ちょっと」リズが写真を見詰めたまま声をかけてきた。俺は立ち上がり、彼女の背後から写真を覗きこんだ。これでは当然、細部は分からない。

「よく見て」リズが写真とルーペを渡してくれた。彼女に言われるまま、写真の右端の方を拡大して確認する。この写真は、俺が見ていたのとは微妙に撮影の角度が違い、全体に右側にずれている。左にある納屋は、ほとんど見切れている。

「それ、郵便受けよね」

「ああ」

「名前が見える」

「そう……か？」

俺の目でははっきりとは分からない。リズが痺れを切らしたように「アッカーマン」と正解を言った。

「間違いないか？」確かに郵便受けの上に名前を書いた札が立っているようだが、斜めになっているし、何より小さ過ぎて、俺の目では確かめられない。

「ジョー、もしかしたらもう老眼？」

「まさか」

「でも読めないんでしょう？」

「それは……事実だな」悔しいが嘘はつけない。

「間違いなくアッカーマンよ。それだけ分かれば、何とか探し出せるんじゃない？」

「しかし、場所が分からない」

「ウッドストックを中心に調べてみたら？　こんな感じの農場、たくさんあったでしょう」

「番号案内で、あの近くのアッカーマンを教えてもらおう。それでかなり絞りこめるんじゃないか？」

「じゃあ、サリバン郡とデラウェア郡、オレンジ郡辺りから始める？」デラウェア郡とオレンジ郡はサリバン郡に隣接している。ただし、サリバン郡はペンシルバニア州との境にある郡で、ペンシルバニア州側のパイク郡、ウェイン郡にも接している。とはいえ、まずはサリバン郡を含めたニューヨーク州内の三つの郡の調査だろう。いや、ウッドストックのあるアルスター郡も入れるべきだ。どうも俺は、あの街から離れられない。ジェーンの遺体が見つかった街だから……。

手分けしてチェックを始める。ほどなく、俺は当たりを引き当てた。アルスター郡──ウッドストックに、ビル・アッカーマンという名前の登録があった他に、二つの郡で計三人の「アッカーマン」が見つかった。

「この情報に賭けてみるか」俺はメモを見ながら言った。「この三人をチェックする」

「どうやって？」

「まず家を見る。必要があれば訪ねてみる……もちろん、ハーディンたちは、ただこの家の前で記念撮影していただけかもしれないけど」

「本当にそう思ってる？」

「――いや。それで、この件は俺一人でやる」

「どうして」リズの顔から血の気が引いた。

「危険だからだ。これで一気にハーディンに近づいたら、何が起きるか分からない」

「あなた一人の方が、よほど危ないんじゃない？」リズが反論した。「こういう時の単独行動は危険過ぎるわ。相手の正体がまだ分からないんだから」

「常識では、そうだ」俺はうなずいた。「でも、君を危険なことに巻きこむわけにはいかない」

「納得できない」

「できないなら、君は馘だ」

リズがぐっと顎を引く。目つきは真剣で、一瞬で俺を敵とみなしたようだった。

「君が探偵の修業をしたいというから、今まで手伝ってもらった。実際、女性の探偵は、世の中にもっと必要だと思う。だけど、こういう危ないことをする必要はないんだ。そういうのは、俺たちに任せておけ」

「私はウーマンリブには興味ないけど、今の話には反対するわ」

「俺に何かあっても、リスクは少ない。悲しむ人もいないんだ」ヴィクの顔が一瞬脳裏に浮かんだが、彼女との関係は十年前とは違う。十年前の彼女なら、俺が死んだら泣き叫んでくれたかもしれないが、今は墓に静かに花を供えるぐらいだろう。気が向けば。「君の家族を悲しませるわけにはいかない。どうしてもと言うなら、君の家族に会って、軟禁してもらうように頼む」

「家族のことは言わないで！」

叫んで、リズが唇を噛んだ。必死で考えている——しかし結局は折れた。家族のことを持ち出されたのが効いたのかもしれない。彼女と家族の関係はどうなんだ？ちゃんと調べておくべきだったと悔いる。ハーディンの行方を追うより、彼女の家族関係を調べる方がはるかに簡単だろう。しかし今は、そんなことをしている暇はない。

「——私はどうすればいい？」

「ここで待機していてくれ。必ず連絡を入れる。もしも警察の手助けが必要になったら、アラートを鳴らすのは君しかいない。君が、俺の最終防衛線だ」

「……分かった」リズが硬い表情でうなずく。「明日？」

「ああ。とにかく急いだ方がいいと思うんだ」

リズがもう一度、今度は無言でうなずく。これで何とか彼女も納得してくれたはず

――という俺の読みは甘かった。

まずサリバン郡とデラウェア郡の「アッカーマン」家を訪ねたが、そもそもどちらも農場ではなく、こぢんまりとした一軒家だった。念の為に近所を確認してみたが、近くには農場はない。

最後の一軒は、ウッドストック。確認しながら訪ねて行くと、まさに写真で見た農場が見つかった。納屋の上の風見鶏も、アッカーマンの名前が入った郵便受けも、間違いなく写真にある通り。ここは果たして何なのか……広々とした農場の周囲を一回りしてみたが、人の気配はない。母家と納屋の前には広い芝生の庭が広がり、その奥にりんご畑がある。しかし畑の方は、ほとんど手入れされていない様子だった。

特段変わった気配があるわけでもない。ハーディンたちは、ここで記念撮影をしたのかもしれないと思っていたが、記念になるようなものは何もないのだった。

一番近い民家でさえ、かなり離れた場所にある。俺はマスタングを走らせ、取り敢えずアッカーマン家に一番近い家を訪ねた。母家の前では、六十歳ぐらいの男性が犬を洗っている。シャボンだらけになった犬が身を震わせると、泡が男性の顔にまで飛ぶ。しかし嫌な顔一つしない――よほどの犬好きなのだろう。

俺は、スクーンメーカー・レーンから家へ続く私道に車を乗り入れて停めた。すぐに男性が立ち上がる。犬は、俺を見て激しく吠えたてた。

「ちょっとお聞きしたいことが」俺は男性に近づいた。よく日焼けしていて、半袖のシャツから突き出た腕は逞《たくま》しい。

「何か？」用心した口調で男性が聞き返す。

「この先に、アッカーマン農場がありますね」

「ああ、ビルのところだ」

「よくご存じですか？」

「ご近所だからね」その「近所」は、半マイルは離れているのだが。

「あの家には今、誰が住んでいるんですか」

「誰もいないよ」男性が不思議そうな表情を浮かべて答えた。

「いない？　いないというのは？」

「ビルはずっと一人暮らしをしていたんだが、二ヵ月前に亡くなった」

「亡くなった？」

「心臓を悪くしてね。入院して二日目に、あっという間に亡くなった。病院というのも、あまり頼りにならないものだな」残念そうに男性が首を横に振った。

話し好きな男性だったので、俺はすぐにアッカーマン家の事情を知ることになった。ビル・アッカーマンは親の代からこの地で農場を営んでいたが、三人いる息子は全員が農業を嫌って独立してしまった。四年前、妻を病気で亡くしてからは一人で農場を切り盛りしていたものの、やがて体を壊して、仕事もできなくなった。そして入院して、あっという間に死亡——三人の息子は葬儀には来たのだが、農場の処理で揉めているようだ、と噂話まで教えてもらった。

「この辺の不動産は、最近は値上がりしてるんだよ」

「人気みたいですね」

「だから、売り時を考えてるんじゃないか？　強欲な息子たちだとは思うが、ビルは金融資産はほとんど持っていなかったはずだからな。息子たちにすれば、唯一残った遺産があの土地と家なんだ」

「でも、自分たちで農場をやるつもりはない……」

「ホテルにでもすればいいんだがね。ここは避暑地だから、小さなホテルでも作れば、趣味のいい金持ちが集まってくるよ。ただし息子たちは、そういうことにも興味がないようだ。とにかく処分して、金にする——そういう話を、教会でずっとしてるんだから、不謹慎極まりない」

彼が怒るのも理解できないではない。ウッドストックはアートの街、そしてニューヨーカーにとっては避暑の街だが、住んでいる人が全て、そういう静かな環境に誇りを持っているわけではあるまい。ここを離れて、他の街で自分の生活を営んでいる人にすれば、土地を引き継ぐことには何のメリットもないのだろう。

「最近、あそこに出入りしている人がいませんか？」

「出入り？　どうかな。俺は向こう――道路の奥の方までは滅多に行かないし、分からない」

「そうですか……」

「ただ、このところ何度か、バイクが走っていったな」

「バイク？」

「ああ。二台ぐらい――同じバイクだと思うけど、それを何回か見かけた。夜中に音で目が覚めたこともあるよ。馬鹿でかい音がするんだよな」

「この辺で、バイクで走っているような人、いますか？」

「いないね」男性が断じた。「この辺の人は、全員車だよ」

「バイクはよく来ますか？」

男性が首を捻った。思い出すのが難しそう――それもさもありなんだ。日常生活に小さな違和感を覚えるようになっても、それが「いつからか」ということを明確に覚えている人はいない。

「どうかな……俺も、家にいない間のことは分からない」

「そうですか」

バイク――気になる。サリバン郡の農場に強盗に入った犯人も、マイアミで逃げたハーディンも、バイクを使っていた。考えてみれば、間抜けな話なのだが……バイクを使っていると、顔が隠せない。ヘルメットにサングラスで印象を曖昧にするぐらいだろうが、そもそもバイクでは、何か盗んでも持ち出すにも苦労するはずだ。金だけならともかく、金目の大きなものを盗み出すには、やはり車に限る。

男性に礼を言い、作戦を考えた。ここはやはり、張り込みしかないだろう。とはいえ、準備がまだだ。街のメーンの通りであるティンカー・ストリートに戻って雑貨店を探し、サンドウィッチやキャンディーバー、それに何より大事な煙草を仕入れる。食料は、少なくとも今から二十四時間張り込みできるだけの量。二十四時間監視を続けていれば、大抵何かが起きる。

その時点で、既に昼前になっていた。急いで農場へ戻り、少し離れた路肩にマスタングを停めて監視を始める。母家と納屋が視界に入る場所で、何か動きがあれば見逃さないはずだが、念の為に双眼鏡を取り出して、時折覗きこむことにする。まったく人気がなく、ここに誰かがいるとは思えなかったが。

ラジオを点けると、ローリング・ストーンズの『ホンキー・トンク・ウィメン』が流れ出した。引きずるようにだるい感じが、夏の終わりによく合う。今のところ、俺にとってはストーンズだけが希望だな、と思う。変にサイケデリックな方向へいかず、古き良き時代を感じさせるロックンロールやブルースをいつまでも演奏し続けてくれ――。

ハムとチーズのサンドウィッチでランチにし、魔法瓶に入れてきたコーヒーで流しこむ。このコーヒーも、いつまで持つか……一人で明日まで張り込むと考えると、やはり不安になってくる。尾行と張り込みは、複数で行うのが基本だ。

窓を開けて煙草を吸う。その時、車が近づいてくる音が聞こえた。ハーディンたちか……バックミラーに目をやった瞬間、俺は思わず首を横に振った。

リズの――彼女の家族の車、レモンイエローのシボレー・カプリス。ヘッドライトをパッとつけて合図すると、俺のマスタングのバンパーにくっつきそうな位置に停めた。すぐに降りてきて、マスタングの助手席に乗りこむ。

「リズ……」俺は溜息をついた。

「ごめん。どうしても気になって。何か分かった？」

「何も――そういう話はいいから、帰れよ」俺は少し声を尖らせた。

「何もないなら、私がいても問題ないでしょう」

「そういうことじゃないんだ。今はいいけど、いつ何が起きるか分からない」

「ジョーは、何かが起きるのを待ってるわけ？」

俺は黙りこんだ。待っているのは夜――日が暮れたら、農場に忍びこんで中を確認するつもりだったが、そんな計画をリズに打ち明けるわけにはいかない。言えば、「自分も行く」と言い出すに決まっているのだから。

「中に入って調べるつもりでしょう」リズが指摘した。俺が何も言わないでいると、体に斜めにかけたバッグから、年季の入ったトランシーバーを取り出す。

「それは？」

「どうせ私を中まで連れていってくれるつもりはないんでしょう？」

「絶対駄目だ」

「それならこれを持っていって。何かあれば、私がすぐに警察に連絡できる」

「しかし――」帰れと言っても、彼女が従うとは思わないし、言い合いでエネルギーを使うのも面倒臭い。「車は反対側を向けて停めておいてくれ。何かあったら、すぐに出られるように」スクーンメーカー・レーンは狭く、Uターンするにも何度か切り返しが必要になる。緊急脱出のためには、一台は反対側を向けておいた方がいい。

「了解……クッキー、食べる？」

「ああ？　そんなもの、持ってきたのか？」

「何もなかったら、ウッドストック署のイングランド警部に差し入れようと思って」

「そういう余裕があったら――この張り込みは失敗ということになる」

「でも、何かありそうなの？」

「怪しい材料はある。でも、今のところ動きはない」

「動きがあるとしたら、やっぱり夜中とか」

「何とも言えないな」

そう、ここにハーディンがいるという証拠は何もない。俺は、リズが持ってきたガムドロップクッキーを食べ、コーヒーで甘味を洗い流しながら考えた。ここで張り込みをすると同時に、ハーディンの行方を別の手で捜すべきではないか？　しかしそのための作戦をどうにも思いつかない。ここはリズに任せて、自分は走り回ろうかとも思ったが、それで何か摑める保証はなかった。

「とにかく、張り込むしかないな」結局、今更リズに帰れとは言えない。マンハッタンに縛りつけておくような仕事を何か考えておくべきだった。それこそ、別の方面からのアプローチとか。

「張り込み用の食料は十分揃ってるの？」

「一人分なら、明日の朝までは持つよ」

「じゃあ、私、自分の分は後で仕入れてこないと」

「無理にここで徹夜することはない」

リズが穏やかに笑った。まるで、自分のやりたいことをやり遂げる方法は知っているとでも言うように。

夕飯には、リズがフライドチキンをテークアウトしてきた。マスタングの運転席と助手席に並んで夕飯を食べる……俺はずっと窓を開けたままにしていた。チキンの匂いが車内に籠るのを防ぐと同時に、物音を聞き逃さないためだ。

ただし今は、鳥が啼《な》くぐらいだった。

夕飯を食べ終えると、俺たちは交代で仮眠を取った。カプリスをマスタングの前に出すと、俺は運転席に陣取り、リズは後部座席で身を丸める。マスタングの後部座席は、大人が長時間座れるような代物ではないし、ましてや寝るなど絶対に無理だ。カプリスならシートに余裕がある。

リズはすぐに寝息を立て始めた。このところ、ばたばたと動き回る日が続いたので、さすがに疲れているのだろう。このまま寝かせておいて、俺は一人で農場に忍びこむか……とも考えたが、リズは勘のいい女性である。俺が何かしようとしたら、すぐに気づいて介入してくるに違いない。

十一時過ぎ、リズが起き出した。

「こういうところで眠れるようになったら、私も探偵合格？」寝ぼけた声で言う。

「本当に寝てたのか？」

「ちゃんと寝てた。交代して」

「一時間だけ寝るよ」俺は宣言した。「十二時になったら、農場の中に入る」

「それで大丈夫？」

「無事に終わったら、どこかで柔らかいベッドを探してゆっくり寝るよ」

そんなことが、すぐにできるとは思えなかったが。

俺は一度外に出て煙草を吸い、それから後部座席に横たわった。マスタングより広いとはいえ、俺の体格だとどうしても膝を曲げるか、シートの上で体を斜めにすることになる。俺は膝を曲げることにした。シートは、リズの体温で温まっている。彼女の残り香も少し……何だか落ち着かない中、それでも俺は短い眠りに落ちた。

目覚めて腕時計を見ると、午後十一時五十五分。体を起こすと、無理な姿勢で寝たせいで関節が固まってしまっている。

「まだ十二時になってないよ」振り向いたリズが言った。

「もう十分寝た。何か動きは？」

「何もない。母家に灯りが灯らないのよね。やっぱり、誰もいないんじゃないかな」

「空振りは覚悟してる」俺は車の外へ出て、大きく背伸びした。煙草に火を点けたが、寝起きの喉にはきつい。すぐに投げ捨てて踏み消し、助手席に座った。魔法瓶の底にわずかに残ったコーヒーを飲み干し、双眼鏡を覗きこむ。ほとんど暗闇――それ故、小さな灯りでも見逃さないはずだが、何も見えなかった。

「取り敢えず、俺が一人で中に入る。君は今のうちに、この車を反対側に向けておいてくれ。トランシーバーに注意して」

「了解」

リズが何度か切り返して、カプリスを道路の反対側に停めた。マスタングと並んでいると道路を塞いでしまうので、少し手前に戻した。俺はマスタングに戻り、忍びこむ準備を整えた。夜になって気温はぐっと下がってきており、夏の名残りは消えて秋の気配が感じられる。Tシャツの上にウィンドブレーカーを羽織り、腰の拳銃を隠す。ウィンドブレーカーのポケットには、小型の懐中電灯とブラックジャック。鍵をこじ開けるための道具もいくつか。そしてリズとの唯一の絆――トランシーバー。

カプリスの方に歩み寄ると、リズが運転席の窓を巻き下ろした。

「一時間、連絡がなければ、ここから離れてくれ」

「それでどうするの？」

「すぐにウッドストック署に駆けこむんだ」

警察に事情を全て話すと面倒なことになる――しかしいざとなったら、やはり警察に話すしかないのだ。

「何て説明する？」

「俺が帰って来ないと、正直に話してくれればいい」

「かなり面倒なことになりそうだけど」

「そこは君の魅力で何とかしてくれ……君の方からは、発信しないように」

「了解」

「ところで……」ずっと気になっていたことを指摘した。「今日はいつものヒッピーファッションじゃないな」黒いトレーナーに細身のジーンズという格好で、いかにも動きやすそうだ。足元も軽快なスニーカー。

「今頃言う？」

「聞き忘れてた……最初から、何かあったら動けるようにしてたんだな？」

「ベルボトムのジーンズじゃ、走れないから」

いい心がけだ、と言おうとして言葉を呑みこむ。彼女は勝手な判断でここへ来た。ボスの命令に従わないのは、探偵マニュアルに反している。

「後は頼む」

リズが無言でうなずく。ここにきて緊張感が高まってきたのか、顔は不健康に蒼かった。

俺は早足で、農場の敷地内に入った。芝生を渡る風の匂いが鼻をくすぐる。それにしても静かだ……やはり人の気配はない。

俺はまず、納屋に入った。扉はなく、芝生の庭の方に向かって大きく開いている。

中には、もう使われていない農機具……だけではない。ハーレーダビッドソンが二台、それにミニバンが一台停まっている。おいおい、やはりバイクか……どうしても強盗事件のことが頭に浮かんでしまう。それに、マイアミでの逃走事件も。バイクはどちらもニューハンプシャー州、ミニバンはペンシルバニア州のナンバーだった。それぞれのナンバーを控えておいてから、納屋の中を調べる。人はいない。しかし二台のバイクとミニバンの存在で、アッカーマンとは関係ない人間がここにいるという確信を俺は抱いた。

　トランシーバーを取り出し、リズに連絡を入れる。

「納屋の中にバイクが二台、車が一台ある。オーバー（無線通信では「どうぞ」程度の意味。一方が話している時にもう一方は話せないので、自分の話が終わったことを相手に知らせるための符牒）」ナンバーを伝えた。

「ミスタ・アッカーマンの車では？　オーバー」

「分からない。地元のナンバーではない……これから母家の方に移動する。オーバー」

「気をつけて。オーバー」

「何もないことを祈っててくれ。オーバー」

「私は祈らないわ。オーバー」

通信を終え、母家の方へ歩いて行く。やはり人の気配はない。しかし、しっかり中を調べないといけないだろう——と思った瞬間、いきなりドアが開いた。俺は咄嗟《とっさ》に銃を抜いて構えたが、家から出てきたのは若い女性だった。ほとんど闇の中だが、その顔には見覚えがある。

「助けて！」若い女性——ナオミが叫んだ。

「こっちだ！」俺も声を張り上げる。「早く！」

ナオミがダッシュする。さすが、男だったらＮＢＡの選手になれたと父親が言うだけあって、足は速い。ただしバスケットボールは短距離のダッシュであり、長距離を走り切れるかどうか。

「待て！」

ドアから光が漏れた。懐中電灯の光が舞い、ナオミの背中を照らし出す。直後、銃声が聞こえて、ナオミが首をすくめる。俺は彼女に駆け寄ったが、接触する直前に二発目の銃声が響き、彼女は前のめりに倒れた。撃たれたか——慌てて膝立ちになり、銃を構えて、懐中電灯の光に向けて発砲する。光は——懐中電灯は一つだ。その光が地面に落ち、悲鳴が上がる。俺はナオミの腕を摑んで立たせた。

「撃たれたか？」

「大丈夫——滑っただけ。あなた、誰？」忙しなく言うナオミの声は震えている。

「君を捜していた。俺は探偵だ」

「探偵？」

「詳しいことは後で話す。走れるか？」

ナオミが無言でうなずく。写真で見た限り、健康そうな丸顔だったのだが、今はやつれて目が充血している。もしかしたら監禁されていたのかもしれない、と俺は想像した。

「この先に、黄色いカプリスが停まっている。そこへ逃げこめ」

早口で指示すると、ナオミが走り出した。俺は母家に顔を向けたまま、後ずさった。追手は……来る。すぐに振り返り、ナオミの後を追った。ナオミはまったくスピードを緩めず、道路の方へ向かっている。銃の発射音がして、耳の横で空気が震えた。拳銃ではない。猟銃でもない。聞いたことのない銃器……しかし考えている暇も、見極めている余裕もない。

走りながら振り返って応射する。一発、二発――しかし相手の動きを止めることはできない。こうなったら、とにかく一刻も早く車に逃げこむしかない……追手が、納屋の方へ向かおうとしないので、まだ助かっている。バイクや車で追いかけてきたら、さらに厄介なことになるだろう。

道路に出ると、ナオミがカプリスの助手席ドアに手をかけていた。俺は「開けろ！」と叫んだ。その声はリズに聞こえただろうか……ロックは解除され、ナオミが助手席に飛びこんだ。事情が分かっているかどうか、リズがカプリスを発進させる。

俺もマスタングの運転席に滑りこんだ。エンジンを始動させようとした瞬間、フロントガラスが砕け散る。心臓が爆発しそうなほど鼓動が高鳴る中、車を発進させる。道路は狭い――向かいの木立にフロントグリルがぶつかったが、何とかエンジンは動く。ギアをバックに入れ、必死でハンドルを切り返して逃げる――しかしその瞬間、助手席側に銃弾が立て続けに当たった。窓が全て砕け散り、ハンドルが効かなくなる。タイヤをやられたか……無理にアクセルを踏みこんだものの、傾いた車体はガタガタと激しく揺れ、真っ直ぐ進まない。コントロールを失ったマスタングの助手席側が木立にぶつかり、身動きが取れなくなった。取り敢えずドアを押し開け、道路に転がり出す。カプリスが猛スピードでバックしてきた。リズ……どうして逃げない？

俺は全速力でダッシュして、迫ってきたカプリスのリアのドアを開けた。頭から中に突っこむと、そのまま走り出す。開いたままのドアに銃弾が当たり、甲高い音を立てる。俺は何とか姿勢を立て直し、急いでドアを閉めた。

「グルーヴィ」俺は思わずつぶやいた。リズがアクセルを踏みこむと、リアシートから転げ落ちそうになる。

「ジョー、どこへ？」リズが焦った口調で指示を求める。

「どこでもいい。できるだけ遠くへ」

フロントシートの隙間から身を乗り出し、助手席に座っているナオミに声をかける。

「怪我は?」

「……ないわ」

「俺はジョー・スナイダー。このレーシングドライバーはリズ・ギブソン。彼女に任せておけば、無事に逃げられる」

「何でここに……」

「だから、君を捜していた」

「パパに頼まれたの?」

「頼まれてはいない。俺が勝手に捜していた」

「どうして……」

「事情を話すと長くなる。まず、ここから逃げよう。安全なところまで行ったら話す」

安全なところ——一番近くにある安全な場所はウッドストック署だ。しかし、弾痕のあるカプリスで署に飛びこんだら、事態は一気に厄介になる。

「マンハッタンへ戻ろう」

「家へ?」

「帰りたいか？」自らの意思で家を出たはずだが、彼女の口調には、生まれ育った家を恋しがる感情が滲んでいた。

「……帰りたい」

「でも、ちょっと待ってくれないか」

「待つって……」

「家に帰るのは、もう少し先にしたい」

「どうして？　パパとママに会いたい」

クランの水が合わなかったのか、あるいは何か問題があったのか。あったに違いない。クランは、ジェーンを殺している可能性がある。彼女はそれを見てしまったのではないだろうか。それで自分も身の危険を感じ、逃げ出した——クランの暗い正体に気づいたわけだ。

「ジョー、どうして彼女の家に行かないの？　早く家族に会わせてあげたら？」リズが訊ねる。

「家に帰ると、彼女はクランに見つかる恐れがある」

「だったら事務所は？」

「駄目だ。マスタングをあそこに置いてきてしまった。奴らはナンバーから俺の名前を割り出すかもしれないし、近所の人にも気づかれているだろう。ということは、警察にも連絡がいく。つまり――」

「ジョーはお尋ね者になるっていうこと？」

「俺は別に何もしてないけど、警察に関わっている暇はない」俺はナオミに確認した。「奴らは、君の家を知ってるよな？」

「知ってる」ナオミが震える声で答えた。

「リズ、どこかでナオミの家に電話をかけよう。家族にも、逃げてもらわないといけない」

「パパとママが？」ナオミが叫んだ。「駄目！」

「分かってる。二人にも安全なところに避難してもらおう」

「でも、ジョー、隠れるってどこへ？」リズが割って入る。

「ニューヨークに、ホテルがいくつあると思ってる？」

「そうか……」

これがウッドストックのような田舎町だったら、隠れるのも結構大変だ。しかしマンハッタンは砂漠である。大量の砂に紛れた一粒の砂を見つけ出すのは不可能だ。

「とにかく、最短距離でマンハッタンへ戻ろう」

「了解」

ウッドストックからマンハッタンへ向かうには、ニューヨーク・ステート・スルーウェイを通るのが一番近道だ。リズはこの長い長い道路に出ると、制限速度ギリギリの六十五マイル（約105キロ）までスピードを上げた。既に日付は変わっていて、走る車は少ない――ほとんどがトラックだ。制限速度内で走るトラックを次々にパスし、じりじりとマンハッタンへ近づく。気が急いたが、俺は最初のサービスエリアに入るよう、リズに指示した。

　車を駐車場に停めると、ナオミが身を固くした。停まってしまったことで、誰かに捕まるのではと不安になったのだろう。

「腹は減ってないか？」俺はできるだけ気楽な調子を心がけてナオミに訊ねた。ナオミは首を横に振るだけだった。「トイレは？」

ナオミもリズも「ノー」。俺もまったく尿意を感じなかった。体内の水分が、全部冷や汗になって出てしまったようだった。

　ガソリンスタンドに併設された、小さなコンビニエンスストアがある。俺たちは三人固まってそこへ入り、電話を借りた。まず俺が、父親のハリスと話す。ハリスは寝ずに電話の前で待機していたように、すぐに反応した。

「ミスタ・ハリス、娘さんを見つけました。今、我々と一緒にいます」

「何だと！」ハリスの声が、俺の鼓膜をぶち破りそうな音量で響いた。

「今言った通りです。娘さんが、自分で逃げ出したところを救出しました。今、マンハッタンに向かっています。一時間ぐらいで着く予定です」

「それは……助かった」ハリスが安堵の息を漏らす。「君には感謝してもし切れない」

「こちらの勝手な判断でやったことです」ナオミを救い出すことで、ジェーンの魂を天国へ送ることができるかどうか。「今、娘さんと電話を代わりますが、一つ提案――お願いがあります」

「何だ？　もちろん、お礼ならさせてもらうつもりだ」

「違います。逃げて下さい」

「逃げる？　私が？」侮辱されたとでも思ったのか、ハリスがむっとした口調で言った。「私は現役時代から、一度も逃げたことはない。いつも正面から戦って勝ってきた」

「相手が武装していても、ですか」俺は、自分たちを狙った銃の音を思い出していた。今冷静になって考えると、あれは自動小銃だ。普通の人が持っているはずがない。ベトナム帰還兵のように見えた二人組が、ハーディンの大きな作品をギャラリーに運んできた、という話を思い出した。彼らが軍からくすねてきたのは、自動小銃だけだろうか……。

「相手は軍人なのか？」

「分かりません。我々の常識では理解できない人間である可能性もあります。だから、一時的にでも娘さんと一緒にホテルにでも隠れてもらえれば。その間に何とかします」

「君を信じていいんだな」

「信じて下さい。娘さんを無事に救出しましたよ」

「――そうだな」

「今夜中にお願いします。どこに泊まることになったか、明日の朝になったら知らせて下さい。先日渡した名刺、ありますよね？」

「ああ」

「明日の朝、八時から九時には事務所にいるようにします。その時間帯に電話を下さい。今後のことを相談しましょう」

「何と礼を言っていいか……ナオミと話せるか」

「もちろんです。しかし、手短かにお願いします。できるだけ早くマンハッタンに戻りたい」

ナオミに受話器を渡す。受話器を耳に押し当てた瞬間、ナオミが泣き出した。これでは話はなかなか終わらないだろう。リズが肩を抱くと、少しは落ち着いたようだが、俺は周囲を気にしなければならなかった。尾行されている可能性もある――尾行されていると考えねばならないだろう。俺だったらそうする。機動性に優れたバイクがあるのだから、カプリスを尾行して俺の落ち着き先を割り出すのが一番手っ取り早い。クランの連中がどんなに強力なコネを持っていても、こんな時間にナンバーから持ち主を割り出すのは不可能だ。法執行機関でも、そんなことはできない。

ナオミは五分ほども受話器を握りしめていたが、ほとんど会話にならなかった。それでも父親の声を聞いて、何とか少しは落ち着いたようだった。かなり異常な状況だったが、カウンターについていた若い店員は、ぼうっとした表情のまま固まっている。立ったまま寝ているのか、あるいは店員の人形を置いてあるだけかもしれない。

俺はコーラを三本買い――店員は人形ではなかった――運転を代わることにした。その前に、まずカプリスの被害を確認する。致命的なダメージではないが、銃撃を受けたので、内側に弾痕が二ヵ所。左後部のドアが開いたまま銃撃を受けたのだろう。すぐに銃撃によるものだと分かってしまうから、あれこれ詮索しない、口の固い――あるいは何事にも無関心な自動車修理工場を見つけなければならない。

「少し後ろで休んでいてくれ」

「私は十分寝たわよ」リズが反論する。

「ナオミの方だ。寝てないいんじゃないか？」コンビニエンスストアに入って、初めて明るいところで彼女の顔を見たのだが、ひどく疲れて、目の下には隈ができている。何日も眠れない時間を過ごしたのは間違いないだろう。「ここまで来たらもう安心だから、マンハッタンまで寝ててくれ」

「ホテルはどうするの、ジョー」リズがコーラを飲みながら訊ねた。

「向こうへ着いたら探そう。できるだけ、マンハッタンの中心部がいい。混んでいればいるほど、見つかりにくくなる——とにかく、寛いでいてくれ。もう安心だから」

安心ではなかった。

ニューヨーク・ステート・スルーウェイに戻ると、すぐに尾行に気づいた。尾行というか、襲撃——真っ暗だったバックミラーの中で、急に光が爆発する。追いかけてきた車が、突然ヘッドライトをつけたのだ。いや、ライトは一つ——奴らのハーレーダビッドソンだろう。ハーレーはぐっとスピードを上げると、一気にカプリスの横に並んだ。このカプリスは化け物のように巨大なV8エンジンを積んでいるから、ハーレーを振り切るのは難しくないだろうが……ちらりと横を見ると、ハーレーは隣の車線を走っていた。ライダーは、頭が完全に隠れるヘルメットを被っているものの、顔は見える。無表情——何かに自動操縦されているようだった。左手を伸ばすと、いきなり暗闇の中に光が走る。その直前、何が起きるかを予想していた俺は、慌ててブレーキを踏みつけた。しかし間に合わず、助手席側の窓ガラスが一気に吹き飛ぶ。同時に、衝撃と生ぬるい感触を感じた。クソ、どこを撃たれた？　耳が熱い。それでも意識ははっきりしているし、痛みに打ち負かされるような状況ではない。

ナオミの悲鳴が車内に走る。リズは持ち堪えている――バックミラーを覗くと、ナオミはリズの膝に身を投げ出し、震えている。リズはナオミの肩に手を当てていた。バックミラーの中で、リズと目が合う。彼女が平然とした表情でうなずいたので、俺は内心驚愕した。自分が撃たれていたかもしれないのに、どうしてこんなに平然としていられるのだろう。俺は……平気ではなかった。鼓動が激しく、吐き気がするほどだった。

周囲を見回す。ハーレーは見えない。

「ジョー、左！」リズが叫ぶ。

慌てて左側に目をやると、そちらに回ったハーレーは、カプリスのすぐ近くに迫ってきていた。ライダーは左利きなのだろう。だから先ほどは右手でアクセルを操作したまま、左手で撃てた。しかし、左側にいたらどうか……ハーレーのライダーは上体を捻り、銃を持った左手をこちらに向けてきた。

俺は咄嗟に、ハンドルを左に回した。一気にハーレーに近づいたものの、ぶつかるほどではない。しかしそれでハーレーはバランスを崩し、サイドミラーから消えた。すぐに火花が散って、どん、と鈍い音が聞こえてくる。よし――サイドミラーの中で、ハーレーが横倒しになって、ライダーが転んでいるのが見えた。中央分離帯の両側は、深い芝になっていたはずだ。あそこだったら、芝がクッション代わりになって死なずに済んだかもしれない。

両手でがっしりハンドルを握り、何とか呼吸を整える。ナオミの泣き声が聞こえてきたので、俺は前を向いたまま「大丈夫だ！」と怒鳴った。次の追手が現れるかもしれないが……ウィンドブレーカーのポケットから煙草を取り出し、震える手で何とか火を点ける。ようやく火が点いたが、煙を吸いこんだ途端に吐き気が込み上げてきて、窓を大きく開いてラッキーストライクを投げ捨てた。サイドミラーの中で小さな火花が散る。

とんでもない状況になった。

しかも奴らとの戦いは、始まったばかりなのだ。

第六章　ニューヨーク晴れ、

適当な配置の部屋が確保できるホテルが見つかるまで時間がかかり、ようやく転がりこんだのは、午前三時だった。隣同士の二部屋。リズとナオミは同じ部屋で休んでもらった。俺は隣……シャワーは省略して、バスルームの鏡で耳の傷を確認する。幸い、銃弾がかすっただけのようで、耳の一部が持っていかれたわけではなかった。既に血は止まっているし、放っておいてもいいだろう。

着替えもせずにベッドに倒れこみ、瞬時に眠りに落ちる。頭の中では不安が渦巻いていたのだが、疲れはそれを上回った。

朝六時半、モーニングコール。バスルームに入って、改めて鏡で怪我の具合を確認する。問題なし、と勝手に判断して、シャワーを浴びた。傷を濡らさないように気をつけていたので、満足行くまで浴びたわけではないが、最初熱湯、それに耐えられなくなったところで冷水に切り替えてしばらく我慢していると、ようやく体が目覚めてくる。

耳の傷以外には、特に怪我はなし。体のあちこちが痛んだが、これは怪我のせいではなく単なる筋肉痛である。昨夜、何の準備もなしにいきなり体を動かしたから、こういうことになる——探偵の仕事では、何かに備えて準備運動をする機会など、まずないのだが。

受話器を取り上げ、今朝一本目の煙草に火を点けて、リズたちが泊まった部屋の番号を回す。リズがすぐに電話に出た。

「おはよう。もう起きてたか？」

「というより、眠れなかった」リズがボリュームを絞った声で言った。「怪我の具合は？」

「放っておけば治る。ナオミは？」

「まだ寝てるわ。さすがに疲れたみたい……これからどうするの？」

「俺は事務所へ行って、ミスタ・ハリスからの連絡を待つ。君はナオミと一緒にいてくれ。朝飯は、外へ出ないでルームサービスを取るように」

「クランが、ルームサービスに変装して襲ってくるかもしれない」

「クランの連中に、このホテルを見つけ出す力があるとは思えない」ハーレーのライダー以外に尾行者がいなければ、だが。

「じゃあ、部屋で待機してる。戻りは何時？」

「十時までには」

「ジョーに言う必要はないと思うけど、気をつけて」

「ご忠告、ありがたく受け取るよ」

「何でそんなに素直なの？」

「殺されかけた翌朝ぐらいは、誰でも素直になる」

「だったら、毎日一回ぐらいは命の危険があるといいね」

「それは勘弁してくれ」

電話を切り、俺は出かける準備を整えた。財布と鍵……ふと、リキにだけは連絡しておこうかと思った。警察に任せず、自分で全てを解決するつもりでいたが、いざという時の保険が欲しい。安心して背中を預けられる相手は、リキしかいなかった。

いや、もう少し待とう。ナオミからクランの実態を聞き出してからでないと、話すべき材料は乏しい。

ホテルの前でタクシーを拾い、事務所の住所を告げた。しかし、敢えて遠回りになるルートを指定する。黒人の運転手は、バックミラーを見て一瞬怪訝そうな表情を浮かべたが、結局何も言わずに走り出した。ニューヨークでは、変わったことを言う人間は珍しくない——それが当たり前だということを、今更ながら思い知ったのかもしれない。

タクシーに乗っている最中も、時々後ろを振り返って尾行がないことを確認する。誰にもつけられていないと確信はできたが、念のために事務所の二ブロック手前で降りた。歩いて事務所の周囲を一周してから、かなり離れたところにあるダイナーに入る。窓際の席に陣取り、道路に視線を走らせた。尾行・張り込みしている人間はいないはずだが、用心に越したことはない。

コーヒーとオレンジジュース、それにオーバーイージーの卵二個とベーコン、パンケーキの朝食を頼む。この店に入ったことはなかったが、大当たりだった。ひっくり返して十秒焼いただけの卵は火の通り方が完璧だったし、ベーコンは分厚くて食べ応えがある。オレンジジュースも搾りたてで爽やかだった。昨夜からの不安や恐怖まで、一気に吹っ飛んでしまうような朝食——ただし、値段はサムズ・キッチンの二倍だ。

コーヒーをお代わりし、今日二本目のラッキーストライクに火を点けて、前の客が置いていったニューヨーク・タイムズに目を通す。気になるのはスポーツ面……メッツは昨日もフィリーズを3対0で下していた。これでナ・リーグ東地区首位のカブスとは三・五ゲーム差。残り試合も少なくなってきたが、このところのメッツの勢いを考えると、逆転優勝も夢ではない。それにしても、あの弱かったメッツがもう七十九勝も挙げているのだから、それだけで拍手ものである。一方ヤンキースは、ここ数年の定位置――五位に沈んでいた。昨日は勝ったものの、インディアンス相手に1対0の渋い試合だった。

とにかくメッツは頑張っている。メッツが頑張っているのだから自分も、というのは変な考えかもしれないが、今年のニューヨークが数年ぶりに熱くなっているのは間違いない。毎年のようにヤンキースとドジャースがワールドシリーズで戦った五〇年代から六〇年代――さながら野球がニューヨークだけで行われているスポーツのようだった時代を思い出す。

新聞を畳み、チップをたっぷり弾んだ料金をテーブルに残して、事務所へ向かう。念のため、またルートを変えてブロックを一回り――その結果、事務所の鍵を開けた時には、既に午前八時を過ぎていた。電話が鳴っている。慌てて飛びついたが、間に合わない。ハリスからの電話を逃してしまった。いや、「八時から九時の間」と言ったから、必ずまたかけ直してくるだろう――と考えた瞬間に、もう電話が鳴った。

「ミスタ・ジョー・スナイダー？」ハリスの慌てた声が耳に飛びこんでくる。

「娘さんは無事です」俺は、昨夜泊まったホテルの名前を告げた。「今朝、私が出かける時には、まだ寝ていたようです。今は私の助手が一緒にいて、警戒しています」

「そうか……改めて礼を言う」

「そちらは、どこに泊まっていますか」

　俺は、ハリスが告げるホテルの名前を書き取った。俺たちが泊まったホテルより、二ランクほど上……ＮＢＡで活躍した選手は、現役を引退しても、まだ贅沢できる余裕があるようだ。そもそもハリスは、浪費したり誰かに騙し取られたりして財産を失うタイプには見えないが。堅実、という形容が非常に似合う。そういう人が娘を失いかけたら、自分のせいではなくても大変なショックを受けるだろう。

「今すぐ、そちらへ向かう」

「もう少し待って下さい。午前中だけ、私にいただけますか」

「早く娘に会いたいんだ！」ハリスの声が爆発した。娘のことになると、抑えがまったく効かなくなるようだ。

「私の方で、娘さんから聞いておきたいことがあるんです。それと、弁護士のエヴァ・クラークにも話をしておきたい」

「君は……この情報をミセス・クラークから聞いたのか？」

「イエスともノーとも言えません。ただ、ミセス・クラークは、このカルトのことを調べています。彼女の耳には、この件を入れておく必要があります」

「そういうことなら、私が話す」

「冷静に話せますか」

　電話の向こうで、ハリスが黙りこんだ。俺はすかさず「誰が話してもいいことですが、私の方が冷静になれます。ミスタ・ハリス、あなたは必ずしも冷静ではない」と指摘した。

「私は冷静だ！」

「昨夜、眠れましたか？」

「それは……」

「私は、睡眠時間は短かったですけど、泥のように眠りました。こんなに深く寝たのは、七歳の時以来です」戦争前、何の悩みもなかったあの頃のように。

「──分かった。では、私は昼に君のホテルへ向かう。その時に、確実にナオミに会えるようにしてくれ」

「もちろんです」

「──改めて礼を言う」

電話を切って、煙草に火を点ける。この状況は、ハリスとしては歓迎すべきものだと思うが、ここから先はずっと大変だろう。捜査が進めば、ナオミは警察の事情聴取を受けねばならない。彼女自身の精神状態も心配だ。カウンセリングは必須だが、カルト問題に詳しい精神科医が見つかるかどうか。この辺はエヴァに相談すべきだろう。

さて、まずは俺がナオミからしっかり話を聴かねばならない。ホテルへ戻ろうと思って立ち上がったところで、また電話が鳴った。日曜の朝に何だ、と訝ったが、無視するわけにもいかない。受話器を耳に当てた瞬間、戸惑いの声が聞こえてくる。

「ミスタ・ジョー・スナイダー？」

「ミスタ・イングランド」ウッドストック署のイングランド警部だった。「おはようございます。日曜の朝早くからどうかしましたか？」

用件は分かっている。撃たれてぼろぼろになった俺のマスタングが見つかったので、捜査を始めたのだろう。何とか誤魔化さないと。俺はできるだけ快活な声を出した。

「あんた、こっちに来てたか？」

「ええ」

「あんた名義のマスタングが、蜂の巣になっていた。何があった？　そもそもあんた、生きてるのか？」

「警部が今話している相手は、幽霊じゃないですよ」俺は声を上げて笑った。ひどくわざとらしくなってしまう。

「現場は無人の農場のすぐ近くだった。あんなところで何をしていた？」

「もしもし？」俺は掌で送話口を擦った。

「あんなところで何をしていた！」イングランドが声を張り上げて繰り返す。

「もしもし？」もう一度、もう少し激しく擦る。「接続が悪いみたいですけど、聞こえますか？」

「おい！」

俺は受話器をそっと電話機に戻した。ウッドストック署は、何が起きたか、すぐに割り出すだろう。しかし警察に話すわけにはいかない。これは俺の事件であり、自分で決着をつけねばならないのだ。

ホテルに戻り、リズの部屋のドアをノックする。予め決めておいた通りに、短く二回、間を置いてさらに二回。リズがチェーンをかけたまま細くドアを開け、隙間から俺にうなずきかけた。部屋に入るとすぐに、「何か異常は？」と訊ねる。リズが静かに首を横に振った。

ナオミはベッドに腰かけて、呆然と壁を見詰めていた。まだショックから抜けきっていない様子である。いつの間にか着替えていたが、これはリズの服のようだ。髪はまだ濡れており、シャワーを終えたばかりだと分かる。

「ミス・ハリス」

ナオミがのろのろと顔を上げる。

「朝食はどうだったかな」

「あ……はい」

空になった皿が何枚か、テーブルに置いてある。すっかり食べたということは、何とか元気は取り戻したわけだ。食べることは、全ての基本になる。

「ご両親とは、先ほど電話で話した。別のホテルに避難していて無事だ。昼にはここへ来るから、皆でランチでも食べよう……その前に、あなたには話を聞かせて欲しい」

「何……ですか」ナオミが怯えた。

「何があったかだ。君はどうしてあの農場にいて、どうして逃げ出したか、詳しく教えてくれないか」

「ジョー、ちょっと待って」

リズが、大きなバッグを漁って、小型のテープレコーダーを取り出した。

「いつの間にそんなものを？」

「念のためにね……今日は録音しておいた方がいいよ」

「そうだな」俺はうなずいた。実に準備がいい。録音された証言があれば、後で警察に説明しやすくなるし、裁判でも有効な証拠として認められる。俺はデスクに向けて顎をしゃくり、「そこに座ってくれ」とナオミに言った。

ナオミがのろのろと立ち上がり、デスクにつく。リズが、デスクにテープレコーダーを置いて、録音ボタンを押した。俺はデスクの近くの壁に背中を預けて立ち、リズはベッドの上に座りこんであぐらをかくと、メモ帳を広げてボールペンを構えた。

「まず、最初から——お父さんの許可を得て、君の部屋を調べた」俺は声を張り上げた。ナオミがびくりと身を震わせる。「君は、自分から進んでクランに加わったんだね？　そもそもどうして、クランに興味を持ったんだ？」

「友だちから……学校の友だちから冊子を貰って」

「ごく薄い冊子だね？　最後のページに、連絡先が載っている？　タイトルは『神の国の主』——そんなものが、学校で出回っているのか」

ナオミが無言でうなずく。その友だちはどうやって手に入れたのか、さらに訊ねる。

「彼女は、コンサートに出かけてもらったって言ってた」

「いつ？」

「半年ぐらい前。セントラル・パークで開かれたコンサートで配っていたって。彼女は興味がなかったみたいだけど、私なら面白いかもしれないって渡してくれて」

「君は宗教に興味を持っていたのか？」

「そういうわけじゃなくて、ベトナム戦争に反対してただけ。でも、デモに参加したりしていたわけじゃないのよ。何となく不安で……アメリカと全然関係ないところで戦争をしているのに、何だかアメリカの国内で戦争をやってるみたいで。それに、従兄弟がベトナムから帰って来て、すっかり変わってしまった」

「その従兄弟というのは？」

「二十五歳。私は彼から、バスケットの手ほどきを受けた」

コーチ役は父親ではなかったわけだ……プロ選手として、試合とトレーニングの日々を送ってきたハリスには、娘にバスケットボールを教える暇もなかったのだろう。

「それで、『神の国の主』を手に入れて読んだ。君の心には、あの内容が響いたわけだ」

「アメリカが駄目になるっていうのは、私が考えていたことそのものだから」ナオミがうなずく。

「クランに連絡を取った？」

「手紙を出して、ジェシカに会いました。ジェシカっていうのは――」

「ハーディンの秘書みたいな人だ」

「神官です」ナオミが唇を尖らせて訂正した。

「神官？」

「神の言葉を伝える役目の人。だから神官」

「つまり、ハーディンが神だ、と」

ナオミは「イエス」と言わなかった。首を縦にも振らなかった。少し前ならクランを宣伝して熱弁を振るっていたかもしれないが、今の彼女は違う――たぶん、毒が抜けたのだ。その経緯を聞くのは辛いが、聞かないと始まらない。

「ジェシカに会ってみてどうだった？」

「静かな人だった。静かで理知的な人。クランに入るのは大賛成だけど、皆と一緒に共同生活を送ることになるからよく考えて、と言ってくれた」

いかにも慎重、親切な態度を装ったわけか。ジェシカと会話を交わしたことはないが、確かに事務的に有能な感じはする。秘書役――神官かもしれないが――として適した資質だろう。

「ハーディンに会ったのは？」

「今回、クランに合流した時に、初めて」

「何人ぐらいいたんだ？」

「あの農場に？　十人ぐらいです。でも、全米各地に千人は仲間がいるって」

「あの農場は何なんだ？」

「クランに参加したばかりの人間が集まって、基本的な教えを受けるんです」

「研修施設？」

「そう、そんな感じ」ナオミがうなずく。次第に言葉に力が籠ってきた。「あそこで、ハーディンの教えを一から学んでいった。それで、アメリカは本当に駄目になると分かって……」

「そこが分からないんだが」俺は思わず反論した。「ベトナムは遠い国だ。戦っている人は大変だと思うけど、自分の周りを見てみろよ。皆豊かで、生活を謳歌している。君たちが好きな音楽だって、ベトナム戦争に反対する姿勢を見せながら、それで金を儲けている」ロックンロールはティーンネイジャーを踊らせ、彼らの小遣いを吸い上げる最高の手段――と言ったのは誰だったか。身も蓋もない言い方だが、音楽業界の人間にすれば、それは常識なのだろう。

「そんなことは分かっているわ」ナオミが険しい表情を浮かべた。「ハーディンも、音楽を利用した。自分の音楽に興味を持つ人を、仲間に引き入れようとした」

「そんなことをされたら……」

「金儲けのためと、自分の教えを広めるため――音楽を利用するなら、どっちが悪いかしら」

「ああ、申し訳ない。俺の方から言い出したけど、この話は撤回しよう」音楽の「意味」を話し出したら、いつまで経っても終わらない。「そこで、『神の国の主』に書いてあるような話を聞くわけだ」

「今、どこでもベトナム戦争反対の運動をやっているでしょう? あれがどんどん広がる。暴力的な波になるのも時間の問題。そうなったら、警察にも軍にも止められない。ベトナム戦争がきっかけになって、アメリカは二つに分かれて戦争状態になる。そうなったらソ連にもつけ入られて、アメリカは滅びる」

「まさか」

「最初は極端な話だと思ってた。でも、実際にハーディンに会って話を聞くと、本当にそうなると分かった。その日は迫っている──一九七一年九月」

「二年後じゃないか」こういう話はよく聞く。預言者もどきの人間が「●年●月に世界は滅びる」「神の審判が下る」と「預言」して、その難から逃れたい信者がパニックを起こして大騒ぎになる──そういうことは過去に何度もあった。結果的にそんなことは起きていないわけで、信者が激怒して預言者を袋叩きにする。あるいは預言者が詭弁《きべん》を弄して逃げ切ることもある。「君はそれを信じた」

「あちこちで、本格的な武力衝突がもう始まっていて、政府やマスコミはそれを隠している。証拠の写真も見せてくれた」

でっちあげだ。写真など、どうとでも加工できる。ハーディンはアートカレッジの出身だから、そういう技術も身につけている可能性がある。

「それで、アメリカを逃げ出してアフリカへ行く、か。アフリカのどこへ行くかは決まっていたのか？」

「ナイジェリア。もう土地を買って、何人かが先に現地に行っているという話だった。土地の所有の証明書も見せてくれたし、クランのメンバーが、向こうのサバンナで現地の人と写っている写真もあった。ナイジェリアでも、クランのメンバーは増えている」

全てに反論できた。証明書だって写真だって、何とでも偽造できるものだ。しかし俺はうなずくだけで、彼女に話を続けさせた。ナオミの言葉にはさらに熱が入ってきた。

「ナイジェリアには、千人ぐらいが行く予定だった。それぐらいの人数がいないと、まとまって、自立して生活していくことはできない。新しいアメリカを作るための礎としても、最低千人は必要だから、あと二年のうちに渡航して神の国を作るための費用を貯めることが大事だという話だった。祈ることも勉強することも大事だけど、そのために金を稼ぐのを馬鹿にしてはいけない」

構図が読めてきた。千人もの人を働かせていれば、かなりの額のドルが集まる。ハーディンはそれを持って、「神官」であるジェシカ、あるいはハーレムを構成する若い女性たちと一緒に、南米へでも飛ぶ。大金を持って、あとはビーチで美味いカクテルでも呑みながら、悠々自適の生活を送るつもりなのだろう。金がなくなったら、今度はアメリカ以外の国で詐欺を始めればいい。

宗教は金になるのだ。テレビ伝道師がどれだけ金を集めるか、聞いただけで目が回りそうになる。

「君は、その教えを全面的に信じた」

「自分が不安を感じていることに、全部正解が出たような気がしたんです」ナオミが真剣な表情で打ち明けた。「ベトナム戦争の行方が本当に心配で……アメリカ人が、自分たちに全然関係ないベトナムの人を殺している。その罪は必ず清算されなければならないけど、絶対に暴力的な方法を伴う。それを止めることは誰にもできない――それを聞いて、本当に怖くなってしまって」

「だからアフリカに脱出しようと思った」

「私はアメリカを愛してます。滅びるなんて、考えただけでも悲しくて死にそう。滅亡が避けられなくても、他の形でアメリカを生き残らせることができたら……」

「ハーディンはどんな人間だった?」

「静かに、深い声で話す人で、いつの間にか引きこまれてしまいます。彼の歌も……心に静かに沁みてくる感じで、言うことに全て説得力があります。でも、ジョークを言うこともあるし、難しい人ではありません」

「でも君は、逃げ出した」俺は指摘した。

ナオミの表情が急変する。理想の居場所を見つけたと思ったら何かが起きた——しかし、それを告げるべきかどうか迷っている感じだった。

「話してくれ。話してくれないと、これからどうしたらいいか分からない」

「毎晩——ハーディンは何人かのクランのメンバーと寝ていました」

「何人か？」

ナオミが暗い表情でうなずく。俯《うつむ》き、しばらく指をいじっていたが、やがて意を決したように顔を上げた。

「何人か。でも私は、一度も呼ばれていない——たぶん、黒人だから」

「ハーディンは、白人の女性としか寝ていない？」

「はい。何をしているか、他の子たちに聞いてみたけど、『神の遺伝子を継ぐためだ』って……そういうことですよね？」

吐き気がしてくる。予想してはいたことだが、やはりハーディンはハーレムを作っていただけなのだ。それが主な目的かどうかは分からないが、間違いなく、自分の元に集まってきた若い女性を慰み者にしていた。それでも離れられないのは、彼の洗脳がそれだけ強烈だったからか……。

「ジェーンは？」

「彼女も……」ナオミがまた俯く。「でも、それだけじゃなかったんです」

「何かあったのか？」

「ハーディンは急に、ジェーンが悪魔の子だって言い始めて。ジェーンは殺されました」

「撃たれて？」

「……はい」

「いきなり決めつけて？　何の申し開きもさせずに？」

ナオミが二度、素早くうなずく。顔を伏せたまま、小さく震える声で話し始める。

「夜中の二時に、突然集められて……ハーディンが『ジェーンは、クランにいるべきではない。間違った人間を選んでしまった』って言い出して……そういう人間は、追い出すだけでは済まない。抹殺して、神に命を浄化してもらう必要があるということでした。それでハーディンが、自分でショットガンを持ち出して、いきなりジェーンを撃って。他の人たちが、ジェーンの遺体をどこかへ持って行った」

そして別の農場に遺棄した。怒りがふつふつと湧き上がってきたが、一方には冷静な俺がいる。ハーディンは何故、自分を慕ってきた人をいきなり殺した？　おそらく組織の引き締めのためだ。いい加減な教義と催眠に誘うような音楽で若い人を惹きつけておいて、自分の言うことに従わなければ容赦なく殺す――恐怖心を植えつけて、クランのメンバーを完全にコントロールしようとしたのだろう。

しかし失敗した。脱走者——ナオミ。

「ジェーンは何で選ばれた？　彼女、何かしたのか？」

「逃げ出そうとしてた。夜の——その、ハーディンのところに呼ばれた時に、拒絶したの。『気持ち悪い』と言って、逃げ出すつもりだった」

「その件を君にも話していた？」

「ジェーンは歳が近かったし、最初からよく話していたから……父の話をすると、驚いてくれた」

「ミスタ・ハリスは、誰でも知ってるスーパースターだったからな」俺はうなずいた。ナオミの顔がわずかに綻ぶ。いい兆候だ、と俺はほっとした。ナオミは家族を捨てて逃げ出したのだが、父親に対する尊敬の念は変わらずあるようだ。だから、ハリスが褒められると嬉しくなるのだろう。

「ジェーンは、何かおかしい、クランもハーディンも間違ってるんじゃないかって言い出して」

「それに対して君は何と？」

「何も言わなかった。ジェーンの感覚は正しいと思ったけど、余計なことを言うと怖い……いつも周りに人がいて、勝手な話はしにくかったから」

ナオミは、あの農場に何人いたか、正確に思い出してくれた。ハーディンとジェシカ。若い女性のメンバーが七人。男性が三人。それ以外に、自分たちとは少し違う感じの男性が四人、頻繁に出入りしていた。

「少し違う感じというのは？」

「ヒッピー風の格好もしてなくて、何だか怖い感じ……よくバイクで出かけたりしてて、クランの教えの勉強もしていませんでした」

「戦士」だ、と俺にはピンときた。戦士というか、用心棒。警察などの手が迫ってくるのを恐れて、メンバーに加えていたのかもしれない。ハーディンの教えに引き寄せられたというより、金で雇われてきた可能性もある。聖戦のための戦士ではなく、「傭兵」というのが正しいかもしれない。

「ということは、あの農場にいたのは、合計で十六人になるわけだ」

「でも、出入りがありましたから。全員と仲良くなる時間もなかった」

「逃げ出すことを決めたからでもある？」俺は念押しした。

「ジェーンが殺されて……急に目が覚めて。どんなに立派なことを言っても、自分を信じて頼って来た人を殺していいわけがないでしょう」

「まったくその通りだ。君は百パーセント正しい」俺はうなずき、彼女を勇気づけた。「しかし、よく逃げ出せたな。相互監視みたいな状態になってたんだろう？」

「一瞬、隙を見て。だから何も持ち出せませんでした。すぐに見つかって追いかけられて、もう駄目だって思った時に、あなたが助けてくれて」

「ずっと張り込みしていたんだ。誰かがいるのは分かっていたけど、それがハーディンたちだという証拠はなかった。中を調べようと思って入ったら、君が逃げ出してきたんだ」

「死ぬかもしれなかった……」ナオミの目に涙が滲む。

「生きてるんだから、もう何も心配しなくていい。ハーディンのことも、一刻も早く忘れよう」

返事が一瞬遅れる。もしかしたらナオミはまだ、ハーディンの教えに囚われているのかもしれない。家族、そしてエヴァと相談して、何か上手い手を考えないと。それは、今もクランに参加している他のメンバーに関しても同じだ。本当に、ウッドストックのあの農場だけでなく他の場所にもメンバーが隠れているなら、大規模な捜索とカウンセリングが必要になる。

俺は腕時計を見た。いつの間にか、話し始めてから一時間が経ってしまっている。

「さっきも言ったけど、昼にご両親がここへ来る。それまで、少し休んでおいたらどうかな」ナオミは明らかに疲れている。短い睡眠は休息にならなかったようだ。

「大丈夫です。でも、コーヒーが欲しいかな」

「頼もう」

リズがベッドから降り、受話器を取り上げた。コーヒーを頼むと、ナオミの肩にそっと手を置く。ナオミが静かに目を閉じ、溜息をついた。

十分後、コーヒーが到着。俺は煙草に火を点けて、一息ついた。しかし、コーヒーを一口飲んだナオミが「あ」と大声を上げたのでむせてしまう。

「どうかしたか？」

「一つ、言い忘れました。ハーディンたちは今日、マンハッタンに来るはずです」

「何のために？」

「分かりません。ただ、今日全員でマンハッタンに移動すると言ってました。そこで用事を終えたらまた別の場所に移動する……」

「何か用事が？」

「たぶん、危ないことです。相談していました」

「誰と？」

「その、メンバーらしくない男の人たちと。何か騒ぎを起こすつもりかもしれません」

「もう少し詳しいことは分からないかな」

「メッツがどうとか……スタジアムに行く、という話もしていました。たまたま立ち聞きしてしまっただけで、それ以上のことは分かりませんけど」

急に危険な予感が膨れ上がる。今日、メッツはシェイ・スタジアムでフィリーズ戦だ。そこで何か騒ぎを起こす――クランは密かにメンバーを増やして、アメリカを出て行くつもりかと思っていたが、どうもそうではないようだ。彼が信じる「アメリカの戦争状態」が本物だと世間にアピールするために、テロ行為に走るつもりか？　それなら、メッツの試合はいかにも相応しい。勝利を重ねて逆転優勝を狙うメッツの試合には、今日も多くの観客が押しかけるだろう。そこで爆発事件でも起きたら……悪いことに、クランにはベトナム帰りのメンバーがいる可能性が高い。心に傷を負い、祖国に恨みを抱いた若い兵士たちを丸めこむのは、ハーディンには容易いことだろう。

「リズ、ナオミの両親のことを頼む」俺は煙草をもみ消し、立ち上がった。

「どうするの？」

「今の話、気になる。信頼できる人間と話すよ」

リキに話して、密かに警戒してもらうしかないだろう。ここまで一人で――リズは一緒だったが――走り回ってきたことを後悔する。警察と一緒に動くのは気が進まないのだが、クランの実態をもっと早く調べて、十分警戒しておくべきではなかったか。

後悔しても仕方がない。これからできることをするだけだ。

今日二度目の事務所。ここからリキに連絡するつもりだったが、今日は日曜日である。リキはもうパトロール警官ではないから、何か事件でもない限り休みで、家で家族と過ごしているはずだ。とにかく自宅へ電話して——と思ってドアを開けようとした瞬間、メモが挟みこんであるのに気づいた。殴り書きの乱暴な字。

ナオミ・ハリスを返せ。返さないと犠牲者が出る。正午に電話をかける。

ハーディンの署名。鼓動が跳ね上がる。奴は——奴の手下は、やはり俺の事務所を割り出していたのだ。クソ、ここはもはや安全な場所ではない……今も尾行・監視されている恐れもある。しかし向こうが電話をかけてくると言っている以上、事務所で待機していないといけない。俺は拳銃を抜き、ゆっくりとドアを開けた。銃を構えたまま中に飛びこみ、室内を素早くチェックする。取り敢えず、待ち伏せされてはいなかった。

デスクについて腕時計を見ると、十一時五十分。危なかった……しかしハーディンも、俺がどうして昼にここにいると判断したのだろう。やはり尾行されている？　慌てて、先ほどまでいたホテルに電話を入れ、リズの部屋につないでもらう。

「ナオミのご両親は？」

「今来たところ」リズが声をひそめる。「しばらくここから出られないと思う」

「出ない方がいい。食事をするなら、部屋にいる方が安全だ」

「どういうこと？」

俺は事情を話した。リズがすぐに反論する。

「ルームサービスの方が危ないんじゃないかしら？　ルームサービスの振りをして襲って来るかも」

「そのホテルには、専属の探偵がいるはずだ。彼に連絡を取って護衛してもらえ――でも、君が言う通りだ。人が多いレストランの方が、ハーディンも狙いにくいだろう」

「そうだね」

「でも、ホテルのレストランにしてくれ。外へ出ると無防備になるし、ホテル探偵も、外のことにまでは手を出せない」

「分かった」

「また連絡する。君たちはしばらく、そのホテルに籠っていてくれ。必要なら、隣の俺の部屋を使ってもいい」

「必ず連絡して」リズが念押しした。

「分かった」

電話を切って、煙草を吸おうかと思ったが、急に軽い吐き気が襲ってきた。今の俺は、これまでにないプレッシャーを感じている。ラッキーストライクを箱に戻した瞬間、電話が鳴った。受話器に手を置いたまま、一つ深呼吸してから取り上げる。

「はい――」

「ジョー・スナイダーだな?」

「ハーディンか?」ピンときて訊ねる。

「ジョー・スナイダー。お前は、神の摂理に逆らった」

ハーディンが低い声で脅しをかけてきた。神の摂理? それを聞いて、俺は少しだけ冷静さを取り戻すことができた。ハーディンのような人間に、「神の摂理」を語る資格はない。

「俺は無神論者なんでね。神の摂理に興味はない」

「お前は、我々の大事な仲間を奪った」

「ナオミか? 彼女は自分の意思でそこを飛び出した。恐怖を感じたからだ。お前は、そこに集まって来た女性たちをレイプしただけでなく、殺した。お前がジェーン・アトウォーターを殺したことは分かっている」

「神のお導きによるものだ」

「お前の信じている神は、悪い神のようだな。もっとも、それがキリスト教の神なら、そもそも嫉妬深く慈悲のない神だ」

俺が無神論に至った過程は複雑だが、元々素直でない子どもだったのは間違いない。日曜には教会に通い、聖書も読まされたのだが、幼心に「この神様はどうしていつもこんなに怒っているのだろう」と疑問を抱いたことは覚えている。それが遠因になり、その後は教会の傲慢かつ古臭いやり方に疑問を持ち、戦争で宗教に対するイメージの悪さは決定的になった。これから人を殺しに行く兵士に対して、神が祝福を与えるのはどういうことだ？

ハーディンの思考の源泉がどこにあるかは分からないが、何か超自然的なものとして「神」の名を持ち出すだけで、胡散臭いと思ってしまう。

「お前は呪われた人間だ。いずれ罰を受ける。しかしナオミを返せば、お前の罪を減じるように神に祈ってやろう」

「どうしてナオミがそんなに必要なんだ？　ジェーンは簡単に殺しただろう」

「アフリカで新たな神の国を作る時、ナオミの存在が重要な意味を持つ」

ナオミを犯さなかった理由——彼女を特別な人柱とでも考えていたのではないだろうか。アフリカに新しいアメリカを建設する時に、ナオミを犠牲にする必要がある……完全に常軌を逸している。

「ナオミが黒人だからか？　黒人だというだけで、ナオミをアフリカに結びつけるのは無理だ。訳の分からない儀式で、彼女を犠牲にするつもりじゃないのか？」

「クランの秘儀をお前に教えるつもりはない。クランに参加すれば別だが」

「俺がクランに入るとすれば、お前の首を掻っ切るためだ。ジェーンを殺した罪は消えないぞ」

「ナオミを返せ。そうしないと、ここにいる女たちを殺す」

「人質のつもりか？」

「ナオミを返せ」ハーディンが呪いのように繰り返す。

「諦めろ。お前たちの存在は、もう警察も把握している」俺は脅しをかけた。

「お前が話したのか？」ハーディンの声がいっそう低くなる。まるで彼の歌――呪詛のような歌を彷彿とさせた。彼のこの言葉、歌声を聴いているうちに、一種のトランス状態に陥ってしまうのかもしれない。実際俺も、軽い催眠状態にかかった。

「警察も馬鹿じゃない。お前らは、ウッドストックの農場に隠れてこそこそやってたつもりかもしれないが、動きはとうにばれてるんだ。ジェーンを殺して遺体を遺棄したこと、その前には、サリバン郡の農場に強盗に入っている」当てずっぽうで言ったが、これは当たっていたようだ。電話の向こうで、ハーディンが黙りこむ。「お前たちが今どこにいるか知らないけど、諦めろ。ナオミは渡さない」

「今夜、また電話する。その時までに、ナオミを引き渡す用意をしておけ」ハーディンは、こちらの話をまったく聞いていないようだった。「拒否すれば、女たちを殺す」

「罪を重ねるな」こんな説得が通用する相手とは思えなかったが、俺は言った。

「警察が動き出しても、女たちを殺す。そうなったら、お前の責任だ。お前の責任で死んだ女たちの魂は天国へ行けない。永遠に地獄で苦しみ続ける。いずれお前もそこで一緒になるだろう」

「地獄と聞いてもまったく怖くないのはどうしてかな」俺は嘲笑った。

ハーディンは電話を切ってしまった。ここまで会話が嚙み合わないことは珍しい。それにしても——背後にまったく雑音がなかったことを思い出す。公衆電話からかけてきたわけではなく、どこか室内にいるようだ。ジェシカの部屋か、と想像する。あそこにも電話があったはずだ。

ハーディンの脅しは怖くなかったが、一つだけ引っかかる。警察を頼る手はここで封じられたわけだ。十分な戦力がないまま、俺一人でハーディンを抑えつけることができるか？

迷った末、受話器を手にして、リキの自宅の電話番号を回した。いない可能性が高いだろうと思っていたが、リキが自分で電話に出る。

「日曜日に、なんだ」リキはいきなり機嫌が悪かった。

「何かしてたか？」

「日曜は、何もなければ休むことにしている。週に一度は何もしない休日を作らないと、俺はもう擦り切れそうなんだ」

「ちょっとシェイ・スタジアムに行くつもりはないか？」

「今日のチケットでも手に入ったのか？」声には熱がない。そもそもリキは、野球がそれほど好きではないのだ。

「いや」

「じゃあ、何なんだ」

「部下を何人か連れて、シェイの近くを私服でパトロールと洒落こむのはどうだろう」

「何言ってるんだ、お前？　大丈夫か？」リキは本気で心配しているようだった。

「詳しいことは言えない。警察には話せないんだ」

「だけどお前は、俺に電話してきた——脅されてるんだな？」リキがすぐに察して言った。俺は沈黙を守った。何も言わないことで、彼の疑念を裏づけたつもりだった。

「何を企んでる？」

「企んではいない」

「じゃあ、いったい——」

「メッツは好調だよな。本当に優勝するんじゃないか」

「夢みたいなこと、言うな。まだ二位だぞ」野球が好きでなくても、ニューヨーク・タイムズの順位表にはちゃんと目を通しているようだ。

「でも、その可能性を信じて、今日もたくさんの人が観に来るだろうな。そこで何か起きたら……」

「何が起きるって言うんだ?」

「それは自分の目で確認してくれ」

「何ではっきり言わない?」

もう一度黙りこむ。察してくれ——と考えているうちに、こめかみを汗が伝い始めた。

「ジョー……」

「俺もシェイ・スタジアムに行く」

「何が起きてるんだ!」

彼の疑問には答えず、電話を切った。こんな風に彼の頭に疑念を植えつければ、動いてくれるかもしれない。刑事は、少しでも疑問を感じたら解かずにいられない人種なのだ。いい刑事ならば。

リキがいい刑事であることを、心から祈らざるを得なかった。

シェイ・スタジアムは、メトロ七系統のウィレッツ・ポイントーシェイ・スタジアム駅のすぐ近くにある。駅を出るとすぐに球場に入れるので交通の便はいいのだが、ここへは地下鉄で来る人ばかりではない。試合がある日は周辺の駐車場は全て埋まり、試合後に素早く脱出するのは至難の業になる。それが分かっているから、俺はメッツの試合を観に行く時には地下鉄を利用することにしているが、その時の混雑の苦痛は、他に例えるべきものがない。クイーンズやブロンクスからマンハッタンまで地下鉄で通って来る勤め人は、毎日この苦しみに耐えているわけで、それだけで俺は彼らを尊敬せざるを得なかった。

しかしハーディンは、何を企んでいるのだろう。満員の球場内で乱射事件？　それとも何かを爆発させる？　それは難しいだろう。球場にも警備員はいて、手荷物のチェックはきちんと行われる。実際、かなり厳しいチェックで、危険物を持ちこむのは不可能と考えていい。銃や爆発物を持って球場内に入りこむのはまず不可能だ。念のために中に入ってチェックすることも考えたが、そもそも俺も銃を持っているから中に入れないし、没収されたら丸腰で捜索に当たらなければならなくなる。だいたい、収容人員五万人を超えるスタジアムで、ハーディンを見つけることができるのか？　いや、ハーディンではなく兵士たちだったら？　顔も知らない。怪しい雰囲気だけを手がかりに異変を捜すのは、まず不可能だ。

――ハーディンは何を狙っているのだろう。例えば……試合が始まって、入場口の警備が手薄になったタイミングを見計らい、銃を乱射しながら球場に乱入するとか――それもかなり難しいだろうが。

試合開始まではまだ三十分ある。俺は球場周辺を一回りしてみることにした。ルーズヴェルト・アベニューは、地下鉄から降りて球場へ向かう人たちでごった返している。百二十六番ストリートに入ると、今度は近くの駐車場から球場へ向かう人たちの波に巻きこまれた。激しいダンスをするように体を捻りながら歩き続けたが、自分が何を探しているのかは依然として分からない。

このまま真っ直ぐ歩くと、シー・ロードにぶつかる。そこまで行くと、スタジアム自体からはかなり離れてしまう。百二十六番ストリートの球場の向かい側には、何故か自動車修理工場など車関係の店が並んでいる。ニューヨークにしては土地が余っているせいだろうかと、俺はここへ来る度に考える。

とにかく、怪しいものは何もない。球場へ向かう人たちの陽気な顔が見えるだけ……あちこちで、「レッツゴー・メッツ！」のシュプレヒコールが湧き上がる。これはシェイ・スタジアムではお馴染みで、いつも自然発生的に起こり、スタジアム全体を埋め尽くす。試合前、球場の外でも巻き起こるわけだ……後の時代、一九六九年のニューヨークを象徴する言葉として「レッツゴー・メッツ」がプラークに刻まれるかもしれない。

道ゆく人たち全員に「怪しい人間を見かけなかったか」と聞きたい欲望に駆られる。しかし誰も、周りの人たちのことなど気にもしていないだろう。そもそも俺自身が、怪しい人間に見えなくもない。

仕方なく、百二十六番ストリートを駆け足で渡って、聞き込みをしてみることにした。百二十六番ストリートの西側では、これから非日常の光景が繰り広げられるのに、東側はまったく平常営業……野球の試合が始まる気配もない。そして日曜なのに、多くの店が開いていた。

それにしても、この辺りの侘しさは何だ……道路は舗装されているもののかなりボロボロで、ところどころで土が剝き出しになっている。建物はほとんど平家建てで、ハリケーンが来たらすぐに吹っ飛んでしまいそうな佇まいだった。

どこかで見た記憶がある……二年ほど前、家出人を捜してマイアミまで飛んでいったことがあるが、ラテン系の人たちが多く住んでいる街がこんな雰囲気だった。道路の東側がぼろぼろの住宅街、西側にはそれなりに綺麗で大きな家が建ち並んでいて、相互の行き来はほぼない。まるで道路の真ん中に、透明な壁が立ちはだかっているような感じだった。

俺は一軒の自動車修理工場の前で足を停めた。曜日に関係なく車は故障するものだから、開けておけば商売になるのだろう。工場の前には車がずらりと並んでいる。しかしどの車も、修理が必要な状態には見えない。ピカピカの新車もあった。折り畳み椅子に腰かけて煙草をふかしている黒人の老人に声をかける。

「ちょっといいかな」

老人がじろりと俺を睨む。六十歳……いや、七十歳になっているだろうか。縮れた髪はすっかり白くなり、背中も曲がっているのが、椅子に座っていても分かる。誰かに似ていると思ったら、ハウリン・ウルフ（一九一〇～一九七六年。アメリカのブルース・シンガー。ダミ声の歌が強烈な印象を残し、ローリング・ストーンズ、レッド・ツェッペリンなどロックバンドにも大きな影響を与えた）だ。ウルフを少し痩せさせたら、こんな感じになるだろう。

「ちょっとこの写真を見てくれないか？」俺はハーディンが写った集合写真を彼に渡した。「左端に写っている男だ」

「このデブ野郎か？」老人の口調には明確な嘲りがあった。

「ああ」

「見たことはないな。この辺を歩いていたら、すぐに分かりそうだ。こういう奴は、猛烈に臭いんじゃないかね」

「会ったことがないから分からない」

「ああ？」

「俺は探偵だ。人捜しが仕事なんだ」ハーディンを捜す目的は、普段の仕事とはまったく違うのだが。

「そいつはご苦労なこった」老人が俺に写真を返し、煙草を地面に投げ捨てて踏み潰した。

「今日、この辺の工場や店に人はいるんだろうか」

「いるんじゃないかね」

「日曜なのに？」

「今日は試合があるだろう。そういう時は、店の前を駐車場として開放するんだよ。だから店番が必要だ」

「無料で？」

「あんた、正気か？」老人が目を見開いた。「ニューヨークでは、無料のものなんか一つもない。試合終了まで預かって十ドルだ」

俺はこの工場の前に停まっている車を数えた。七台。試合終了まで、ここでトラブルがないように監視しているだけで、老人のポケットには七十ドルが入るわけだ。修理工場で一日汗と油まみれになるよりも、よほどいい収入になるだろう。俺の日当の倍近い、ということが気になる。

「そういう商売をやっている店は多い？」

「商売と言われても困るな。放っておくと、試合の日には勝手に工場の前に停めちまう連中がいるんだ。それを避けるために、金を取って車を預かってるだけでな」

「大したバレーサービスだ」金儲けだ、と素直に言えばいいのに。

「迷惑料を受け取る権利はある」

「そうか……邪魔したな」

「いや、いい暇潰しになったよ」老人がニヤリと笑う。口が開き、前歯が二本欠けているのが見えた。

俺はしばらく近くで聞き込みを続けたが、手がかりはない。そのうち、球場の方からわあっという歓声が聞こえてきた。腕時計を見ると、午後二時を数分回っている。試合は始まったばかりだが、もう何か起きたのだろう。ビジターのフィリーズが先攻——先制点を奪われたのかもしれない。数少ないフィリーズファンの歓声が、増幅されて聞こえてきたのか。

その時、ウィンドブレーカーのポケットの中から何か音がした。急いで手を突っこんで確認すると、トランシーバーからリズの声が聞こえる。昨夜農場に入りこむ時に持って行って、そのままだったか……しかし嫌な予感がする。

「ジョー、今、どの辺にいるの？　オーバー」

「何でそれが知りたい？　オーバー」俺はついきつく当たった。

「私、近くにいるけど……合流した方がよくない？　オーバー」

「ナオミたちは？　放って出て来たのか？　オーバー」頭に血が昇ってきた。勝手な判断で動かれたら困る。

「ホテルの探偵にちゃんと頼んだわ。部屋をしっかり監視してくれるって。オーバー」

「本当にやってくれると思うか？　オーバー」

「ちょっと足を見せたら、鼻の下を伸ばしてた。オーバー」

彼女は今日も細身のジーンズを穿いていたはずだ。どうやって足を見せたのか……と疑問が浮かんだが、頭が痛くなってきたので何も言わなかった。

「ナオミたちにも、何があっても部屋を出ないように釘を刺しておいた。オーバー」

「君が守ってやるべきだ。オーバー」どう言ってもリズは諦めないだろう、と俺は諦めた。「俺は今、百二十六番ストリート、シェイ・スタジアムの東側にある自動車修理工場の前にいる。そこまで来てくれ」

通信を終え、溜息をついてトランシーバーをポケットに落としこむ。無視すればよかったのだが、何故かそれはできなかった。俺は無意識のうちに、リズを相棒として認めているのだろうか。いや、こいつは置いてくるべきだった。

リズはすぐにやって来た。百二十六番ストリートで違法にUターンし、俺が立っているすぐ前に停める。俺は彼女の車を空いたスペースまで誘導した。最初に会った老人には、既に二十ドルを摑ませてある。

リズは厳しい表情だった。車から降り立つと髪がふわりと揺れ、それがさながら怒りを表現しているようだった。

「どうなってるの？」

「ハーディンと話した」

「どうやって？」

「向こうから電話がかかってきた。事務所の場所や電話番号は、向こうには割れてる」

俺はハーディンとの会話を再現した。リズの顔色がどんどん蒼くなる。

「まさか、ナオミを引き渡すようなことはしないわよね？」

「彼女は絶対に守る」

「でも、ハーディンは……」

「奴はここで何かしようとしている」

「やっぱり、警察にちゃんと相談したら？」

「時間がない」俺は首を横に振った。「奴は、試合中に何かやらかすつもりだろう。警察に説明して納得させて、ここへ出動させるのにどれぐらい時間がかかると思

わない。

「外にいて、何か騒ぎを起こせるの？　花火を打ち上げたぐらいじゃ、誰も驚かないわよ」

花火、という彼女の言葉が引っかかった。打ち上げる……軍の除隊者なら、ロケット弾のようなものを手に入れる方法もあるのではないか？　それを球場の外から中に向かって撃ちこんだらどうなる？

「とにかく、捜し回るしかない」

「効率が悪いけど……」

「分かるけど、他に手はないんだ」

リズが力なく首を横に振ったが、どうしようもない。ふいに、一人の男の姿が目に入った。シー・ロードの方からこちらに向かって歩いて来る。いや、歩いているとは言い難い状況だったが。ひどく足を引きずり、一歩進むごとに顔が苦悶に歪んでいた。しかも頭には包帯、右腕も包帯で吊っている――その顔を唐突に思い出した。

昨夜、俺たちを襲ったハーレーの男だ。ヘルメットを被ってはいたものの、目の周辺ははっきり見えていたから間違いない。俺はリズの手を引いて「隠れろ」と指示した。すぐに二人で、道路の一番近くに駐車してあったリンカーン・コンチネンタルの陰に飛びこむ。膝をついたまま、男が通り過ぎるのを待ったが、男は足を引きずっているせいで、なかなか目の前まで来ない。リズが小声で「誰?」と聞いてきたので、「昨夜のハーレーの男」とだけ短く答えた。

ようやく男が、俺たちの目の前を通り過ぎる。俺はリズに「しばらく隠れていろ」と指示してから、一気に飛び出した。気配に気づいた男が振り返ろうとしたが、怪我のせいで動きが鈍い。俺は背中から首を絞め上げ、同時に怪我している方の右腕を捻った。男が悲鳴を上げたが、無視してしばらく痛めつける。首を絞め上げていた腕は口の方に動かし、喋れないようにした。

「声を上げるな」

俺は男の腕を離し、拳銃を引き抜いた。そのまま銃口を強く首に押し当てる。

「喋ったら、すぐに撃つ」

男がのろのろと両腕を挙げた。

「そこの工場に入ってもらう。大人しく歩け」

そもそも男は、大人しくしか歩けなかったのだが。男のペースに合わせようとすると、こちらがつまずきがちになってしまう。

俺は、目を見開いている老人に向かって「爺さん、ちょっと中を借りるぜ」と声をかけた。

「あんた、その銃は……」老人の声が震える。

「安心しろ。俺は正義の味方だ」

老人が安心した様子は微塵もなかった。

俺は男を折り畳み式の椅子に座らせた。どこから調達してきたのか、リズが頑丈そうなロープを手渡してくれる。俺はそれで、男の体を椅子にきつく縛りつけた。椅子は軽いが、両手両足を縛られたままだと、立ち上がって逃げるのは不可能だ。

俺はもう一つの椅子を引いてきて、男の正面に座った。途端に男が唾を吐きかけてきたが、だらりと垂れて自分の顎を汚しただけだった。俺は銃口を上げて、男の顔に狙いをつけた。

「あんた、俺たちをハーレーで襲ったな。後で修理代を請求するけど、まず名前を聞かせてもらおう。言わなければ、ジョン・ドゥ（英語で「名無しの権兵衛」程度の意味。身元不明の遺体に対して使われることもある）にしておくけど、構わないか？」

「ふざけるな！」

「あんた、ベトナム帰りだろう？　向こうでは苦労してきたのか、ジョン？　少なくとも、かなりタフにはなったみたいだな。六十五マイルのスピードで転んでも生きている」

「あそこで殺しておくべきだった。お前は、神の国を邪魔する人間だ」

「ハーディンにかぶれたのか？」

「ハーディンの正しい教えを受けた。俺は神の国の住人だ」

「分かった、分かった。そいつは、殺し屋の別の名前か？」俺はうんざりした口調で言ってやった。

「俺は何も言わない」

「いや、喋ってもらう。ハーディンが、ここで何かやるつもりなのは分かってるんだ。しかし、勝手なことはさせない。誰かを傷つけるようなことは」

「お前に何ができる？　たった一人で？　俺たちには仲間がいる。そして神の教えと、神になるべき人がいる」

「自分たちで勝手に言ってる分には、俺も何も言わない。ただお前たちは、人を殺して、今からさらに多くの人を傷つけようとしている。何を企んでいる？」

「お前みたいな奴に説明しても、分かるわけがない。お前は、神の国の入り口にさえ辿りつけない」

「お前はどうだ？　神の国だと思って辿りついたら、そこが地獄だと気づくんじゃないか」

「俺はアメリカのために戦った。その戦場は地獄だった。地獄は、見れば必ず分かる」

「アメリカのために戦ったのに、アメリカに迷惑をかけようとしているのか？　ハーディンの言っていることは、明らかにおかしいぞ」

「ジョー」リズの声に振り向くと、彼女はショットガンを構えて、男――ジョン・ドゥに狙いをつけていた。距離、五フィート（約1・5メートル）――この距離なら絶対に外さないし、ジョン・ドゥの胸にはパンケーキほどの大きさの穴が開く。

　ジョン・ドゥの喉仏が大きく上下した。冷や汗がこめかみを伝い、息が荒くなってくる。従軍したからと言って、銃に対する耐性が強くなるわけではあるまい。むしろこの男は、銃の恐怖を知っている分、怯えている。

「死にたくない？　だったら話しなさい」

「彼女は撃つよ」俺は静かに、そして脅しをこめて言った。これまで何回も、リズが人を撃ち殺すのを目撃してきたというように。「撃つ時には躊躇わない。じゃあな」

　俺は立ち上がって踵《きびす》を返した。リズが一歩前に出て、ジョン・ドゥの胸にさらに銃口を近づける。やがて、銃口は彼の胸から四インチ（約10センチ）のところまで接近した。リズはまったく無表情で、引き金に指をしっかりかけている。あと〇・四インチ（約1センチ）指が動いたら、ジョン・ドゥは死ぬ。ジョン・ドゥが、大きく目を見開いた。リズは銃口を上げ、頭を狙う。

「苦しむ暇もなく死ねるな。今のうちに誰か、連絡しておく相手はいるか？」

銃声――何かが焦げたような臭いがして、ジョン・ドゥのこめかみから一筋の血が流れた。

「待ってくれ！」ジョン・ドゥが叫ぶ。「話す！　話すから撃たないでくれ！」

リズはショットガンを、工場の老人から借りたのだった。

「こんなもの、どうして持ってるんですか？」俺は思わず老人に訊ねた。

「親から貰ったんだよ。この辺でも、昔はハンティングができたそうだ」

「助かりました。胸先にショットガンを突きつけられて、黙っていられる人間はいないですからね」

「突きつけただけじゃなくて、本当に撃ったじゃないか」老人が顔をしかめる。「あんた、本当に正義の味方なんだろうな？」

「もちろんです」

「悪人に手を貸したとなったら、一家の名折れだ」

「その心配はありません。お孫さんにも自慢していい話です……奴をしばらくここに置いておきます。あなたも見張ってくれますか？」

「警察に知らせなくていいのか？」

「警察に知らせると、まずいことが起きるんです。向こうには人質がいる」

「何と、卑怯な連中だな」老人が呆れたように吐き捨て、ショットガンを持って立ち上がった。「任せておけ。一インチでも動いたら、胸にどでかい風穴を開けてやる」

「そういうことがないように祈ります」老人は本当に撃ちそうだった。そうなったらまずい……監禁した男を撃ち殺したら、この老人は間違いなく厄介な立場に追いこまれる。助けてくれた人間を、そんな目に遭わせるわけにはいかなかった。

「リズ」彼女を呼び寄せ、耳打ちする。「ここであの爺さんも見張っていてくれないか？　本当に撃ちそうだ」

「一人で大丈夫？」

「何かあったらトランシーバーで呼ぶよ」

「分かってるけど……」リズは依然として心配そうだった。

「奴らが何をしようとしているか分かれば、何とかなる」

「ショットガン、借りていったら？」

「距離があったら、ショットガンはあまり役に立たないんだ——とにかく、ここは頼む」

　俺は工場を出て、百二十六番ストリートを渡った。その先には、球場に一番近い駐車場……そのすぐ先がセンターバックスクリーンだ。ただし、高いスタンドが球場をぐるりと取り巻いて立ちはだかっているわけではなく、かなり広い隙間がある。あの隙間を狙う——ベトナムで戦ってきた連中なら、容易いのではないか？　グラウンドの真ん中で砲弾が炸裂したら、あるいはスタンドまで届いて、満員の観客を巻きこんだら。

駐車場は満車だった。俺は周囲を見回して、そこにあってはいけないもの——異質なものを探した。

あった。工事用のトラックで、側面には黄色い文字で「ニューヨーク建設」と書いてある。マンハッタンの街中のどこでも見かける建設会社のトラックだが、ここにあるのはいかにもおかしい。球場で工事もあるだろうが、試合中にはやらないだろう。しかも、駐車スペースではなく、通路に強引に停めてある。荷台をバックスクリーンの方に向けて……俺は車の陰に隠れて様子を見守った。運転席から男が降りてきて、荷台のカバーを外し始める。そこに現れたのは——見覚えはないが、危険だということはすぐに分かった。姿勢を低くしたまま走って、別の角度から観察する。

ミサイル？　ミサイルだ。おそらく対戦車ミサイル。四角い箱に入れられたミサイルが三機。男が、ミサイルの載った台を荷台の一番先まで押して行った。筒先が斜め上を向いていて、発射準備完了、という感じである。

他にも誰かいるはず——と思ったが、もう待てない。俺は車の陰から飛び出し、「待て！」と叫んだ。

男がこちらを向く。俺を認知しているかどうか……一瞬反応が遅れる。俺は迷わず銃を抜き、一瞬立ち止まって狙いをつけると即座に引き金を引いた。男が上体をのけぞらせ、トラックの荷台から転げ落ちる。急げ——自動で発射する仕組みにはなっていないようだから、オペレーターがいなければミサイルは何の役にも立たない。

しかしすぐに、近くに停まっていた車から、他の男たちが駆け出して来た。撃ち倒した男と同様、迷彩服に目出し帽という格好である。馬鹿が……迷彩服は、ジャングルの中でこそ、目くらましになる。ニューヨークであんな格好をしていたら、逆に目立って仕方がない。

二人——と頭の中で計算する。ナオミは、クランのメンバーらしからぬ若い男は四人いると言っていた。一人は今、自動車修理工場の中で監視されていて身動きが取れない。一人は俺に撃たれて戦闘不能。残りは二人……ナオミの観察は正確だったと信じたい。

二人は自動小銃を肩からぶら下げていた。お前ら、用意が悪い。車——遮蔽物から出てくる時には、確実に銃を使えるようにしておかないと、痛い目に遭う。ベトナムで何を学んできたんだ？　助手席側から降りて来た男に向かって発砲する——外した。二発目を撃つ直前、男が用意を整えて自動小銃の引き金を引く。銃口が火を噴く寸前、俺は左側に身を投げて、ダッジ・チャージャーの陰に隠れた。背の低いチャージャーは、防御壁としてはあまり役に立たない——連射を受けて、窓ガラスが砕け散る音が耳に突き刺さる。ガラスの細片が、俺の方にまで飛んできた。発射音が途切れた直後、俺はボンネットから顔を出し、一瞬で相手の居場所を確認して撃った。相手が吹き飛ばされ、俺はチャージャーのボンネットの上を転がってさらに前進した。割れたフロントガラスが、体の下でじゃりじゃりと音を立てる。

そこへまた、別の銃声——右肩に衝撃を感じてその場に倒れこんだが、何とか這いつくばる。まだ肩には痛みはなく、神経が全て断ち切られたように感覚が消えていた。這いつくばったまま顔だけ上げ、必死で銃を構える。姿勢を低くしたのが幸いして、相手は狙いを定められないようだった。汗が垂れて視界が霞む。左目をぎゅっとつぶって、右目だけで狙いをつけ、引き金を引く。自動小銃を構えた相手が、左側から倒れこんだ。しかし完全には倒れず踏ん張って、片膝をついた状態で自動小銃を構える。俺はなおも這いつくばったまま、もう一発撃った。今度は確実に胸をとらえ、相手は背中から崩れ落ちる。外すわけがない——距離は三十フィート（約9メートル）もないのだ。逆に言えば、相手の自動小銃で撃たれたら、俺の体の半分は吹き飛んでいただろう。

鼓動が激しい。軽い吐き気もする。何とかこらえて立ち上がった。後は警察に任せる——さすがにあのミサイルは、俺の手に余る。しかし、これは大問題だ。あんな対戦車ミサイルをどこで手に入れた？　どう考えても軍からの横流しである。アメリカ軍も、セキュリテイに関してはなっていないわけだ。

ふらつくが、何とか立っていられた。おそらく今の騒ぎでスタジアムのセキュリティも駆けつけて来るだろう。彼らに事情を話して警察を呼んでもらい、後始末は任せよう。俺はそろそろ限界だ。肩の衝撃は痛みに変わりつつあり、間もなく耐えられなくなるぐらいになるだろう。右肩を見ると、グレーのウィンドブレーカーが、広い範囲で黒く染まっていた。怪我の具合を確認する勇気はなかった。

「一人で張り切るもんじゃない、カウボーイ」

耳元で囁く声。ニンニク臭い息が不快に鼻を刺激した。耳の後ろに硬い感触。

「手は上げないぞ——上がらないからな」

「好きにしろ。銃を離せ」

言われた通りにするしかない。俺は右手の力を抜いた。かつん、と固い音がして、命綱が消える。

「ミッチェル・ハーディン。どうせなら顔を見て話そう」

「その必要はない。お前はこのまま死ぬ」

「俺に顔を見せるのが怖いのか？」

「神を冒瀆する人間に、私の顔を見せる必要はない」言葉を切り、「役立たずどもが」と吐き捨てる。

「あんたのために命をかけた連中じゃないか？　それを役立たずとはひどいな」

時間稼ぎのために何とか喋っていたが、鼓動とリンクするように肩の傷がずきずきと痛み始める。

「歩け」

「ここで殺せばいいじゃないか？」

「お前は一体何がしたかったんだ？」俺の質問には答えず、逆にハーディンが聞いてきた。

「俺はジェーンを捜していた。その過程でお前たちに行き当たった。放っておくわけにはいかない」

「どうして」

「お前がやっていることは犯罪だからだ。ベトナム戦争に反対している若い連中を騙して、クランに引き入れた。神の国をアフリカに作ると言ってるそうだが、実際にはお前のハーレムだろう。騙されやすいネズミを、罠で釣っただけだ」

「集まってくれた若者に、等しく愛を注ぐのが私の役目だ」

愛、と俺は口の中でつぶやいた。何が愛だ。この男と俺では、愛の定義が違うのだろうが。

「お前たちは何人いる？　百人か？　千人か？　それだけで、本当にアフリカに新しいアメリカを作れると思っているのか？」

「イェリコ（死海の北西部にある街。紀元前八〇〇〇年には集落が出現したとされ、世界最古の町とも言われる）も、おそらく千人ぐらいから始まった。それが都市の基礎、世界の礎になった」

「あんたは世界をゼロから再構築するつもりか？」クソ、目が回る……怪我は予想よりひどいのかもしれない。

「その通りだ」

「だったら勝手に、城壁でも作って閉じこもっていればいい。それより、あのミサイルは何だ？　何でシェイ・スタジアムを狙う？　アメリカ市民を殺すのがあんたの狙いなのか」

「この騒ぎに乗じて、私たちは消える」

「そもそもあんたたちは、表に出ていない。誰もあんたたちに注目していない。こんなことをしたら、自分で自分の首を絞めることになるぞ」

「アピールはしないとな。そして私たちは、もうアメリカを出る準備を整えている」

「ナオミは必要ないのか」

「あの女は、お前を誘《おび》き寄せる罠だ。今のところ、私たちに迫っているのはお前だけだからな。神の国の建設を邪魔する悪魔、それがお前だ」

「お前らの国を潰せるなら、俺は悪魔にでもなってやるよ」

「ここが地獄に変わるのを黙って見ていろ。アメリカは既に地獄への一歩を踏み出している。私がそれを決定的にしよう」

滅茶苦茶だ……アメリカが滅びると主張するのは構わない。アフリカへ行って、自分たちだけの新しいアメリカを作るというのも、百歩譲ればどうでもいい——勝手にしてくれ、だ。その実態はハーディンの金儲けとハーレム作り——その辺から、俺の思考はぐるぐると回り出す。今、ハーディンはシェイ・スタジアムに対戦車ミサイルをぶちこもうとしている。奴の主張とこの行動がどうつながるんだ？

理解するのは諦めた。ただ、絶対にハーディンを止めなければならない。しかし俺の右肩は上がらない。

右の首筋に当たる銃口の感触が消え、すぐに左側に移る。このわずかな隙を逃したことが悔やまれたが、既に俺は、体の自由を失っていた。

ハーディンが右腕を伸ばし、トラックの荷台から何かを取り出した。わざとらしく、俺の顔の横で振ってみせる。小さなスウィッチが彼の手の中に、そして荷台に向けてコードが伸びている。

「これを押したら、アメリカの崩壊が始まる」

「そんなこと、させるか！」叫んでみたものの、自分でも驚くほど声は掠れ、小さかった。

「お前が正義の味方を気取るのは勝手だ。しかしお前の正義は間違っている。ここで、アメリカの崩壊が始まるのを見ていろ。自分の無力さを味わえ」

クソ……一か八か動いて、ハーディンを転がすか？　彼が倒れれば、ミサイルの発射を数秒でも遅らせることができるだろう。しかしあくまで、破滅が数秒先送りになるだけだ。

「見ていろ」ハーディンが、俺の顔の前でスウィッチを掲げる。嫌でも目に入る——親指が小さな赤いボタンにかかっていた。ほんのわずかな力、部屋の灯りを点ける時ほどの力があれば、シェイ・スタジアムはパニックに陥る。

「動かないで！」

突然、よく通る声が耳に突き刺さる。リズ……俺はありったけの力を振り絞って「来るな！」と叫んだ。ハーディンが、嘲るように「無駄だ」とささやく。

次の瞬間、一発の銃声が空気を切り裂いた。俺は咄嗟に体を捻り、無傷な左手でハーディンの右手首を掴もうとした。掴んだ——しかし崩れ落ちる彼の体重を支え切ることはできず、一緒に倒れこんでしまう。ミサイルのスウィッチは……トラックの荷台から垂れて、ゆっくりと揺れていた。

銃声がした方を見る。リズが拳銃を——先ほどのショットガンではなく俺が落とした銃だ——構えて、その場で固まっていた。いいフォームだ。両足を適度に開いて体を安定させ、腕は伸ばしているが、少しだけ肘が曲がって余裕がある。
一陣の風が吹き抜け、リズの長い髪がふわりと揺れる。その時、スタジアムから溜息とブーイングが塊になって耳に届いた。ああ、メッツがピンチなんだ——そんなことを考えながら、俺は気を失った。

「治療はしばらく待ってくれ。まず話を聴かせてもらおう」

リキの声——目を覚ますと、彼の顔が目に入った。俺は生きているのか……生き返って最初に見るのがリキの顔。いいことか悪いことか分からなかった。

背中に硬く熱い感触がある。駐車場のアスファルトの上に寝かされているのだとすぐに分かった。

「ここに放置はひどくないか？」

「救急車はまだだ——それより、話を聴かせろ」

俺は、無事な左手を使って何とか体を起こした。右肩の痛みは激しい。それに加えて今は、体の右側全体に痺れが広がっている。一刻も早い手当が必要だ。

「重傷者のふりはよせ」リキの口調は冷たかった。「俺の見立てでは、大したことはない」

「お前は医者じゃない。刑事だ」

「昔は医者になろうと思っていたんだ」

「本当に？」

「思っていただけだ」

右肩を見下ろす。ウィンドブレーカーの右側は黒く汚れていたが、出血は止まっている様子だった。しかし腕を動かしてみる勇気はない。

「リズは？」

「お前の助手のカウガールか？」リキが嘲るように言った。「今、事情聴取中だ」

「彼女は何と？」上手く言い抜けしてくれるといいのだが……一番いいのは「詳しい事情は知らない」と言い続けることだ。俺が殺されそうになり、しかも目の前にはミサイル——緊急事態と判断したから撃った、それだけを言っておけば、警察の厳しい追及は避けられる。

「知らん。俺が話を聴いてるわけじゃない」

「ミサイルはどうした？」首を巡らせると、肩に重い痛みが走る。何が「治療はしばらく待て」だ。しかし……はっきり確認はできなかったが、俺の視界の範囲内に、問題のトラックはなかった。

「安全は確保した」

「お前が？」

「違う、違う。俺の部下に、ベトナム帰りの男がいるんだ。そいつは元歩兵で、対戦車ミサイルの扱い方も心得ている。もう、発射される心配はない。無力化した」

「そうか……あのミサイルは、何だったんだ？」

「俺の部下の話だと、フランス製で、アメリカ陸軍に正式に採用されているものだ。つまり、誰かが軍から盗み出したか、何らかの形で不正に持ち出されたか——いずれにせよ、正規のルートでここにあったわけじゃない」

「ハーディンはどうした？」

「取り敢えず、救急車は奴のために使った」

「生きてるのか？」

「俺が見た時には、まだ生きてた。奴は死なないんじゃないか？　神のご加護があるんだから」リキが鼻を鳴らす。「いや、奴自身が神か。あんなのが神だとしたら、がっかりだな。俺は今日から無神論者になるよ」

「それは好きにしてくれ——奴は生き延びそうか？」

「死にはしないだろう」

「死なれたら困る。奴にはかなり多くの仲間がいるんだ。ハーディンが死んだら、そいつらが何をするか分からないし、騙されて一緒にいる連中も多いはずだ」

「この件はＦＢＩに引き渡す」リキがうんざりした口調で言った。「これは、うちだけで何とかできる事件じゃない――だけど、話せ。お前が知ってることを全部教えろ」

「死にそうなんだが」俺はわざと荒い息を吐いた。

「この程度じゃ死なない」リキが冷たく言い放つ。彼は常に、どこか飄々としているところがあるのだが、刑事としての堅さと頑固さを突然見せた。取調室では、絶対に対決したくないタイプだ。

「――分かった。全部話す」俺は一つ深呼吸した。「その前に、リズが無事かどうかだけ確認させてくれ」

「いいだろう」

俺は何とか立ち上がった。リキが手を貸してくれる――そうしなかったら、実際には立てなかっただろう。

すぐ近くのパトカーの後部座席に、リズが座っていた。横に座る若い警官がしきりに話しかけている。リズはうなずき、真面目な表情で短く返事しているようだった。まったく動揺していない。なんと肝の据わった女性なのか……リズが俺に気づいた。ちらりとこちらを見ると、親指を立てて見せる。口がさっと動いた――グルーヴィ。彼女の方が、よほど落ち着いていた。

取り敢えず、リズは問題ない。どんなトラブルがあっても、彼女なら自力で乗り越えられるだろう。

「もう一ついいか？」

「注文が多過ぎる」

「大したことじゃない。一つ、教えてくれ。メッツは勝ってるか？」

リキが盛大に溜息を漏らした。


ニューヨークというのはこういう街だ。俺は、歩道に降り積もった紙の上を歩きながら、自分が世界一大きく、世界一変わった街に住んでいるという実感を噛み締めていた。

「知ってる？」隣を歩くヴィクが訊ねる。メッツの優勝パレードの名残りで人出は多く、あちこちで歓声が上がり、大声で話している人もいるので、彼女の声も大きくなりがちだ。

「何を？」俺も負けじと声を張り上げた。

「今日の天気予報。ニューヨーク晴れ、ところにより紙吹雪。なかなか気が利いてるわね」

「しかも珍しく、天気予報は完全に当たったわけだ」

今やニューヨークに住む人たちの流行語は「ミラクル・メッツ」だ。メッツは夏以降の好調を最後まで維持し、実に百勝を挙げて、ナ・リーグ東地区で初優勝。その勢いに乗って、リーグチャンピオンシップシリーズでは西地区優勝のアトランタ・ブレーブスを三連勝で下してワールドシリーズに進出した。相手はボルチモア・オリオールズ。強敵である。ブルックス（一九三七年〜。オリオールズ一筋に二十三年間プレーしたフランチャイズプレーヤー。三塁手としての守備が高く評価され、「人間掃除機」の異名を取った。一九八三年、野球殿堂入り）とフランク（一九三五〜二〇一九年。史上初めて両リーグでＭＶＰに選出され、アフリカ系アメリカ人として初の大リーグの監督にもなった。通算五百八十六本塁打。一九六六年には三冠王を獲得。一九八二年、野球殿堂入り）、二人のロビンソンが中軸を担う打線はパワフルで、投手陣も安定している。多くの選手が三年前のワールドシリーズを経験し、「場慣れ」してもいた。一方メッツは若いチームで、大舞台では本来の力を発揮できないだろう、というのが下馬評だった。

ところがところが、奇跡は何度でも起きる。今年は神様が——俺は例の一件以来ますます神を信じなくなっていたが——大盤振る舞いをする年だったのだろう。メッツの誰かが、あるいはニューヨーク市民の多くが、神の目に止まるような善行を行っていたに違いない。

メッツは、敵地のメモリアル・スタジアムでの初戦こそ落としたものの、その後は一気の四連勝で、十月十六日には、シェイ・スタジアムでオリオールズを破って世界一を決めていた。

パレードの興奮が蘇る。選手の顔は一瞬見えただけだが、俺はシーバー、クーズマン（ジェリー・クーズマン。一九四二年〜。メッツ、ツインズなど。通算二百二十二勝）、クレンデノン（ドン・クレンデノン。一九三五年〜二〇〇五年。メッツ、パイレーツなど。一九六九年ワールドシリーズでは三本のホームランを放ち、MVPに輝いた）に栄光あれ、と静かに祝福した。無神論を捨て、心の中に聖堂を建てて、メッツの英雄たちを崇拝しようかとさえ思った。そんなことをしなくても、彼らはいずれ野球殿堂入りし、立派なプラークが飾られるだろうが。

「本当にすごい紙吹雪ね」ヴィクが、歩道を埋める紙を蹴飛ばした。ティッカーテープや書類を裁断したものが積もって、場所によっては足首まで埋まるほどだった。まるで冬のニューヨーク——雪の街のようだ。

「八月の時よりすごいな」八月には、月面着陸に成功した宇宙飛行士三人のパレードが行われていた。その時の紙吹雪もすごかったのだが、今回はその比ではない。俺の感覚では、あの時の二倍、三倍という感じである。「ニューヨーカーは、人類が月に行くことよりも、メッツが優勝することの方が大事業だと思ってるわけだ」

「今までの成績を見ていたら、今年は奇跡以外の何ものでもないわよ」

積もった紙吹雪に足を取られそうになり、ヴィクが俺の腕を摑んだ。右肩には今でも痛みが残り——メッツの奇跡も、いい治療薬にはならなかった——腕を摑まれるとなかなか厳しいものがあるのだが、俺は黙って耐えた。

シェイ・スタジアムでの一件以来、俺はヴィクとヨリを戻した——わけではない。

だが、ごく緩い形でのつきあいが再開していた。入院中、彼女は何度も見舞いに来てくれたし、何かと気を遣ってくれた。さりげない気遣いがありがたく、俺は「できればこれからも一緒にいて欲しい」と遠慮がちに申し出た。ヴィクは「結婚はしないわよ」とすぐに釘を刺したが――やはり店優先で行くようだ――それでも俺としては問題なかった。たまに会って、二人の時間を過ごせればそれで十分である。

街をゆっくり歩くのは久しぶりだった。しばらく入院し、退院した後は、あちこちの司法組織から事情聴取を受けて忙しかった。ニューヨーク市警――リキではない刑事が担当したが、俺はそいつの無礼な態度に明確な殺意を抱いた――とウッドストック署、サリバン郡保安官事務所、さらにはＦＢＩ。彼らの相手をするのに忙しく、探偵稼業はしばらく開店休業状態になった。

リズもしつこく警察の事情聴取を受けたが、今のところ俺たちが訴追される恐れはない。危険なグループを叩き潰した功績は大きいのだ。ただし、警察を置き去りにして暴走した事実は消えない。今後、探偵仕事がやりにくくなる可能性は高くなった。警察は、探偵の仕事を妨害しようとしたら、千通りもの方法を持っている。警察の恨みを買ったのは痛い――今後は、運転にも十分気をつけよう。

今日はパレードを見た後、久しぶりに事務所へ行って、リズと会うことにしていた。今までのことをすり合わせ、今後の方針を決めなければならない。そして俺には、リズに言うことがあった。

　そのことは、ヴィクにも告げていた。彼女は「一人で大丈夫？」と心配してくれたが、いつまでも怪我人という立場に甘えているわけにもいかない。そろそろ日常を取り戻すべきタイミングだ。

　ヴィクと別れて事務所へ向かう。久しぶりに訪れた事務所には、埃臭い空気が充満していた。窓を開け放ち、外気を入れる。本当は掃除したかったが、その時間がない。コーヒーマシンだけを用意する。

　何となく手持ち無沙汰だった。撃たれたのを機に、俺は煙草をやめていた。「肺の一部が傷ついている」と医者に驚かされたせいだが、意外に簡単に禁煙できたのは驚いた。しかし煙草というのは、実に様々な効果を持つのだと改めて実感する。人をリラックスさせ、何より空いた時間を潰すのに、これほど適したものはない。

　コーヒーの用意ができた時、ちょうどリズが入って来た。今日はいつものヒッピールックではない。濃紺のブレザーと、同色の膝までのスカート、それに白いブラウスという、ブルックス・ブラザーズのカタログから抜け出てきたような格好だった。

「コーヒーが入ってる」

「ありがとう」

　リズが二人分のコーヒーをカップに注いで、自分のデスクにつく。俺も同じようにした。互いに斜めの位置になるのだが、俺たちはこういうポジションで話をすることが多いので、落ち着く。

「警察の方はどうだ？」

「何とか」リズが肩をすくめた。「私が責任を問われることはなさそう。あの時撃ったのは、緊急事態だからって判断してもらえた。ジョーは？」

「しばらく動きにくくなるかもしれないけど、頭を低くしておけば、いずれは落ち着くよ。ニューヨーカーは忘れるのも早い」

「クランは？」

「連中がどうなるかは、まだ分からない」

ハーディンはまだ入院中だ。リズの一撃はハーディンの命を奪いはしなかったが、出血量が多く、辛うじて一命を取り留めた、という感じである。証言は完全拒否。ジェシカは俺とリズの証言によって逮捕され、一緒にいたクランのメンバーは保護されたものの、ジェシカは詳しい供述を拒んでいる。ただし、他にもいるという仲間が動き出している気配は一切なかった。あれは、彼らの虚言だったのだろう。自分を実態よりも大きく見せるための嘘……しかし警察は、着実に捜査を進めているようだった。ウッドストックの農場は徹底した捜索を受け、中から自動小銃や手榴弾、それに対戦車ミサイルなどの武器が見つかっている。その武器を全て使ったとしても、アメリカは蚊に刺されたほどの痛みも感じないだろうが。

「結局、ハーディンは何がしたかったの？　本気でアフリカへ渡るつもりだったのかしら」

「違うと思うな。奴がいたウッドストックの農場から、現金が見つかっている。十万ドルほどあったそうだ」

「ずいぶん集めたわね」

「しかし、アフリカに千人で移り住む資金としては、とても足りない」

「でも、やっぱり仲間はたくさんいる？」

「そうかもしれない。俺に言わせれば、ハーディンは天才的な詐欺師だよ。本当はブラジルにでも渡って、向こうでハーレムを作るつもりだったんじゃないか？」

「世俗的な神様」リズが指摘した。

「極めて世俗的だ」

「でも、どうしてあんな無茶をしたのかしら。ブラジルでハーレムを作りたいなら、十万ドルを持ってさっさと行けばよかったのに。あんなところでテロを起こしたら、自分で自分を追いこむようなものじゃない」

「ハーディンは、騒ぎに乗じてと言っていたが、本気だったかどうかは分からない。ハーディンの中では理屈があるかもしれないけど、どこかでジャンプしている。裁判になったら、陪審員は頭痛と戦うことになるだろうな」

「ナオミは？」

「警察から何度か事情聴取を受けた。でも、基本的には被害者扱いだ」

「ジェーンは……」

「俺はまだ、彼女の家族には会ってない。まずメアリにちゃんと事情を説明するのが、事務所を再開して最初の仕事になるんじゃないかな」

「その後は大変よ」リズが、手元のメモをまとめて掲げた。「あなたは、対カルト専門の探偵として、有名になっている」

俺は思わず顔をしかめた。メディアの取材は一切拒否しているのだが、警察などがベラベラ喋ったのだろう。一部のメディアでは、俺は英雄扱いされていた――冗談じゃない。俺は探偵として、そもそも大失敗しているのだ。ジェーンを見つけて助け出せなかった事実は一生消えない。この胸にナイフで刻んで、痛みとともに思い出すようにした方がいいかもしれない。

「それで、だ」俺は今日の本題に入った。警察への対処、今後の仕事の進め方が大きな議題なのだが、その前にどうしても確認しておかねばならないことがある。

「リズ、君は家族のことをまったく話そうとしなかったな」

リズが肩をすくめる。依然として拒否か――しかし俺は、構わず話し続けた。

「休んでいる間に、ちょっと君のことを調べた」

「勝手なことしないで」リズが抗議したが、形だけという感じだった。

「君はサム・ライダーの孫だ」

リズがぐっと顎を引き締める。知られたくない事実だったのは間違いないようだが、それほど深刻な感じではない。

「サムの娘さんの娘——だから苗字が違う。娘さんは結婚して、ギブソンの姓を名乗るようになった。でも俺は、どこかで君に会っているはずなんだ。たぶん、君がまだおしゃぶりをくわえていた頃に」サムの家に行った時、娘と孫だ、と紹介してもらったことがある。さらに、俺はその幼子を抱き上げてあやしたのだが、大泣きされてしまった。リズにその子の面影はまったくないが、あれが幼いリズだったことを、今では確信している。

「ジョー、サムのお葬式には来なかったよね」

「ああ。仕事で州の外に出ていた」

「だから、あなたと私は、二十年以上会っていなかった」

「それは分かった。でもどうして、俺の事務所に来たんだ？　本気で探偵になりたいのか？」

リズが無言でうなずく。唇をきつく引き結んで、これ以上ないというほど真剣な表情である。

「サムの影響か」

「サムは、私のヒーローだった」

「だけど、君が物心ついた頃、サムはもう現役を引退していたはずだ」

「それでも——彼の話を聞いただけで、私はワクワクした。違法行為に手を染めることもあったけど、正義のために、困った人のために動いていた。彼が扱った事件を聞いているうちに、自分も正義のために働きたいと思った」

「ニューヨーク州で私立探偵になる方法はいくつかある。警察官になって経験を積むのが一番早い」

「でも、そもそも警察官になるための勉強をしなくちゃいけない——それは時間がもったいないわ」

俺のように免許を持っている私立探偵の下で、三年以上の経験を積む手もある。警察官を経験するよりも近道なのは間違いない。

「それならそれで、最初から言ってくれればよかった。サムの身内なら——」

「それが嫌だったの」リズがきっぱりと言った。「私がサムの孫だと分かれば、あなたは手加減する。私自身、自分が探偵に向いているかどうか分からなかったから、あなたの下で仕事をするうちに見極めたかった」

「サムは、私に信託で遺産を遺してくれた。成人して使えるようになって、お金の心配をする必要はなくなった」

サムが孫娘にそんな遺産を遺していたのが意外だった。決して裕福ではなかったはずだが……。

「それで？　自分で自分にＯＫサインを出したのか？」

「もちろん。大変なこともあったけど」

「そうか……」俺はコーヒーを一口飲んだ。恩義は巡る、とでも言うべきか。駆け出しの頃、俺はサムに散々お世話になった。俺にとっては師匠でもあり、その頃の恩を返せたとは思っていない。もしも最初からリズがサムの孫だと分かっていれば、もっと手厚く対応した——甘やかしていたのは間違いない。

この仕事は、それでは駄目なのだ。自分の頭で考え、時には泥水を啜るようにして仕事を覚えなければならない。サムの孫だと知っていれば、絶対にやらせなかった仕事がいくつもある。

「本気なのか？」

「本気」

「それで今日は、その格好で？」

「しかも無給で？」

「これが探偵らしいかどうかは分からないけど、この格好でマンハッタンを歩いていれば目立たない。探偵は、目立たないのが肝心でしょう？　だからジョーも、いつも地味なスーツを着ている」

「そうだな」

「私、今回の事件で、苦しんでいる人が本当にたくさんいることが分かった。カルトの事件を専門にするつもりはないけど、苦しんでいる人がいるなら、一人でも多く助けたい」

「それこそ、探偵マニュアルの前文に書くべき、一番大事なことだよ」

「じゃあ――」

「今日から君は、うちの事務所の正式な調査員だ。給料もきちんと払う」

「私に給料を払うなら、今よりたくさん仕事を入れないと」リズの表情がようやく緩んだ。

「君には営業も担当してもらおう。金持ちには適当に対応して金を巻き上げて、本当に困っている人のために全力を尽くす――そんなに儲からないぞ」

「私がいるからには、ジョーには貧乏はさせないわ。正義を実現して、そして儲ける。そのうち、たくさんの探偵を抱えて、大きな事務所にしてもいいかも」

「余計なことを考えないで――仕事だ」

「グルーヴィ」リズが大きな笑みを浮かべた。「ボス」

本書は文庫書下ろし作品です。

|著者| 堂場瞬一　1963年茨城県生まれ。2000年、『８年』で第13回小説すばる新人賞を受賞。警察小説、スポーツ小説など多彩なジャンルで意欲的に作品を発表し続けている。著書に「警視庁犯罪被害者支援課」「刑事・鳴沢了」「警視庁失踪課・高城賢吾」「警視庁追跡捜査係」「アナザーフェイス」「刑事の挑戦・一之瀬拓真」「捜査一課・澤村慶司」「ラストライン」「ボーダーズ」などのシリーズ作品のほか、『宴の前』『帰還』『凍結捜査』『決断の刻』『ダブル・トライ』『コーチ』『刑事の枷《かせ》』『沈黙の終わり』（上・下）『赤の呪縛』『大連合』『聖刻』『０ ZERO』『小さき王たち』『焦土の刑事』『動乱の刑事』『沃野の刑事』『鷹の系譜』『風の値段』『ザ・ミッション THE MISSION』など多数がある。

ラットトラップ

堂場瞬一《どうばしゅんいち》

講談社文庫

定価はカバーに
表示してあります

2023年５月16日第１刷発行

発行者――鈴木章一
発行所――株式会社　講談社
東京都文京区音羽2-12-21　〒112-8001
電話　出版（03）5395-3510
　　　販売（03）5395-5817
　　　業務（03）5395-3615

KODANSHA

デザイン―菊地信義
本文データ制作―講談社デジタル製作
印刷―――中央精版印刷株式会社
製本―――中央精版印刷株式会社

Printed in Japan

ISBN978-4-06-531247-6

講談社文庫刊行の辞

二十一世紀の到来を目睫に望みながら、われわれはいま、人類史上かつて例を見ない巨大な転換期をむかえようとしている。

世界も、日本も、激動の予兆に対する期待とおののきを内に蔵して、未知の時代に歩み入ろうとしている。このときにあたり、創業の人野間清治の「ナショナル・エデュケイター」への志を現代に甦らせようと意図して、われわれはここに古今の文芸作品はいうまでもなく、ひろく人文・社会・自然の諸科学から東西の名著を網羅する、新しい綜合文庫の発刊を決意した。

激動の転換期はまた断絶の時代である。われわれは戦後二十五年間の出版文化のありかたへの深い反省をこめて、この断絶の時代にあえて人間的な持続を求めようとする。いたずらに浮薄な商業主義のあだ花を追い求めることなく、長期にわたって良書に生命をあたえようとつとめるところにしか、今後の出版文化の真の繁栄はあり得ないと信じるからである。

同時にわれわれはこの綜合文庫の刊行を通じて、人文・社会・自然の諸科学が、結局人間の学にほかならないことを立証しようと願っている。かつて知識とは、「汝自身を知る」ことにつきていた。現代社会の瑣末な情報の氾濫のなかから、力強い知識の源泉を掘り起し、技術文明のただなかに、生きた人間の姿を復活させること。それこそわれわれの切なる希求である。

われわれは権威に盲従せず、俗流に媚びることなく、渾然一体となって日本の「草の根」をかたちづくる若く新しい世代の人々に、心をこめてこの新しい綜合文庫をおくり届けたい。それは知識の泉であるとともに感受性のふるさとであり、もっとも有機的に組織され、社会に開かれた万人のための大学をめざしている。大方の支援と協力を衷心より切望してやまない。

一九七一年七月

野間省一

講談社文庫 最新刊

佐々木裕一
赤坂の達磨《だるま》
〈公家武者信平《のぶひら》ことはじめ(十三)〉
達磨先生と呼ばれる元江戸家老が襲撃さる。藩政の混乱に信平は――！ 大人気時代小説シリーズ。

横山光輝
山岡荘八・原作
漫画版 徳川家康 7
関ヶ原の戦に勝った家康は、征夷大将軍に。大坂城の秀頼が引かず冬の陣をむかえる。

輪渡颯介
攫《さら》い鬼
〈怪談飯屋古狸〉
惚《ほ》れたお悌《てい》とは真逆で、怖い話と唐茄子《かぼちゃ》が苦手な虎太《とらた》。お悌の父親亀八《かめはち》を捜し出せるのか!?

田中啓文
誰が千姫を殺したか
〈蛇身探偵豊臣秀頼〉
大坂夏の陣の終結から四十五年。千姫事件の真相とは？ 書下ろし時代本格ミステリ！

秋川滝美
ヒソップ亭2
〈湯けむり食事処〉
不景気続きの世の中に、旨《うま》い料理としみる酒。新しい仲間を迎え、今日も元気に営業中！

夏原エキジ
Cocoon《コクーン》
〈京都・不死篇5―巡《めぐる》―〉
生きるとは何か。死ぬとは何か。瑠璃《るり》は、黒幕・蘆屋道満《あしやどうまん》と対峙する。新シリーズ最終章！

ナガノ
ちいかわノート
「ちいかわ」と仲間たちが、文庫本仕様のノートになって登場！ 使い方はあなた次第！

講談社タイガ
森らむね
原作／田島列島
脚本／大島里美
小説 水は海に向かって流れる
高校生の直達《なおたつ》が好きになったのは、「恋愛はしない」と決めた女性《ひと》――。10歳差の恋物語！

講談社文芸文庫

李良枝

石の聲　完全版

解説＝李　栄　年譜＝編集部

い－3

三十七歳で急逝した芥川賞作家の未完の大作「石の聲」（一～三章）に編集者への手紙、実妹の回想他を併録する。没後三十余年を経て再注目を浴びる、文学の精華。

978-4-06-531743-3

リービ英雄

日本語の勝利／アイデンティティーズ

解説＝鴻巣友季子

りC3

青年期に習得した日本語での小説執筆を志した著者は、随筆や評論も数多く記してきた。日本語の内と外を往還して得た新たな視点で世界を捉えた初期エッセイ集。

978-4-06-530962-9

講談社文庫　目録

月村了衛　悪の五輪
辻堂　魁《かい》　落暉《ゆうひ》に燃ゆる〈大岡裁き再吟味〉
辻堂　魁　山桜花〈大岡裁き再吟味〉
フランソワ・デュボワ　太極拳が教えてくれた人生の宝物〈中国・武当山90日間修行の記〉
手塚マキと歌舞伎町ホスト80人 from Smappa! Group　ホスト万葉集〈文庫スペシャル〉
土居良一　海翁伝
鳥羽　亮　金貸し権兵衛〈鶴亀横丁の風来坊〉
鳥羽　亮　提灯《ちょうちん》斬り〈鶴亀横丁の風来坊〉
鳥羽　亮　お京危うし〈鶴亀横丁の風来坊〉
鳥羽　亮　狙われた横丁〈鶴亀横丁の風来坊〉
東郷　隆　上田信　絵　【絵解き】雑兵足軽たちの戦い〈歴史・時代小説ファン必携〉
堂場瞬一　八月からの手紙
堂場瞬一　壊れる心〈警視庁犯罪被害者支援課〉
堂場瞬一　邪心〈警視庁犯罪被害者支援課2〉
堂場瞬一　二度泣いた少女〈警視庁犯罪被害者支援課3〉
堂場瞬一　身代わりの空(上)(下)〈警視庁犯罪被害者支援課4〉
堂場瞬一　影の守護者〈警視庁犯罪被害者支援課5〉
堂場瞬一　不信の鎖〈警視庁犯罪被害者支援課6〉
堂場瞬一　空白の家族〈警視庁犯罪被害者支援課7〉
堂場瞬一　チェンジ〈警視庁犯罪被害者支援課8〉
堂場瞬一　誤《あやま》ちの絆〈警視庁総合支援課〉
堂場瞬一　傷
堂場瞬一　埋れた牙
堂場瞬一　Killers(上)(下)
堂場瞬一　虹のふもと
堂場瞬一　ネタ元
堂場瞬一　ピットフォール
堂場瞬一　焦土の刑事
堂場瞬一　動乱の刑事
堂場瞬一　沃野の刑事
土橋章宏　超高速！参勤交代
土橋章宏　超高速！参勤交代 リターンズ
戸谷洋志　Jポップで考える哲学〈自分を問い直すための15曲〉
富樫倫太郎　信長の二十四時間
富樫倫太郎　スカーフェイス〈警視庁特別捜査第三係・淵神律子〉
富樫倫太郎　スカーフェイスII　デッドリミット〈警視庁特別捜査第三係・淵神律子〉
富樫倫太郎　スカーフェイスIII　ブラッドライン〈警視庁特別捜査第三係・淵神律子〉
富樫倫太郎　スカーフェイスIV　デストラップ〈警視庁特別捜査第三係・淵神律子〉
豊田　巧　警視庁鉄道捜査班〈鉄血の警視〉
豊田　巧　警視庁鉄道捜査班〈鉄路の牢獄〉
砥上《とがみ》裕將《ひろまさ》　線は、僕を描《えが》く
夏樹静子　新装版 二人の夫をもつ女
中井英夫　新装版 虚無への供物(上)(下)
中村敦夫　狙われた羊
中島らも　僕にはわからない
中島らも　今夜、すべてのバーで〈新装版〉
鳴海　章　フェイスブレイカー
鳴海　章　謀略航路
鳴海　章　全能兵器AiCO《アイコ》
中嶋博行　新装版 検察捜査
中村天風　運命を拓く〈天風瞑想録〉
中村天風　叡智のひびき〈天風哲人 箴言註釈《しんげんちゅうしゃく》〉
中村天風　真理のひびき〈天風哲人 新箴言註釈《しんげんちゅうしゃく》〉
中山康樹　ジョン・レノンから始まるロック名盤
梨屋アリエ　でりばりぃAge
梨屋アリエ　ピアニッシシモ
中島京子　妻が椎茸だったころ

2023年 3 月 15 日現在